这就是传说中的

弹幕书

二十世纪八九十年代普通人手记

薛易 一飞 著

GUANGXI NORMAL UNIVERSITY PRESS

广西师范大学出版社

·桂林·

弹幕书
DANMU SHU

图书在版编目（CIP）数据

　　弹幕书 ： 二十世纪八九十年代普通人手记 / 薛易，
一飞著. -- 桂林 ： 广西师范大学出版社，2025. 4.
ISBN 978-7-5598-7951-6

　　Ⅰ．I267

　　中国国家版本馆 CIP 数据核字第 2025CB8585 号

广西师范大学出版社出版发行

（广西桂林市五里店路 9 号　邮政编码：541004）
　网址：http://www.bbtpress.com

出版人：黄轩庄

全国新华书店经销

广西广大印务有限责任公司印刷

（桂林市临桂区秧塘工业园西城大道北侧广西师范大学出版社
集团有限公司创意产业园内　邮政编码：541199）

开本：710 mm ×1 000 mm　1/16

印张：24　　字数：360 千

2025 年 4 月第 1 版　　2025 年 4 月第 1 次印刷

印数：0 001~5 000 册　　定价：78.00 元

如发现印装质量问题，影响阅读，请与出版社发行部门联系调换。

自序

这是一本有关记忆的书。

记忆这东西，通常很私人。就像我经常梦见爷爷奶奶，在天桥旁边的那座小房子里。我看见奶奶已双目失明，仍摸索着走到阳台的水龙头那里洗碗。爷爷提着那个绿色的猫形塑料水壶浇花，月季花开了一半。他们都不说话。我知道他们早已去世了，但还是有些恍惚，醒来后要愣好一阵子。

就像我独自爬山，等绿灯过马路，或在有月亮的夜晚喝完酒回家，常常想起大学的好兄弟老八，如果他此刻在身边又会怎样……这些记忆难以诉说，就像一缕青烟，一开口就散了。

记忆有时也有公共性。有些记忆保留着丰富的细节，汇集起来就是一个时代的图景。比如，我们曾经生活的乡村或城市是什么样，小时候家里吃什么、穿什么、用什么，怎样去上学、有无零花钱、是否被人欺负等。还有些记忆已很少被人提及。比如，有没有跟着父母一起去交过公粮，对"粮票""夏令时"等名词有无印象等。

很多经历过这些事的人，记忆已渐渐模糊。偶尔想跟人聊聊，却发现身边乏人关注，也并不讨喜。可能直到某一天，遇见某个人，记忆的闸门才忽然开启。

关于记忆，费孝通先生的《乡土中国》中提到，"记"往往是为了对将来有用，"忆"则是基于当前而回想过去的经验。事实上，人们很难预测将来，大多是出于当前的需要而追忆过去。有时，这个过程很吃力，容易成为"苦忆"。对此，我深以为然。但假如回忆能对当下的生活有些许裨益，"吃力"一点又何妨呢？

这本书就是一次比较吃力的回忆尝试。其中的部分文章，我从 2007 年就开始动笔。2019 年，我和一飞计划出版这样一本书。本书采用的是"1+50"的形式，内容主体是我以第一人称写的自己所经历的 1984 年到 2003 年的时代变迁。1984 年，我 4 岁，刚刚记事，上了村里的育红班。2003 年，我 23 岁，大学毕业，户口从农村迁入城市。那年农业税也有了明显的松动迹象，全国所有省份正全面展开农村税费改革试点工作，两年后农业税取消。说起来，这也是一种以个人视角切入时代变迁的尝试。一飞参与了全书的策划、编写和设计等工作。

书中还有 50 位出生于不同年代、来自各行各业的朋友——有的年近七旬，有的仍是小学生，通过点评我写的内容来分享他们自己的故事与感受。真心感谢这些朋友。我知道，当下，越来越多的人习惯把自己包裹起来，连交流似乎都成为额外的负担，更遑论公开倾吐内心。所以，里面的字字句句、点点滴滴，我都铭刻在心。这是我们共同书写的关于"1984—2003"的故事。书中也做了相应留白，读者朋友可以将自己的点评写在上面。

算起来，这本小书写作历时 13 年。令人感喟的是，自动笔至今，我们的社会已发生了深刻变化，众多"熟面孔"纷纷凋落。互联网更是加速改变世界。当年费孝通先生关心的"文字下乡"问题，似乎已被智能手机消解。当乡村的老人和孩子将短视频刷得飞起，算法精准算到了每个人头上，乡村记忆也随之被重构。城市则被一股"网红风"裹挟，人们已很难接受不带滤镜的现实。

我们不可避免地活在赛博时代。那些原本最熟悉的寻常日子，正在尘封中成谜，并被轻巧地抹去。怎样留住那些并不古老的记忆？怎样让孩子对父母辈的经历能产生一点点兴趣？怎样让生于不同年代的人愿意来一次倾心的交流？……

也许，这样一本小书无力回答这些问题，只能讲出一个个普通人的真实故事，发出一行行带着体温的"弹幕"……

薛易
2025 年春写于青岛

时光点评团 ——

高凌霄
生于 2004 年
学生

李珍
生于 1981 年
律所品宣负责人

赵伟
生于 1970 年
高校教师

宋总业
生于 1978 年
报纸编辑

赵妮
生于 1991 年
自媒体运营

薛泓
生于 1999 年
海外留学

一飞
生于 1982 年
自媒体运营

冯晓娜
生于 1985 年
平面设计师

王巧璞
生于 1982 年
画家

刘晓华
生于 1980 年
高校教师

张亚林
生于 1968 年
书店从业者

薛超超
生于 1993 年
电商运营

刘子粟
生于 2009 年
学生

姜文英
生于 1979 年
教师

石兆慧
生于 1981 年
法律工作者

郎丰村
生于 1978 年
营销人

应桥
生于 1980 年
自由撰稿人

王小拙
生于 2014 年
学生

秦铁
生于 1979 年
专栏作者

万长林
生于 1978 年
高校教师

白晶
生于 1985 年
新媒体从业者

鹿文静
生于 1980 年
广告从业者

彭栋斌
生于 1997 年
摄影师

纯子
生于 1983 年
酒馆主理人

王迎春
生于 1980 年
高校行政人员

芦苇
生于 1979 年
医疗从业者

郜丽君
生于 1974 年
报纸主编

贾茜
生于 1981 年
医生

钱凯
生于 1981 年
民警

尹海慧
生于 1981 年
企业管理人员

理志强
生于 1973 年
媒体从业者

曹玉贞
生于 1981 年
陪读妈妈

于静
生于 1979 年
退役军人、专栏作者

袁振
生于 1990 年
旅美摄影师

王磊
生于 1979 年
电视从业者

白胜伟
生于 1952 年
农民

宋旦华
生于 1978 年
媒体人、编剧

张怀博
生于 1987 年
平面设计师

赵慧芳
生于 1982 年
气象工作者

任康
生于 1987 年
媒体编辑

王如林
生于 1981 年
媒体从业者

杨祥玺
生于 1985 年
企业管理人员

王玲玲
生于 1981 年
企业职员

吴染墨
生于 2010 年
学生

老四
生于 1985 年
酒馆主理人

白露
生于 1978 年
动漫从业者

于娟
生于 1983 年
平面设计师

陆峰
生于 1981 年
音乐从业者

李航
生于 1979 年
旅美导演

鲍征
生于 1987 年
媒体运营

目 录

插画 王旭

那时

家里总吃不饱

父亲很小就被派去树林拾柴火

肚子饿得咕咕响

有一天

把柴火抱回家后

父亲看到北屋房门后挂着个篮子

篮子里有窝头

就踩了个凳子去拿窝头

老爷子在一旁瞅个正着

几步上前一脚把父亲踹倒

结结实实打了一顿

楔子

"饥饿年代"的背影

每个时代的故事都藏着每个时代的特色
表达感情的方式也各不相同。
在一两同才能让一个人织出一匹布的古代
穿一件衣服等于也梦个词语计是匪夷所思的事！

——高凌霄

有个词叫"躺平"。

然而，

从拼搏中走来的"70后""80后"们不能也不会躺平，

他们上有老下有小，

他们负重前行。

"80后"是真正随改革开放成长起来的一代人，

总应该有人为他们写点什么，

哪怕只是平平无奇的故事，

没有意外、没有狗血剧情，

甚至没有轰轰烈烈的"大事业"，

平淡的生活就是属于普通人的历史。

——李珍

作为上世纪 70 年代初的人，虽然没经历父辈那般饥饿，但对饿的印象仍然极深。现在回想小时候，似乎能想到的，就是"饿"。无休无止地吃玉米饼和地瓜——现在所谓的健康食品，在当时吃得肠胃翻腾。 ——赵伟

至今对炒鸡蛋情有独钟，每隔一段时间都会炒上一大盘，其中也有忆苦思甜的意味吧。

小时候鸡蛋是凭票供应，一个月也就那么几个，母亲都是算计着吃。我学会的第一道菜就是炒鸡蛋，小学五年级吧，一定是"饿"的记忆。放学回家找吃的，父母都没下班，翻遍灶间，只有一小篮子鸡蛋，于是一次炒了 6 个，吃得过瘾。我妈下班回家，知道我炒了 6 个鸡蛋，差点没拿炒勺抽我。记一辈子，6 个鸡蛋炒一盘，黄澄澄，香喷喷，当时好像并没吃饱，现在倒是正好，每次吃，每次回忆。 ——宋总业

"这孩子有福，生下来就饿不着了。"

我能想象父亲第一次说这句话的情景。20 世纪 80 年代刚起头的那一年，在黄河以北距离省城十五里的那个小村子里，已经 32 岁的父亲抱着怀里的婴儿一脸喜悦。他低沉的声音充满了里外三间土坯房。房子里的老柳木梁上挂着一个灰黑的竹篮，里面盛着馒头、窝头和地瓜干。父亲的目光停留在竹篮上，脸上挂满笑容。

"饿"给父亲留下了太过深刻的记忆。从我记事到现在，他无数次说起自己的饥饿往事：在送我去上小学的路上，在我初三打算复读的那天，在喝我给他买的第一瓶酒的时候，在看小孙女吃草莓蛋糕的那一刻……随着时光流逝，他的皱纹越来越深、越来越密。我也渐渐长大，转眼人到中年，向岁月深处滑落。

父亲笑着说起的那些事，同我的记忆缠绕在一起，零零碎碎点染出一个时代的印象。

那个时代似远还近、似幻还真，触手可及，却又随时都要烟消云散。我想抓住它，以便未来也可以笑着对女儿或孙辈说出。

那些似乎无大事可言的日子，也是一段不该忘却的历史。

先讲一个南瓜汤的故事。

那时父亲七八岁，跟奶奶、姑姑生活

5

在一个老式大家庭中。"大家庭"并非大户人家，只是人多而已；"老式"也与文化无关，世代贫农，秀才都不曾出过一个。在这样的境遇下，一年到头能吃顿凉面的日子，自然屈指可数。有天中午，终于盼来凉面，所有人团团围坐饭桌，每个大人面前都摆了一大碗金黄色的南瓜汤。

这是早饭时按老爷子（曾祖父）的指示，专门多做的。中午吃凉面前，每个大人都要先喝一碗南瓜汤，这样可以节省粮食。姑姑只比父亲大两岁，但姐弟俩面前也摆上了南瓜汤。奶奶心里清楚，两个孩子喝了这碗南瓜汤，也就吃不下凉面了。爷爷常年在省城工作，也住在城里，工资很低，贴补不了家里多少。奶奶身材矮小又不善言辞，平时在大家庭里孤立无援，毫无地位。但这并不影响她对孩子们的爱。

她一口气喝下三大碗南瓜汤，把两个空碗交给两个孩子："去，快去，盛凉面去吧！"

这是我对南瓜汤最深刻的记忆。奶奶八十六岁去世那天，姑姑说起这件事，仍然眼泪长流。

那时，家里总吃不饱。父亲很小就被派去树林拾柴火，肚子饿得咕咕响。有一天，把柴火抱回家后，父亲看到北屋房门后挂着个篮子，篮子里有窝头，就踩了个凳子去拿窝头。老爷子在一旁瞅个正着，几步上前一脚把父亲踹倒，结结实实打了一顿。

6

奶奶作为晚辈，看着孩子挨打，什么也不敢说。

　　父亲常说自己大难不死。十三岁那年的春天，他爬到村子东南角的一棵大柳树上去摘柳芽。柳芽是能吃的，用开水一焯，攥出水分，拌上一点玉米面，可以蒸糕吃。那时几乎每棵树的柳芽都被摘过，只剩下最高处的没摘。父亲仗着自己爬树技术好，身子轻，就到最高处摘。那次，他只听咔嚓一声，整个人连同断了的树枝一起往下栽。他心想"坏了"。幸运的是，刚开始是头朝下的，可后来翻转过来，一屁股坐在了地下。

　　好在我们那里的土质普遍松软，沙土多，树下正好是一片沙土岗。父亲摔得眼冒金星，躺了好久，才一瘸一拐往家走。一个邻居看到了，把我父亲搀回了家。到现在六十多年过去了，父亲仍常常跟我说起那位邻居的名字，让我要念人家的好。

　　杨树芽也能吃，吃法跟柳芽相似，只是更苦些。

　　榆钱、槐花算是美味，乡土作家刘绍棠写过《榆钱饭》，一度被选入课本。只可惜，榆钱和槐花一般是吃不到的，因为刚长出来就被一抢而空。或者谁家的树，谁就自己看得紧紧的，不许别人来摘。

　　榆树一身都是宝。吃不上榆钱，可以吃榆叶，掺上玉米面、地瓜面，蒸窝窝头吃，也可以蒸糕。而且，老榆树还有另一种产出——榆面（有的地方叫"榆皮面"）。谁家刨榆树，周围邻居都会去帮忙。树倒下之后，就纷纷抢着用镰刀去刮榆树的根，去掉外面的粗皮，将里面靠近木质的那白白的一层刮下来。回家晒干，放到石碾上碾碎，再用细箩筛，小心地收起来，这就是榆面了。

榆面的妙处在于它的黏。那时白面极其有限，而我们当地的风俗是逢年过节都要吃饺子。要知道，光用玉米面、地瓜面可以蒸窝窝头，但做饺子皮是不行的，一包就碎，一煮就破；而掺上一把榆面就能解决问题，做饺子皮、擀面条都行，还比较筋道。

如今，我在网上还能看到一些有关榆面的做法，说得甜丝丝、美滋滋。因为没吃过榆面，我稍稍有一点遗憾，但更多的还是庆幸，庆幸自己没有经历那个饥饿的年代。

如今，很多短视频都在回忆过去的艰苦生活，得出的结论是那时日子虽穷，却很美好。我知道，那是人们关于童年的记忆。而一说起童年，总会在不知不觉间加点"糖精"进去，甜了些，但也变了味儿。

所谓忆苦思甜，从来都不该是美化贫穷、歌唱苦难，而是记住曾经走过的路，以及流过的血和汗，吸取教训，以免重蹈覆辙，从而让今后的生活更好一点。

经历过下地的种种苦与累，我至今对粮食都有刻骨的敬畏。没有人喜欢吃苦挨饿，但没吃过苦，哪知福为何物？ ——刘晓华作为普通人，我们也要对自己的记忆负责。因为只有这样，才能对未来负责，对孩子负责。

　　倘若离开了这些，则"苦"不必忆，"甜"亦无所思。

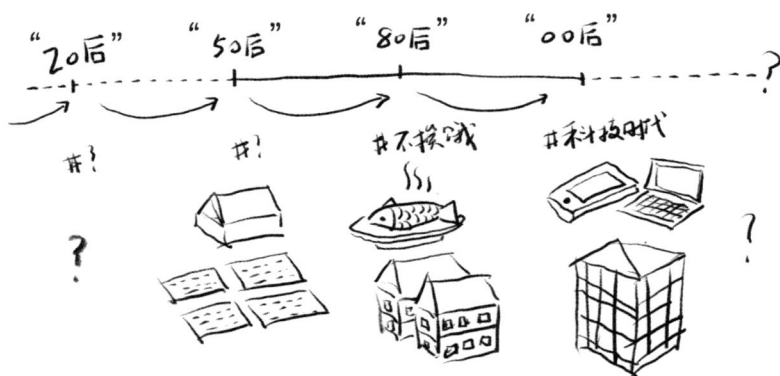

——薛泓

插画 王旭

能分得出胜负的是麦秸垛攻防战
·············

一帮小孩爬到几个麦秸垛上
居高临下，进行防守
另一帮小孩则往上攻
把守军全部赶下来
攻方即可获胜
这种游戏更加惨烈
爬麦秸垛的过程中
夹杂着各种叫骂
而从垛上摔下来
更是声声哀嚎入耳
············

1984

消失的"育红班"

第一次听说,
是什么意思?

如果不是在这看到这个词
恐怕我这辈子都不会再想起这个词
一下子回到了三十年前
泪目, 太亲切了!

咦, 穿越了!

1月24日至29日　　邓小平视察深圳、珠海等特区。

2 月 1 日　　除夕夜, 中央电视台春节联欢晚会上, 来自中国香港的歌手张明敏
　　　　　　演唱了一首《我的中国心》。

4 月 6 日　　中国开始实行居民身份证制度。

7月29日　　在洛杉矶奥运会上, 射击运动员许海峰为中国夺得第一块奥运金牌。

10月1日　　在国庆游行中, 北大学生第一次自发打出"小平您好"的横幅。这
　　　　　　一画面传遍全球, 成为改革开放的标志性事件。

11

"

上世纪 80 年代，
少年与世界都恣意生长，
拥有无限可能。
那时在人们眼中，
一切都是崭新的，
一切都如雨后春笋般快速拔节，
这是当前这个年代无法体会到的事情。
世界似乎进入了瓶颈期。

——王巧璞

1984 年秋天，我上了育红班。

关于"育红班"三个字的写法，我是很晚才确定的。因为当时不会写字，到后来会写、想写的时候，这个词又消失了。

在漫长的岁月里，它曾占据不止一代人的记忆。从字面来看，意思大概是"培养红色幼苗、革命接班人"吧，实质上是一种学前教育，相当于今天的幼儿园。

记得在清晨送女儿去幼儿园的路上，我跟她说起自己曾经上过的育红班。女儿仰起头问："跟我们的幼儿园有什么不一样吗？"我笑笑，仰头看看刺眼的阳光："是呀，有好多好多不一样……"

肖家村是个小村庄，全村只有一百多户人家。村口碑上写着，是明朝时从直隶枣强迁过来的。村子中间有一片场院，隔成了东西两部分。西头主要有薛、万两个姓氏，东头有李、许、肖、严等几个姓。

就全村而言，姓薛的人最多。但据说姓肖的人先在村口修了一座桥，桥成了村子的标志性建筑，村名也就叫了"肖家桥"。后来桥没了，就变成了肖家村。

我最初是在村南头一个草屋里上的育红班。那是个纯粹的土坯房，从上到下没有一块砖，本是一户村民用来堆放喂牛用的干草的地方。那年，村干部借来当了我们育红班的教室。

那间教室没有院墙，没有桌椅，没有

黑板，也没有门锁。每天早晨，我们都要从家里带小凳来，放学后再把小凳带回去。黑板则是由老师每天拎来，在墙上钉一个大钉子，挂在上面就开讲。

我们的老师姓万，是个体态微胖的姑娘。头发乌黑，皮肤白皙，声音甜美。虽然万老师早就说了，让准备好铅笔、小刀和小演草（练习本），但真正带来的人还是很少。在家长们看来，育红班就是孩子玩的地方，怎么还要花钱呢？

上课时，往往只有万老师在小黑板上画画，我们每人去外面的小树林里捡根小木棍，在教室的地上跟着画。当必须要在纸上画时，我们就都坐在地下，把小凳当桌子，在小演草上乱涂。没带纸笔的，只好等同学画完了，再借别人的用。那时小孩子的慷慨，表现在从本子上撕几页纸来给小伙伴。也有的连凳子也不带来，就直接坐在地下玩，万老师有时会生气，让到外面罚站，可一转眼人就不见了。

那时，万老师最经常教的是唱歌。我们都喜欢，而且不用花钱。记得她教过我们很多歌曲，有《娃哈哈》《熊猫咪咪》《小螺号》《采蘑菇的小姑娘》《草原牧歌》……那时没见过大海、没见过草原、没见过花园、没见过熊猫，甚至没见过能吃的蘑菇。我们村小树林里的蘑菇总是又细又高，弯弯曲曲，大人说是有毒的。但那些歌给了我最初的想象，知道这村子之外还有世界，

听哥哥们说，他们上课都是自带板凳的，书本也是缺角少页的，不知从哪里借来的。　　——薛超超

对幼儿园老师的记忆模糊了，印象里都是和蔼可亲的。老师们会拉手风琴，会弹琵琶，会指着挂图给我们讲"这是我们敬爱的毛主席"，就是没上过体育课。我们的幼儿园在工厂办公室的三、四楼上，没有院子，都是在教室里活动，安全上倒真让父母们放心。　　——宋总业

14

还有太多自己没见过的东西。

那时也有体育课，大多数情况下，女老师是不管的。我们男孩自己分成两帮，打仗玩儿。

教室南面就是野地，春天青葱，夏季油绿，到了秋天，则空阔辽远，大有可为。两帮人相隔百八十米，各自去捡拾土块，构筑防御工事。有的还会捡几根树枝，放在手边，以备肉搏战之需。而后，一声呼哨，土块横飞。若扔了半天也没打到人，一方就开始冲锋了，于是身上头上，土块碎裂、飞沙走石。冲得近了，就抱在一起摔跤，在地下滚来滚去。

这种游戏很激烈，每每出现把人打哭的情形，但往往分不出胜负，因为着实没法将对方彻底打败。

能分得出胜负的是麦秸垛攻防战。教室附近的场院上，有很多麦秸垛，高的有两米，矮的也有一米多。初夏时节，麦秸垛金黄色，煞是好看。但雨季一过，麦秸发霉，外面就变黑了，上面小虫乱飞。一帮小孩爬到几个麦秸垛上，居高临下，进行防守。另一帮小孩则往上攻，把守军全部赶下来，攻方即可获胜。这种游戏更加惨烈，爬麦秸垛的过程中，夹杂着各种叫骂；而从垛上摔下来，更是声声哀嚎入耳。常常有小朋友被摔痛打痛，就连课也不再上，直接哭着回家去了。

妈呀，这么可怕。
——刘子栗

小时候大部分时间是用来玩的，玩的内容、花样、水平，决定了"江湖"地位。大人忙于生计，我们在玩中自我成长，练就情商和逆商。直到现在，我依然会金鸡独立式踢毽子，毽子不落地，脚不落地，平衡力就是这样练出来的。而现在的小学生居然有不会跳绳的，说到底还是玩得少了。陪伴他们的是各种特长班、各种考级。每当孩子孤零零地走在小区里寻找玩伴时，我就想，这到底是社会的进步还是童年的悲哀？
——姜文英

虽然那时只有四五岁，但男孩的游戏就是这样野蛮、粗犷。我们几乎没有任何玩具、器械，玩的就是自己的身体，以及大自然中的一草一木。那时孩子哭着回家，或磕青了腿、蹭破了皮，也没有人来找老师，用唾沫一抹，破布一裹，就没事了。

那年秋天，我们上过一次稍微正规点儿的体育课，内容是赛跑。男生女生各站两队，万老师的哨声一响就开跑，终点是约一百米外的一棵老柳树。大家热情高涨，呼声入云，沙土路上，尘土翻飞。可轮到我时，刚听到老师的哨声，就觉得头上一痛，眼冒金星，好像被砖头击中了。

我扭头望去，但见五六米外，一张痴痴呆呆的脸，两眼放空，嘴角垂涎，发出哈哈笑声——是傻子铜锣。我一摸头，妈呀，血！

当然，若不想野蛮，也有办法。那就是玩女生的游戏。

比如拾子儿。玩法大概是，女孩一手拿五枚光滑的石子，将其中一枚抛向空中，其余四枚撒在地上。然后，由这枚石子起头，迅速再从地上拾起一枚石子……名曰"大把""姊妹对""小三"等。每次玩拾子儿，看到女孩细长且灵巧的手指，我都觉得好看。也有男孩手大且手指细长的，拾子儿优势尽显，让我这短粗的手指无地自容。有邻居大婶在一旁感叹说："这就

小时候住大杂院，马路、墙根儿都是游戏场。弹玻璃球、跳皮筋、拾杏核、打沙布袋、抖拐……这些我都会，但都不专。打沙布袋算是其中最擅长的吧，跳皮筋次之，抖拐、弹玻璃球差不多一样臭，最差的是拾杏核。但这些游戏的玩法，也就记得最差的那种了。 ——宋总业

小学里流行玩抓石子，我们叫"抓大把"。记得大概二年级，有个比我们大好几岁的女生留级到我们班。有一次，老师上着课找不到她了，最后发现她在桌子底下抓石子。据说她智力不太好。我曾经想教给女儿，但她很快失去了兴趣，比这简单有趣的玩意儿太多了。 ——石兆慧

16

叫'尖指头伶俐细指头巧，打鼓槌子拙到老'！"俨然一下子洞悉了我的命运，让我深感惶恐。

再比如扔夹包（丢沙包）那时候，每个女孩都有一个夹包，差不多跟家里被褥的颜色一致，都是用缝被褥的下脚料做的。我也曾对缝夹包感兴趣，拿来母亲的针线碎布，戴上顶针，一点点缝，然而总不成样子。母亲也来帮我，但她的手艺着实不敢恭维，所以我的夹包向来惨不忍睹。我是到了小学时，才从课本上知道"扔夹包"就是"丢沙包"的。但我们的夹包里面装的不是沙子，而是黄豆粒、玉米粒。有时正玩着，夹包一破，鸡就咕咕叫着，冲过来捡吃的了。

还有跳房。找一块相对平整的地面，拿树枝画出方格、飞机或机器人图案，再找一块相对光滑的瓦片，然后根据规则单脚跳或双脚跳，一步一踢，踢着瓦片走完流程即可。据说，跳房游戏很古老，在中国始于清代，在世界范围内则源于罗马。当然，那时压根儿没听说过罗马，即便有人偶然听了，大约也会问一句：是骡子是马？说清楚些吧！

我不知道那时是怎么听说机器人的，因为还从没看过书，也几乎没看过电视。飞机倒是偶尔能见到，在空中拉出长长的一道或两道白线，低飞时能听到深沉的轰鸣声，似乎扔块石头就能打到。我们一听说有飞机，就无比兴奋，三三两两地从屋子里冲出来，放声大喊："飞机飞机，你下来，我上去，我到美国打仗去！"

究竟美国在哪里，为何要跟美国打仗，我们是不知道的，似乎也根本不必知道。

后来听到同龄的朋友说，他还见过飞机撒传单。还有人说看到过氢气球，飘飘悠悠从南面飞来。这些我都没见过，想来我们肖家村就是个穷得兔子不拉屎的地方，没有谁会到这里宣传。

那年还发生了很多事，比如：

在 1984 年国庆 35 周年游行中，北大学生自发打出了"小平您好"的横幅，成为改革开放进程中的标志性事件。

在距离我家 15 公里的省城出版社，19 岁的巩俐正在一边做临时工，一边准备她的第二次高考。

在 350 公里之外的青岛，35 岁的张瑞敏来到濒临倒闭的青岛电冰箱厂，砸掉了 76 台不合格的冰箱。

在香港，Beyond 乐队已经出道；而台湾歌手邓丽君的歌曲已传入大陆。她的歌声甜美动人，歌词蕴含着中华文化的典雅和深情，火遍大街小巷。

⋯⋯⋯⋯⋯

当然，这些都是当时的我不知道的。

第二年春天，村里给我们的育红班

1988 年，暑假，街道大妈把我们这些孩子组织起来，上了一堂课，就讲这个，气球上落的东西不要捡，要报告公安。
——宋总业

小时候，村子里能见到飞机划过上空，还撒下许多纸。
——赵伟

18

换了一间教室，改到村东头一处空闲的院子里。

那本是大户人家的一个侧院，已然败落，只剩一间北屋和东屋还像点样子。我们的教室在北屋，屋里整日黑黢黢，有些憋闷。窗上的雕花、墙上的青砖、房顶的稗草，都让住惯了土坯房的我们感觉有些怪异。

很快，我们就发现了一处更怪异的地方。东屋原本是上锁的，锁被我们撬开了，发现里面竟然放了一个又大又长的黑色木头盒子，用手一砸"咚咚"直响。有人去问老师，万老师脸色立刻变了："谁让你们去的东屋……这帮熊孩子，就不害怕吗？那是棺材！"

于是，我们知道了那是棺材，似乎应该害怕才对。但事实上，后来我们捉迷藏时，常常有人躲在棺材后面，也总是轻易就被发现。找到人之前，还敲一敲：

"咚咚咚"，有人在里面吗？

插画 王旭

夕阳落山

往回走

常常遇到大人们给麦子浇第一遍春水

路边的水渠里水流很急

映着半天的霞光

恍如一条彩带

赶紧捡几片干树叶丢进去

撒开脚丫跟树叶赛跑

有时凑巧身边有一张纸

就叠个纸船放进去

希望看到白色的船飞驰在霞光里

但纸船总会很快沉没

完全没有预想的效果

1985

野地里的天堂

这名字让我想到了鲁迅写的《从百草园到三味书屋》

2月15日　　中国第一个南极考察站长城站建成。

5月27日　　《中英关于香港问题的联合声明》宣告生效。

6月 4日　　新华社报道，全国农村人民公社政社分开、建立乡政府的工作
　　　　　全部结束。

9月10日　　中国第一个教师节。

11月7日　　电影《高山下的花环》在中国香港首映。

电影里的辛辣，印象挺深刻了！

"

总觉得没有农村经历的孩子，
人生是不完整的。
尽管我们当年努力奋斗，
都是为了能挤进城市，
但总是怀念那时的日子。
挖野菜就是我放学后最常做的事，
没有家长的要求，
常常是天黑了被父母喊回家。
我喜欢篓子盛满的感觉，
满足于看着家里鹅、鸭争吃野菜的场景，
满满的成就感。

——刘晓华

我五六岁时，跟小伙伴一起，经常在野地里疯。

肖家村四周有大片的野地，东边有洼，西边有坡，南有大沟，北有沙河。野地里荒草丛生，万物生长，是我们自由自在的天堂。

对我来说，那些野地主要有两种功能：一是吃，二是玩。用现在的眼光看，玩应该是最主要的，但在那时，吃却是第一动力。

春天一来就去挖野菜，四下喊一嗓子，几个小伙伴就挎起篮子拿着镰刀出发了。

挖野菜是大人给安排的活，挖回来可以包包子，做玉米面黏粥。这算是劳动，也是游戏，那时候，我们总是分不清游戏和劳动的区别。

镰刀是卸掉了木柄的，只剩头上的刀，大人怕我们割到手，有时还专门给拿一把生锈的钝刀。即便如此，仍常常割伤流血，吓得直掉眼泪，不过心里并不真当一回事，因为早已见惯了大人干活时流血的场景。只要四下里稍一转悠，找一棵带刺儿的青青菜，揉碎叶子挤出碧绿的汁液，涂在伤口上就可以了。这是代代相传的土方，有没有用，鲜有人去较真。但很久之后我查到，青青菜的学名叫作"小蓟"，是一味中药，的确可以收缩血管，凝聚血小板，有凉血止血的效用。

挖野菜的主要目标是花荠菜。有些生

在沟边，但大多长在麦地里。几个小伙伴分散到不同的几块地，谁看到自己所在地里的菜多，喊一声便都聚拢过来了。春天的麦苗已经怕踩踏，我们都小心翼翼的，自家地里都种麦子，对粮食的珍惜和敬畏早已深植于心。

花荠菜附近总是有麦蒿，但我们很少挖。麦蒿也能吃，只是味道不好，只有实在填不满篮子，回家没法交差时，才会用麦蒿凑数。夕阳落山，往回走，常常遇到大人们给麦子浇第一遍春水。路边的水渠里水流很急，映着半天的霞光，恍如一条彩带，赶紧捡几片干树叶丢进去，撒开脚丫跟树叶赛跑。有时凑巧身边有一张纸，就叠个纸船放进去，希望看到白色的船飞驰在霞光里，但纸船总会很快沉没，完全没有预想的效果。

花荠菜做馅儿，包包子很美味，只可惜家里面粉不够，主要用玉米面来做"菜夹子"。菜夹子黄澄澄的，玉米面黏合性差，包了馅儿一碰就碎，需要两只手捧着吃。花荠菜有股土腥味儿，母亲每次都说放点肉就好吃了，只是平时哪里吃得起肉？

春天过得快，转眼花荠菜就开起了白花，星星点点。我那时不知道八百多年前曾有位老乡名叫辛弃疾，他写有一句"春在溪头荠菜花"。那时也不觉得这花好看，只是打心底里可惜，因为花荠菜已经老了，不能吃了。倒是麦蒿长得呼啦啦一大片，绿的叶，

我老家不靠近大河小河。几条人工修的沟就没怎么有过水，只有下大雨时能存一点。村东头有过一个湾，用来积蓄雨水。灌溉和播种基本靠人工担水。到后来有了机井，就是人工打井，抽取地下水。很大的地块里，往往只有一口机井，抓阄就是自然而然的事了。
——郎丰村

荠菜饺子确实是儿时的美食，导致现在有种情结，点外卖还是首选荠菜馅饺子。
——冯晓娜

这一年，我背起书包上学堂了。荠菜，小时候没少吃，陪着我妈、我姥姥去野地里挖荠菜，可至今我也分不清它和乱草的区别。
——宋总业

24

黄的花，蓬蓬勃勃，有统领整个春天的气势。

春夏之交，遍地是花。但在那个肚子里缺油水的年代，花好看又如何，能吃吗？

有的花的确能吃，比如槐花。一串串挂在树上，白生生，香喷喷，看着就流口水。我不会爬树，只有望花兴叹的份儿。庆哥跟我同年同月生，只比我大一天，他出溜出溜爬上树，伸手摘一些扔给我。我坐在地下吃，他坐在树上吃，却也不敢吃太多，据说吃多了会肿腿。可以拿回家，拌上面粉蒸糕，撒点盐就行。或者，和好面糊煎"咸食"，可惜又舍不得放油。

一种名叫"砸碟子砸碗"的野花很有意思。黄莹莹的小花点缀在碧绿的叶子里，像一盘盘点心。这种野花也让我们想到父母间的争吵，贫贱夫妻百事哀，有时吵起来无处发泄，就会砸碟子砸碗。怒火只是一时，冷静下来后就转化为心疼。新碗碟是轻易不会买的，于是家家户户都在用带豁口的碗碟。有的大瓷碗被摔成了两半，也舍不得扔，等锔缸的人来时，请他给锔起来。后来知道，当年太小看了这种草，它学名叫"泽漆"，有毒性，可治喘咳、疟疾、骨髓炎，还有抗癌功效。

我喜欢喇叭花，红的蓝的粉的，一片一片，随处可见。摘两朵下来，一只耳朵别一朵，哼着歌往前走。

"还戴花，你是小妮儿吗？"庆哥笑我。

"你才是小妮儿！"却也不摘下来。风一吹就没了。

收音机里，经常听人唱关于牵牛花的歌。我很久之后才知道，牵牛花就是喇叭花。

比喇叭花更绚烂的是野麻子的花，大朵大朵，五边形，白如雪，粉似霞，让人看了惊艳。但大人的叮嘱就在耳边：离野麻子远点儿，非常毒，羊吃羊死，人吃人亡。传闻附近村里有人就曾饿得受不了，吃了野麻子的种子，被毒死了。这情节有点像武侠小说，事实上野麻子正是武侠小说中的常客，它学名叫曼陀罗，全株剧毒，会使人致幻，可以用来制作蒙汗药。

那时的野地就是这样兼收并蓄，又众生平等，五步之内必有芳草，一不小心也会搭上命。但那是我们的天地，放开玩就是了，哪用得着步步惊心？

夏天，我经常被派去割草。请注意，割草和拔草虽然只有一字之差，本质却完全不同，前者主要是玩，后者则是实打实的农活。

三四个小伙伴一起，挎着篮子，拿着短柄镰刀，看着哪里青草肥美，把篮子一扔，就开始四处玩了。那时，很有一股神农尝百草的劲儿，除去大人千叮咛万嘱咐不能碰的毒草毒花之外，其他的都要尝一尝，咂摸咂摸味道。像苘（qǐng）麻的叶

曾经有草的地方就能见到，街头巷尾，再寻常不过，不管是大杂院还是小门庭，沿着墙根儿都一片一片的。不知什么时候，城市里再也见不到了。好像高楼大厦起来了，棚户区消失了，喇叭花也消失了，孩子们少了一样玩物，也少了一份快乐。
——宋总业

我最喜欢收集牵牛花的种子，小黑豆子一般，越摘越上瘾！
——赵妮

这些花我都没见过，连大片的野树林都没有去过。感觉现在能看见的一切都被修剪过，所有花草都是人工栽培或者人工保留的。安全是真的安全，无趣也是真的无趣。我长大后一定好好出去转转。
——王小拙

子和秆我都尝过，还试过浑身是刺的苍耳，真的太难吃了。

马齿苋是最常见的，揪几片叶子嚼一嚼，黏糊糊。蓬蓬菜有点老了，光揪嫩叶还行，跟马齿苋一样都没什么异味。就野菜而言，没有毒且没异味就代表着能吃。回家焯水后撒点盐，拌点蒜泥，就是一道菜。灰灰菜也能吃，但有的人吃了过敏，起疹子。沟边地头也有三三两两的苦菜，如今很多人喜欢吃，但那时我一点也不愿碰。日子已经够苦了，为什么还要自讨苦吃？

龙葵的果实很好吃，我们叫它"黑蛋蛋"，成熟之后酸酸甜甜的。还有一种"野香瓜"，学名叫小马泡，结的果实有大有小，大的像鹅蛋，小的只有指头那么一点儿。味道也不固定，有的香，有的甜，有的酸，有的苦……这些都是野地给我们的馈赠。如果碰到的"黑蛋蛋"或"野香瓜"还没熟，我会把它们像宝贝一样藏起来，看看周围有没有大树、坟头，用心记好位置，隔些日子再来看看，免得被别人抢先摘了。

有时走得远了，就到邻村的树林去转转。林子里有一种"老鸹枕头"，秧攀着树，果实碧绿，像纺锤，嫩时扒开可直接吃，软乎乎，甜丝丝，一旦老了，里面就跟棉絮一样嚼不烂。"老鸹枕头"的名字听着既土气又奇怪，但它其实另有芳名，叫作芄（wán）兰、萝藦（mó）。《诗经》中有《芄兰》一诗："芄兰之支，童子佩

27

觿（xī）。虽则佩觿，能不我知。容兮遂兮，垂带悸兮。"这样一看，就有点味道了。另外，它全株都是药材：果可治劳伤、虚弱、腰腿疼痛、咳嗽等；根可治跌打、蛇咬、疔疮、阳痿；茎叶可治小儿疳积、疔肿；种毛可止血；乳汁可除瘊子。茎皮纤维坚韧，可造人造棉。

有一种茅草从春到夏都给我们带来惊喜。茅草刚冒芽时形貌如针，嫩芽里面包裹着的花穗却丰腻可口，我们叫它"谷荻"。谷荻三分之二在地上，三分之一在泥土中。每年春天，"提（dī）谷荻"都是我们的一大乐事。因为土质不同或干湿程度不同，有的往上一提就能出来，有的却很难，需要把整棵草扒开，才能提出来。还会边提边唱："提谷荻，提谷荻，提不出来就扒皮。""谷荻谷荻，抽筋扒皮，今年吃了，过年还你。"

到了夏天，茅草的根已长成，洁白如玉，嚼起来很是甘甜，我们叫它"茅根"。割草时，嘴里嚼几截茅根，心里也会甜丝丝的。

看太阳快落山了，几个小伙伴赶紧突击割草，什么狗尾巴草、牛筋草、马齿苋、灰灰菜、车前草等一股脑地割了，装进篮子里去。反正都是给牛羊吃的，也没那么挑剔。

那时候，秋天和冬天总是接踵而至。

"谷荻"居然是这俩字，真是相似的童年。——冯晓娜

28

因为秋收时间长，等收完玉米，种完麦子，天气就已经有些冷了。

这时候的野地更名副其实。村庄周围有大片空地，我们叫"春地"，往往土质略差或灌溉不便，所以没有种麦子，留着第二年春天种些大豆、高粱、花生、地瓜之类的作物。

春地里没有庄稼，我们玩起来更肆无忌惮。那时刚在村里看过一部露天电影，名叫《武当》，大受感染，即便是男孩也觉得自己是"陈雪娇"。苍耳是我们最喜欢的武器，摘一些来当飞镖，砸到脸上有点疼，若是扔进头发里，不揪掉几根头发休想把它们弄出来。还有"拉拉秧"（麻葛蔓），茎和叶柄上都有细倒钩，能当软鞭用，颇有一些威力，有时能把皮肤划伤。比苍耳和拉拉秧更厉害的是蒺藜，从秧到果实都有尖刺，割草时不小心抓到，会扎破手。蒺藜是真能伤着人的，我们很少拿着玩。

沟边和地头有很多蓬蓬稞（飞蓬）和蒲公英，采一把来用力一吹，白花花一片乱飞。往往先喊一个人的名字，趁他转头之际，一口气吹到他脸上头发上去。你看，像不像《诗经》里的"首如飞蓬"？

秋冬之际，大片大片的牛尾巴蒿已经干枯，它们的秆又干又脆，非常易燃，是现成的柴火。有时我们带一盒火柴，找个避风处，在地里挖一个浅坑，四周摆好土块，

这电影看过，武术冠军赵长军演的。他最出名的，应该是后来演的《海灯法师》。
——宋总业

麦蒿和蒺藜是两种印象非常深刻的植物。麦蒿生长在麦地里，麦蒿长出来就意味着冬天过去了，要开始刨麦地里干活了，早春时天天扛着工具刨麦地里除麦蒿。蒺藜带刺，由于没有鞋穿，在野地里走，被蒺藜扎着脚，一天中数不清有多少次。
——赵伟

29

就成了一个灶。看看谁家地里有收得晚的地瓜，去偷一点过来，就在灶里烧着吃。地瓜太大，几乎每次都烧不透，但吃着却分外香甜。

火也给我们带来了很多乐趣。我试过把小鱼用叶子一裹，糊上泥巴，然后放在灶里烧熟，味道不错。小伙伴们还烧过蚂蚱、豆虫、麻雀、刺猬、青蛙，甚至蛇，不过那些我都没吃过。

当冬天来临，最大的幻想是能吃上野兔肉。我们无数次在地里看到野兔飞奔而过，都会发出感慨："这个兔子不小，得有三四斤吧！""我看有四五斤，能炖一大锅……"我们也尝试过在田野里挖坑设陷阱，但从未成功过。

那时我没读过三国，没看过金庸，也不知道克林特·伊斯特伍德，那些年的冬天，我的偶像就是那些扛着土枪，四野里转悠着打兔子的男人。他们的枪管和背包里，有我最初的梦想。

小时候，跟我姥姥出门转悠，全靠两条腿走，累了、渴了、饿了，路边牙子上一坐，我姥姥从尼龙绸兜里拿出一个市场上买回来的地瓜，用小水果刀削削皮，就递给我啃。有点涩，但还是甜口居多。好像现在很多人都不知道，地瓜可以生吃。 ——宋总业

豆虫是我童年夏日的噩梦！我家楼下到马路的唯一出口，是一条林荫小道，道路一侧种满了大树，一到夏天，树上就挂满了豆虫。就算我紧贴另一侧的墙壁，依然躲避不了豆虫"伞兵"的高空突袭，有时还会掉在我身上，现在想起来都打怵！ ——赵妮

傻孩子，那不是豆虫，哈哈！
——一飞

美国，明尼苏达州，农场家庭。小孩子都不愿干农活，大人也是。土豆收获日，寄宿家庭爸爸把枯燥的挖土豆变成了一个比赛。我在这里的生活，每天都不一样。每天都学到各种 *random*（随机）的东西。比如，昨天我刚跟住家学到为什么鸡蛋的颜色不一样。 ——薛泓

那夜，奶奶的回家路

我眉心有一道疤，是五岁那年冬天留下的。

那年冬天下了一场雪，太阳出来一晒，家家户户的房檐上都开始滴水，紧接着就冻成了冰凌。每一根冰凌都晶莹透亮，让我们想起夏天想吃却没钱买的冰棍。于是，小伙伴们三五成群聚在某家屋檐下，用木棍打冰凌，打下来就含在嘴里吃——那时真不觉得有多脏。

那天我有些感冒，下午被小伙伴的呼唤声吵醒，抄起根竹竿就往外跑。竹竿敲起冰凌来很顺手，正玩得热乎呢，父亲喝令我回去戴帽子，不然重感冒了怎么办？我心里急，脚下一绊，头就磕在门枕石上，瞬间血流满面。至今，我还对那块门枕石记忆分明，厚实，尖锐，棱角分明，可惜搬家时不曾留下来。

父亲着了慌，跟母亲一起，背起我就去同村赤脚医生那里。赤脚医生大姐帮我擦掉血迹，看了看说："不行，得缝针，我这里没有麻药。去乡卫生院吧。"

那时已黄昏，天又阴沉下来，彤云密布。父亲很着急。我们肖家村离乡卫生院有十来里路，土路上全是冰雪，自行车很容易滑倒，怎么驮我去？医生大姐又说："要不去商家村吧，那里有个老大夫，应该也有麻药。"父亲背起我来就往商家村走，母亲在后面帮我裹着棉衣。路上下起了雪。雪大风急。赶到那里，成了三个雪人。老大夫倒是没给我缝针，只把伤口处理了一下，用绷带包扎好，就让我们回去了。

回来的路上，风雪依旧很急，父亲的步伐却安稳了许多，在他背上听得到沉重的呼吸声。四野里一片雪白，天地茫茫无所依。

到家后才发现，我家喂的老母猪刚生了一窝小猪，因为家里没人，小猪在风雪中冻死了一半。父母痛心疾首，那可是一大笔损失啊！其实，前一天老母猪就开始叼草、扒土，谁都知道那是生小猪的前兆。可在背我去治伤的路上，他们全然忘了那么一回事。后来，我们全家对幸存的小猪照料得格外细心。我心里愧疚得很，觉得是自己连累了它们。

赤脚医生大姐家也开小卖店。每次去她家，我都有一种很矛盾的心理。

那时经常被带去打疫苗，平时生病了也去打屁股针，又疼又羞，但作为男生，只能忍着。有那么一两次，我被叫来吃"糖窝窝"（宝塔糖）——一种像窝头形状的糖，味道有些怪，但挺甜的。回家就拉出了一些虫子，一动一动的，很恶心。据说其他小伙伴也是这样，就心安了。

吃糖窝窝不用花钱，这是医生大姐家

极少不用花钱的东西。从能拎动瓶子开始，我就被父母派去她家打酱油，打醋，买盐，买洋火（火柴）。酱油每斤两毛，醋八分，盐一毛三，洋火两分一盒。酱油、醋都是散装的，盛在一个大塑料桶里。大姐用木头提子打出来，通过漏斗装进瓶子里。夏天的时候，酱油和醋里总有活蛆，需要用纱布隔出来。即便如此，虫卵也隔不掉，过一段时间，家里的酱油瓶或咸菜缸里就有了蛆虫在游弋。但那时不讲究，只要日子还能挨下去，什么都睁一只眼闭一只眼。

我最喜欢爷爷让我去打酱油了。因为剩下的零钱他都会给我，我可以自己留下来，也可以随意买糖吃。爷爷是工人，平时在省城上班。只有某个星期天，他才回乡来看看我们。我是从他口中才知道酱油也分一二三级，而农村只卖三级酱油。

爷爷抽的烟一般是五毛钱一盒的"红专"，或者是四毛一盒的"琥珀"。这在农村属于略好点的烟了，村里人一般抽一毛八分钱一盒的"金菊""玉菊"或两毛一盒的"泉城"。当然，还有更便宜的"鹊山"，每盒只要八分钱。

然而，大家对于"鹊山"都有一种特殊的感情。那当然与南宋王孙赵孟頫的《鹊华秋色图》没有半毛钱关系。只是因为就在之前的几年，在家庭联产承包责任制之前，普通工人工资大约每天一块多钱，而一个农村壮劳力在生产队辛苦劳动一整天的报酬，只有区区八分钱，恰好刚够买一盒"鹊山"。这作为一种无奈与自嘲而长久流传下来。

我小时候身体不太好，加之父母结婚十年后才生的我，所以免不了有些娇惯。当然，娇惯也仅仅是建立在穷的坚实基础之上的。

每年春天青草发芽时，我的后背会起一些细密的小疙瘩，父亲就骑自行车带我去省城的儿童医院。医生有时给开一点药，有时药也不开，看一眼就有了心理安慰。这时，我往往乘机赖在爷爷家，在那里待上几天。每年放假时，我也会去住一阵子。

爷爷上班的地方叫 **汽车制造总厂**（简称"汽总"），是一家老国企。我跟着他去上过几回班，厂里的管道很粗，我伸出两条胳膊都抱不过来，还有点烫手，呼呼冒着白气。跟办公室里的其他人一样，爷爷的工作似乎就是用搪瓷缸子泡上茶，拿来报纸翻一翻，半天就过去了。我还跟他去过厂里的澡堂，宽大的水泥池子，热气弥漫，水特别烫……感觉周围的一切都很奇怪，跟农村完全是两个世界。我不理解，为什么城里那么多人不用干活就能挣到钱，而农民一年到头干个不停，还是一点钱都没有。

爷爷家住在天桥附近一个大杂院的东北角上。只有一间房子，连同对面一间小

上世纪80年代，我在化工厂上班。春夏之际，上班之余，游荡于街头巷尾，口干舌燥，仿佛春天就真的到来了，一晃三十多年，一切如旧。
——张亚林

灰色澡堂子是我第一次学潜水的地方，在水里面还能睁眼。现在叫"能见度低"，感觉很恶心！ ——王巧璞

真真切切地还原了那个时代大工厂的场景。工厂工人是那时老百姓最向往的职业，象征着体面的生活和稳定的收入。
——一飞

34

小的厨房。大杂院里住着十来户人家，人人见了都笑着打招呼，却并不亲热，彼此间赔着小心，全不像我们村里的邻居。大杂院所有靠墙的地方都满满当当，有的堆着蜂窝煤，有的停着自行车，有的种了一小畦黄瓜，还有的种了几棵向日葵。爷爷喜欢花鸟鱼虫，他用水泥砌了一口小池子，里面种着睡莲，养了金鱼。池子四周摆满花盆，月季、海棠、茉莉、菊花，四季有花看。晾衣绳上挂了只鸟笼，养了两只鹦鹉，整日跳来跳去，叽叽喳喳。

有一年，爷爷带我去逛大明湖、趵突泉，回来路上给我买了个氢气球。我拿着高兴了一路，回来开门时，就把气球放在金鱼池上了。等把门打开，气球不见了，爷爷让我往上看。那只红气球飘飘悠悠，慢慢消失在视线里。既心疼，又奇妙。

奶奶天天在家洗衣做饭。有时，她带我去街角的粮店、菜店。粮价、菜价都写在小黑板上，面粉每斤一毛八，馒头每斤两毛。摆在菜店里的萝卜白菜，跟农村长在地里的相比，少了点青翠鲜嫩，却似乎多了点"身份"，也多了点装模作样。我也第一次知道，买东西时还需要粮票、副券。奶奶小心翼翼地从粮本中拿出来，我想跟她要一张，奶奶说："你要这个没用，在咱老家用不上。"

我问奶奶为什么不去上班，她说，"奶奶是农村户口"，又说"奶奶没文化呀"。

大明湖不收门票了，王府池子不准洗澡了，黑虎买不到了，客官，青啤还是崂山。不来碗大米干饭把子肉，别说去过济南。　　——于静

奶奶识字，小楷写得尤其好。对《易经》六爻也有研究。我从小是爷爷奶奶看大的。只要我哭，奶奶就会埋怨爷爷。爷爷教我英语，奶奶教我识字，也教了好些德行。她教我生活中凡事要有计划，要有节制，别人给的东西，再好也不能要，不能贪婪。　　——鹿文静

35

那时，我对户口完全没有概念，也不知道奶奶没班可上，到底是因为农村户口，还是没文化。

爷爷每天下了班都会喝点酒。因为我在的缘故，他常常买点红肠、火腿之类的肉食回来当酒肴。但他吃得很少，大部分都被我吃掉了。第一次吃到红肠、火腿时，我感觉真是太好吃了。奶奶很少动筷子，一方面，她不吃肉；另一方面，爷爷喝酒似乎是件挺严肃的事，她不打搅。当然，我是小孩，一切都无所顾忌。

奶奶最疼我了，万事都护着我，不论对与错。爷爷的屋里有一对沙发，那是他专门找木匠打的，非常爱惜。沙发里有粗粗的弹簧，我喜欢在上面跳。爷爷有时会心疼，奶奶就说："哪个小孩不爱玩，他不跳谁跳啊？"那间屋子里总是很暗，奶奶坐在暗影里看我，脸上和眼睛里都是笑。

那时，我因为之前从没见过路上有这么多车，很喜欢在马路边看汽车。奶奶抱着我，坐在天桥北面的一个路灯下的石座上，一辆一辆数着来往的车，"一、二、三、四、五……"有时数着数着，天就黑了，路灯就亮了。

奶奶经常牵着我的手，从天桥东面的台阶一步步上去，横穿马路，再从路边沿人行道慢慢往上走。那是一段舒缓的上坡路，看旁边的杨树越来越矮，我幼小的心

从记事起，外公喝酒就是有仪式感的。手中捏着几粒海米，端起酒杯时，会泄露出一点美味。 ——张亚林

我姥姥喜欢读书写字。我记得经常看她读中医书，写流水账日记。记得我6岁时赚到第一笔稿费，姥姥带我取了钱，去书城买了人生第一本《口算天天练》。 ——薛泓

小时候家乡周围没有火车站，自然也就没见过火车。为什么有的火车冒烟，有的火车不冒烟？火车到底有多长？我对这一切都充满了好奇。当有一天第一次坐上火车时，家乡也就在我生活中慢慢远去了……　——一飞

早年，父母在火车站承包食堂，我从小就伴着轰隆隆的火车声长大。或许是幼时眼界小，只觉得铁轨铺开来，怎么也望不到头。姥姥背着我沿着枕木不夫子捉蝎子，夕阳西下，影子被拉得很长，火车头呜呜地吐着白烟。我好久好久没见姥姥了。
　　　　　——彭栋斌

中便有了几分成就感。到了天桥顶上，有很多老人带着孩子在那里玩。每隔几分钟，就能听到一声响亮的汽笛，火车"咔嗒咔嗒"地开过来。有时快、有时慢，在我们脚下的铁轨上开往远方。我便数车厢的节数，奶奶便夸我聪明。

　　从很小的时候起，我就对火车有一种亲切感，它开动鸣笛的瞬间俨然是一场仪式。远远望去，黑黝黝的铁道上，蓝莹莹的灯光一闪一闪，时时刻刻招引着我。

　　我姑姑家也在省城，距离爷爷家有六七里路。奶奶隔段时间就带我去姑姑家一趟。奶奶不会骑自行车，总是带我步行过去。她个子矮小，幼时也缠过足，但偷偷放开了一些，脚半大不小，走起路来还算稳当。我们沿着工商河边往西北走，路过热闹的红桥市场，再经过爷爷上班的汽总大门口，就看见姑姑家所在的李家洼了。那是一个城中村，遍布着平房，比我们肖家村还要混乱，但路是水泥路，比我们那里的土路好太多了。

　　姑姑有三个孩子。大表姐比我年长许多，已经读高中了。二表哥有很多小人书，他很慷慨地对我说："多看书有好处，你看好哪本随便拿。"那时我还不认识字，但到后来，那些小人书成了我最初的启蒙。三表哥很顽皮，整天在外面玩，很少在家。

　　记得有一次，奶奶带我坐 5 路公交车

去姑姑家，车票5分钱，车上很挤，奶奶没有买票。我们只坐了一站，在长途汽车站下车，一个男售票员紧跟下来，要查票。奶奶当然拿不出来。那人非常凶，我当场吓得哭了。奶奶也很紧张，她掏出那个皱巴巴的黑布钱包来，说："同志，我补张票行吧，就一站，你别吓着孩子。"售票员不同意，非要罚款，把奶奶钱包里的2块钱都抢走了。当时，我发誓要记住那个售票员的脸，但对一个孩子来说，记住又有什么用呢？

平时，奶奶对爷爷凡事忍让，不敢说半个不字。但骨子里，她的性格也很倔强。有一次，忘记是不是因为我淘气了，爷爷跟奶奶狠狠吵了一架。奶奶也不服软，拎起一个包袱，拉着我就走。那是一个下午，奶奶身上几乎没什么钱。我们坐4路公交车到泺口，爬上大堤，就看到了黄河。那时还没有浮桥，每隔二十分钟，会有一班船南北往来。奶奶给人说尽好话，求人免了我们的船票。

坐船到北岸，天已经黑了。那时我已走不动，奶奶就抱着我。北风吹来，又冷又饿，浑身凉飕飕。那里距离我们村还有十五里路，没有路灯，没有公交车，其他车也极少，黑漆漆一片。两旁柳树的影子很瘆人。奶奶向来胆小，但抱着我，她的脚步是坚定的。

不知道那时候规定是怎样的。还记得上世纪八九十年代，农村人进城在马路上吐口痰，常常就有人过来罚款。在规则不明确的情况下，有的人明明没什么权力，也会看人下菜碟，欺压弱者。有的人有了一点小权力，就会滥用。
——秦铁

"奶奶"算是那个年代中有骨气的女人了。我奶奶被欺负了一辈子，也没敢有过一次反抗。
——冯晓娜

很多"80前"和"80后"的人，心目中都住着一位或几位目不识丁的慈爱的老人。他们劳苦一生，奉献一生。我常常想，每代人都爱子女，但不是每代人都那么纯粹。
——刘晓华

黄河北面有三道大坝，爬上第二道大坝时，奶奶也走不动了。那道大坝顶上有一条铁路，有人在亭子间里值守。那人是个热心肠，看我们一老一少可怜，就帮着拦下一辆大货车，把我们捎到了离肖家村三四里远的公路旁边。那是我平生第一次坐货车，上车便睡着了。

下车后，我们在路边歇了很久。我记得公路旁边的水沟里蛙声嘹亮。那是在城里所不曾听到的，熟悉的感觉回来了，我脚下也有了力气。

那一次的经历，长大后我曾多次梦见过。于我而言，那是一次小小的历险。有时我会想，当奶奶站在暮色四合的黄河大堤上北望，她有没有想过再带我坐公交车返回爷爷那里？她一个乡下老太太，没文化、没有钱，也没怎么出过门。但她终究没有回头。

其实，奶奶一生凄苦，那么一丁点儿小事，对她又算得了什么？

怀念那个时代，只是怀念自己的童年和青春，怀念经历过的人和事，带着自我记忆的"滤镜镜头"。如果可以选择，我会毫不犹豫地选择现在，毫不在乎当年所谓的"纯真"和"淳朴"！

——一飞

我奶奶说，爷爷不在家的那几年，她一个人带着5个孩子，常受单位同事和邻居们的欺负。有一年，她得了肝炎，爷爷和孩子们都不在身边，她难过了，就一个人躺在床上唱戏。后来，我还依稀记得几次看到奶奶躺在床上唱戏的样子。那时候不懂事，现在想来，她应该是又难过了。

——鹿文静

插画 王旭

当时
村里还没有几部电视机
1986 版的电视剧《西游记》正在播
很多邻居来我们家看
屋里太小
就把电视搬到院子里
椅子和凳子不够坐
就坐在玉米堆上
还有人坐在墙头看
....

1986

我上过三次一年级

哈哈，作者颇以大灵光的样子

1 月 1 日　电视剧《西游记》播出。随后的央视春晚上，六小龄童等四人
　　　　　首次登场。

5 月 4 日　中国开始正式实行"夏令时"。

5 月 9 日　崔健以一首《一无所有》唱响北京工人体育馆。

9 月 14 日　中国女排实现"五连冠"。

12 月 2 日　六届全国人大常委会第十八次会议通过《中华人民共和国企业
　　　　　破产法（试行）》。

到现在也不理解
为啥有这样的时间政策
忘了是怎么调快一小时调慢一小时了，
总之挺麻烦的

"

我的母校，
毕业后再没进去过，
只是从门前经过以及梦里去过。
那些古旧沧桑的校舍都没了，
幽静的小花园，
包括里面的红领巾气象站，
操场上两人合抱的大树都不在了。
那树上曾挂着一口钟，
其实就是汽车轮胎的钢箍。
停电的时候，
到点上课或下课时，
传达室的老爷爷就会敲响它，
清亮、悠远，铛……铛……

——宋总业

有件事说起来难免有些脸红——我前后上过三次一年级。

五岁那年，育红班的万老师问我："让你上一年级，你去不去？"很快，小学一年级的老师就让学生给父亲传话，让我准备去上学。

父亲很高兴，觉得这应该归功于他。在此之前，他不知从哪里找来几截粉笔头，开始在我们家里的墙上写字，教我认识了从 1 到 10 的数字。除去这些，还有十来个最简单的汉字，比如，"大、小、多、少、山、石、田、土"之类。现在看来，那实在再基础不过了，但当时在小伙伴里，我属于识字早的，也有了上小学的"资格"。

但事实上，我只上了几天就重回育红班了，原因是早上起不来床。那时，从一年级就开始上早自习，每天都要跑步和做早操。天还蒙蒙亮，屋里那台老挂钟刚刚响过 5 下，父母就叫醒我，帮我穿衣服，洗脸，去上学。真是太困了，我被叫醒之后，往往刚穿上一只袖子，就又睡着了。父亲实在不忍心，就去学校跟老师说，让我明年再上一年级。

六岁那年，再走进小学校园时，我就多了几分熟稔。但从那年起，早晨上学变得更早了，因为全国开始实行"夏令时"。按照国家规定，每年从四月中旬第一个星期日的凌晨 2 点，要将时钟拨快一小时，即将表针由 2 点拨至 3 点，夏令时开始；

现在的孩子们，两三岁就在家学习知识，认字、算数、读英语，但对大自然几乎一无所知。能认识几样花草，就已经让人惊喜了。假如现在的孩子穿越回三十年前，个个都会被当成"神童"。然而，人生是一场长跑，是不是真的神，长大后才知道。是对是错呢？我们并没有多少选择的机会。

——石桥

我一年级入学前，和父亲一起参加了分班面试。当时啥也不懂，就知道往好了说。老师问我喜欢英语吗？我说喜欢！然后跟读了"apple""banana"俩单词后，就莫名去了双语班。后来才知道，双语班有外教，一年级就学英语，普通班没外教，四年级才有英语课。当然了，每年3600元的学费，在1998年真心贵啊！不过后来中考、高考的英语成绩，感觉都是小学打的底子。

——赵妮

到九月中旬第一个星期日的凌晨 2 点，再将时钟拨回一小时，即将表针由 2 点拨至 1 点，夏令时结束。在夏令时开始和结束的前几天，报纸和电视上都有通知，老师也会提醒。据说，那是因为当时电不够用，如此操作可以起到节约用电的作用，也能督促人们早睡早起。

肖家小学坐落在村子北面，与育红班相比要正规多了，至少不是借别人家的房子，不用自己带桌子和凳子，屋子里也没有棺材。

作为一所农村小学，肖家小学建制还算齐整，从一年级到五年级都有，虽然每个年级只有一个班。教室也是土坯房，但墙脚有了五六层砖，比纯粹的土坯墙要安全许多，下大雨积水时不会轻易泡倒。当然，要说多么好也够不上，房顶蓬勃生长的牛筋草便是明证。

小学总共三个教室，一、二年级共用一个，三、四年级共用一个，五年级单独一个。只有三个老师，共用一间办公室，门口挂着一个生锈的铁铃铛，老师一敲就代表上课或下课了。当然这也并不绝对，偶尔有调皮捣蛋的学生在教室里坐不住，瞅瞅老师办公室里没人，就自己踩着凳子去敲铃。学生也知道没到下课时间，但一听到铃声，还是一哄而散。

那年，父亲每次去姑姑家，都会带几

我上幼儿园的时候，看过希望小学的宣传片，以为小学里是那个样子的，死活不肯去（根本分不清普通小学和希望小学）。后来到了学校，才发现小学没有电视上说得那么破旧，所以还很开心。我觉得叔叔上的小学，有点儿像我 4 到 6 岁时想的那种。

——高凌霄

小时候听说，按太阳穴会死！每次做眼保健操，有个"按太阳穴轮刮眼眶"，我就怕把自己按死！难道只有我有这种担忧吗？

——赵妮

本小人书回来，那是表哥送我的。最初看的是《说唐》，我识字太少只会看画。农闲时，父亲就读给我听。于是，我记住了 1300 多年前的老乡秦琼秦二哥，还有他的表弟罗成。当然也有李元霸，看他手撕宇文成都的一幕，并不觉得血腥，以为只不过像撕纸人一样，"哧"的一声就完了。李元霸被自己的大锤砸死时，我也不觉得伤心，只是纳闷，他武功那么厉害，为什么不知道躲一躲？看到罗成被乱箭射死，倒是痛哭了一场，多么俊的小伙子呀，太可惜了。

不过，从那之后，就有了点免疫力。再看到马陷淤泥被乱箭射死的情节，比如《岳飞传》里误走小商河的杨再兴、《杨家将》里的金沙滩殒命的杨三郎，我都没觉得太难过，似乎明白了这是一种死亡套路。事到临头，任你再猛再强，都只剩死路一条。

那些小人书，为我打开了一扇全新的窗户，让我相信有那么多英雄曾经痛快地活过，还有皇图霸业、沙场鏖兵。我也把小人书中的内容变成了现实版的游戏，比如，把原本装化肥的大塑料袋沿边线剪开，系在脖子上当披风，手持一根撑蚊帐的长竹竿，"哇呀呀哇呀呀"一阵乱喊，就成了长坂坡前的张飞张翼德。还幻想自己被罗成灵魂附体，要去枪挑杨林的"十三太保"。

就这样，我家那个逼仄的小院，在鸡

飞狗跳之中成了广阔的疆场。院墙上长了几棵青草，邻居家的石榴树探头过来。榴花开得火红。

后来，我的小人书渐渐多了，同学也开始问我借，其中不乏外村的四、五年级的大孩子。只要家里有，且不是我正在看的，我基本都答应。有人说："那些五年级的外村孩子你认识吗？他们上初中就不在这个学校了，肯定不还给你了。"我似懂非懂，心想，怎么可以借书不还呢？

那时候，家里晚上总是黑沉沉的。因为怕多缴电费，灯泡度数本就偏小，还常常电压不足，灯泡总泛着红色。在灯下写作业特别辛苦，有时干脆关了电灯，点煤油灯。

<mark>爷爷有一台 12 吋的黑白电视机，</mark>泰山牌的。有一次回老家，他用自行车把电视机驮了回来，说让我看一段时间。当时，村里还没有几台电视机。1986 版的电视剧《西游记》正在播，很多邻居来我们家看。屋里太小，就把电视搬到院子里。那是秋天，刚收完玉米，院子里黄澄澄一大堆。椅子和凳子不够坐，就坐在玉米堆上，还有人坐在墙头看。现在想想，12 吋屏幕只那么大一丁点儿，隔那么远又能看到什么？但当时就是那么新奇、那么热闹。

那年，电视台也播了《射雕英雄传》和《八仙过海》，但我都没有太多印象。

我家有电视那会儿，《西游记》刚开播。18 吋黑白的，好像是熊猫牌。看到《三打白骨精》那集，孙悟空被唐僧赶走那段，哭得稀里哗啦。再过了些年，有了第一台彩电，是亲戚家倒下来的，第一批青岛牌，21 吋，质量顶呱呱，后来还改造成了遥控的，一直用到上世纪末。

——宋总业

那时全村只有一两台电视，到了晚上，村民们围着看电视的景象真是壮观，把人家里堵得水泄不通。印象最深刻的是去看电视剧《八仙过海》，看得很着迷。不过有些看电视的人趁机把人家的粮食给偷走了，有电视的人家很生气，把门给锁起来，不让别人去看了。——赵伟

那时候，我卑微地随爸爸去别人家蹭电视看，不小心插嘴，会被人家的孩子呵斥！

——冯晓娜

以后再重播，我才知道原来郭靖是男的，而扮演黄蓉的翁美玲是那么美。

最痛恨的莫过于停电了，而停电又是家常便饭。有时大家围坐在一起，眼巴巴等着《西游记》开演，突然就停电了。瞬间骂声四起。

当时，肖家村东头和西头，各用一条电线。我家住在西头，停电之后，有人就快速跑到东头，看那边的灯是否亮着。如果东头灯也灭了，就喊一声："散了吧散了吧，是乡里统一停电，看不成了。"如果东头灯亮着，西头全灭了，那很可能是村里的电楼子（供电室）跳闸了，得赶紧跑去找电工，求他马上去送电。如果西头也有人家亮着，只是我家和附近几家灭了，那就是某根电线出了问题。父亲立刻扛起一根三米多长的木杆，去外面电线杆那里，把几根电线敲一敲、打一打。我们小孩也跟在后面，只见漆黑的夜空中，电火花四射。常常打着打着，灯就亮了，电视就响了，孙悟空就出来了，就是一片欢呼。

那时，一年级也上晚自习。为防备停电，每个学生都准备了一盏煤油灯。灯基本都是自制的。在墨水瓶盖上钻个孔，瓶子做灯身。薄铁片一卷，里面插入草纸，就是灯芯了。每每停电之后，都会群起大喊，然后陆续点灯。都是小孩子，灯一点起来，就心绪不宁了。

风吹进来，火光摇曳，黑烟四起。我就拿一张纸，放在火苗正上方，一会儿就熏得乌黑，再一会儿就焦了、脆了，手指一戳，一个圆洞。风再大些，我们就纷纷卷起纸筒，套在灯上充作灯罩，然后假装用心学习。很快灯罩就歪了，蹭了灯芯上的煤油，那火比灯亮多了。就这样，眼看着灯罩纷纷着火，屋里叫声不断，空中纸灰乱飞，气氛十分欢乐。下课后，每个人的鼻孔都是黑的。

因为一二年级共用一处教室，老师也是同一个人，所以只能这节课给一年级讲，下节课再给二年级讲。不学新课的那个年级就要上自习，有着大把的时间。

有几年，我在湘西支教，那里四个年级也只有一个老师。虽然有四个教室，但依然不能同时上课。

——王巧璞

那时，觉得教室里太闷了，我就在自己紧靠着的教室北墙上偷偷挖洞，用削铅笔的小刀挖。每天只能挖一点，但墙是土坯的，慢慢就挖透了。那洞比小孩的拳头略小些，从那里可以看到青青的麦地，几棵落叶飘零的白杨树，以及那座绛红色的电楼子。有时，能看到电工穿着一双半圆形的黑色的"铁鞋"，一步一步，稳稳地爬到电线杆上去，心里十分羡慕。

下课时，女生拾子儿、踢毽子，男生则玩纸飞机。把飞机头折得尖尖的，对着房顶使劲一扔，飞机就插进了教室房顶的苇箔上，然后心满意足地再去折。十分钟时间，房顶上就插了好几个纸飞机，老师讲课时，风一吹，常常有纸飞机从房顶飘下来，划出一道弧线，落在讲台上。

"你们这帮熊孩子，就知道撕作业本叠飞机，你们知道作业本怎么来的吗？"老师咆哮着，"那可是花钱买的！你们家里有钱吗？"

那年放假之前，班主任老师对我说："你没考上二年级，留级吧！"

其实，直到现在我还奇怪，那时怎么就没考上二年级呢？我清楚记得，那年期中考试，我还考了班里第三名。后来，有人说，那时留级是要托关系的，你家里是不是找人了？我问父亲，他说没有。也有人说，大概就是看你年纪小吧。

不管什么原因，我反正在一年级留级了。

留级之后，课程变得异常简单。但我最吃惊的不是这个，而是二年级本来一个非常平凡的女生也留级了，她留级之后一夜之间变成了班里的"霸王"。

班主任老师已经快五十岁了，即将到退休年龄，她对于管理我们这群熊孩子显然没什么兴趣，不仅经常不来学校，解决问题的方式也往往简单粗暴。那个女生名叫G，年龄比其他所有人都大一截，对课程也非常熟悉，老师认为她能管得了我们，就让她当了二年级的班长。

G最大的能力，就是迅速攫取了老师的信任。她负责收两个年级的作业，有

当时规定9岁入学，但我在8岁时上了一年级，每次去上学，看到同龄的孩子还在玩，就特别羡慕，上学也就特别不情愿，总是逃学。三年级时因为成绩差被留级，读了两次三年级，想想当时的学校和老师还很负责，学得不好就留下再学一年，现在是无论如何也不会让学生留级了。

——赵伟

时还可以替老师批改作业，甚至替老师传话惩罚学生。一旦有同学"不听话"，她最常用的方法就是拒收、迟收作业，而老师就会当众对那位学生施以体罚。她又给那些屈服于她的学生各种好处，允许其不写、少写作业，不做、少做值日，或者在其他错事上帮忙遮掩。她也善于制造压力，——孤立那些对自己有意见的同学，再寻找机会予以打压，比如，罚站、罚做值日等。我心里很气愤，但也敢怒而不敢言。

当然，G 作为"班霸"的一切，也是建立在学习成绩基础上的。当她留级的"红利"开始用尽，到下学期成绩趋于平庸的时候，老师就不再信任她，同学们也群起反抗，她的"时代"一去不复返了。

一个小小的班级竟然上演了一部经典历史样板戏，这种剧情在历朝历代不断上演。这就叫"有人的地方就有江湖"吧。

——一飞

我一年级是在德式建筑里读的，
还是木地板，
透着历史的厚重感，
可惜前些年拆了。
读到三四年级，
学校的新教学楼拔地而起，
在当时全市小学中都是数一数二的。
教室里还有暖气，
冬天再也不用从家捎劈柴到学校生炉子了，
也不用去传达室屋后铲煤了。
记得，
班主任曾兴奋地说学校还要建游泳馆，
可直到高中毕业都没见到，
但后来还是建起来了，
比预计的时间晚了十几年。

——宋总业

插画 王旭

我们乡文艺会演的地点是在一个礼堂里
那个礼堂也兼做电影院
小学时我上去表演过
下面密密麻麻坐满了人
电灯光下面
前排各种领导的额头也都亮晶晶的
…………

1987

信天游，旧舞台

1月1日　《中华人民共和国民法通则》正式施行。同日，《中华人民共
　　　　和国治安管理处罚条例》开始实施。

2月1日　CCTV-2开播。

3月26日　中葡两国政府草签关于澳门问题的联合声明。

5月6日　大兴安岭地区发生特大森林火灾。

11月12日　中国第一家肯德基餐厅在北京前门开业。

因为这份声明，十年后，我在枣十几度的济南泉城广场的大屏幕下，冻得一边跳一边看澳门回归！

据说当年有人为了有面子，在肯德基办婚宴，场面堪比现在的五星级酒店。

"

有没有经历过每周二电视台停播的？
还有晚上 12:00 后，
节目也会停。

——郎丰村

红领巾，我至今还保存着一根，绸子的。我是班里第一批加入少先队的，戴上红领巾的头一天，晚上睡觉都不摘下来。第一次感到骄傲啊！光荣啊！在心里向先烈们发誓——为革命，时刻准备着！这是一种情怀吧！

——宋总业

早上出门匆忙，我经常忘记戴红领巾，每每走到半路才发现。不过问题很好解决。我让爸爸去学校对门的文具店买一条就行了——只要2块钱。

——王小拙

儿时上学借"装备"的经历，记忆犹新，好像总是缺一件白衬衫，一双小白鞋。

——刘晓华

刚上小学，老师就告诉大家，红领巾是战士鲜血染成的！我深深地相信了字面意思，以至于每次弄丢红领巾，我就特惭愧，想着又有战士要因我而流血了！——赵妮

现在孩子们一上小学，就陆续戴上了红领巾，搭配着成套的校服看着很整齐。但记忆里，老师从来没给我发过红领巾。

当然，不只是我，我们学校同一级的学生似乎都没发过。可每到六一、国庆、元旦之类节日，学校组织学生表演节目，教音乐的女老师就要求上台的学生必须戴红领巾。

没发怎么办呢？借呗。

那时，老师也知道村里几乎家家户户都没有钱，轻易说不出"买"这个字。我们便四处去借，去想办法。最后找来的红领巾颜色有深有浅，尺寸有大有小，材料有绸有布。年轻的女老师哈哈一笑，给我们戴上，也将就了。

除了红领巾，还要求统一穿白衬衫、黑裤子和黑布鞋。黑布鞋是有的，母亲亲手给我做的，但衬衫和裤子每次都要借，而农村裁缝做的白衬衫跟买的衬衫领子大小不一样，再配上大小不同的红领巾，当真犬牙交错，但当时也只好如此。

唯一能真正统一的，是女老师用胭脂给我们每人的额头中间，都点上一个圆圆的红点。胭脂鲜红，女老师往我额头上点时，飘来一缕淡淡的香。那一瞬间，我想到了《西游记》里的红孩儿，记得他头上就有个红点，有那么一点点霸气。

肖家小学东面是片小树林，林子里有片洼地，较为空旷平整。我们经常在那里

55

排练节目。节目主要有合唱、独唱、表演唱、舞蹈和儿歌等。我五音不全，记忆力却还凑合，只能背背儿歌。四五年级的大孩子都喜欢独唱，唱流行歌，比如，开口就是一曲《信天游》：

> 我低头向山沟 / 追逐流逝的岁月
> 风沙茫茫满山谷 / 不见我的童年
> 我抬头向青天 / 搜寻远去的从前
> 白云悠悠尽情地游 / 什么都没改变

我们村周围是平原，根本看不见山，即便向南走出十来里路，看到的也只有鹊山、华山两座秃山。所以，"低头向山沟"是什么感觉，真心不知道。

不过，不知道又怎样？流行呀。
那时，从小学生到央视春节联欢晚会的明星，几乎人人都喜欢粗犷地吼一嗓子：

> 我家住在黄土高坡 / 大风从坡上刮过
> 不管是西北风还是东南风
> 都是我的歌，我的歌

还有一首《我热恋的故乡》，听着野气四溢，土味爆棚，尤其是里面有一串曲里拐弯的"哦……哦……故乡，故乡"，让我想起某种奇蹄目哺乳动物的叫声。当然，后面的歌词很接地气，唱起来也很顺溜：

亲不够的故乡土

恋不够的家乡水

我要用真情和汗水

把你变成地也肥呀水也美呀

地也肥呀水也美呀

地肥水美

……

随着岁月流逝，那些三十多年前的流行歌曲，那一代人的朴实心声，基本上都已被人们淡忘，大多数年轻人可能一辈子都不会、也不想再去了解。但我的记忆时常被拉回来，尤其是夜里走过路边的一些工地时。路灯光下，树影如筛，那些摩天大楼周遭的围挡上几乎是清一色的年画、剪纸元素，还有玉米、胖娃娃之类，上面配着一首首简单的打油诗。此时此刻，假如有音乐，最应景的恐怕就是《信天游》《黄土高坡》之类。

我生长于农村，对故乡自有深情，也幻想时光倒流，光阴永驻。只是，当我真有机会看见时光倒流，总免不了有些心惊。

那时，应该是年纪小吧，我更喜欢那首《回娘家》。由一二年级的女生表演，穿上过年的花衣服，扎上各自母亲的花围巾，挎上家里的小竹篮，小腰一扭一扭，就唱起来了：

风吹着杨柳嘛唰啦啦啦啦啦啦

小河里水流得哗啦啦啦啦啦啦

谁家的媳妇她走呀走得忙呀

原来她要回娘家

　　电视上也放《回娘家》，朱明瑛唱的，真好听。只是当时不知道，这首歌原唱其实是海峡彼岸的邓丽君，朱明瑛只是翻唱而已。当时更不会想到，长大后我还曾去朱明瑛在北京的家里采访她，并不是做娱乐人物专访，而是帮她向物业维权。

　　当时，有一系列写监狱的歌很流行，那位歌手因犯罪而入狱，而后在狱中写下了《愁啊愁》《狱中十二月》等一系列悔恨之歌。在宣传之下，这些歌红得一塌糊涂。我们这些小学生也很喜欢唱，甚至有人在六一儿童节唱：

那首"监狱歌"我印象很深，现在也记得词，很好听。
——冯晓娜

　　愁啊愁，愁就白了头

自从我与你呀分别后

我就住进监狱的楼

眼泪呀止不住地流

止不住地往下流

二尺八的牌子我脖子上挂呀

大街小巷把我游

第一次听这首歌是看《武林外传》，"90后"应该都看过，里面白展堂唱得太搞笑了：手里捧着窝窝头，菜里没有一滴油……　——赵妮

　　我才七八岁，对于"犯罪"什么的不太明白，但对监狱的场景并不陌生。因为此前，一部名为《少年犯》的电影早已放过很多遍——那大概也是一整代人心中印象最深的电影了。于是，人人心中都有一个"怕"字，知道只要不好好学习、不老老实实听话，自有那个地方在等你。那时也不会想到，三十多年之后，"14岁以下未成年人犯罪"居然成为一个人人切齿却难以惩治的法治论题。

一年级文艺会演时，我背诵儿歌《我家有个小弟弟》，得了这辈子第一个奖。据说，我当时背得不错，只是紧张得要死，表演完后就找不到下台的路了，是堂姐跑上台抱我下来的。

农村的行政区划是每个乡镇都分若干个管区，每个管区下辖几个村。管区所在村的小学是中心小学，下辖村的小学是普通小学。肖家小学只是普通小学，这也是我们学校很多地方不规范的原因所在。当时，文艺会演拿个奖挺难的，每每觉得自己排练得已经足够好，表演得也很好了，但总是入不了领导们的法眼。

到底是什么原因呢？几年后我到中心小学读书时，才明白了这个道理。原来那些能获奖的节目，根本不是什么流行歌曲，而是《学习雷锋好榜样》之类的老歌，再加点二重唱之类的花样，或者就是把"五讲四美三热爱"《小学生守则》之类编成歌。

我们乡文艺会演的地点是在一个礼堂里，那个礼堂也兼做电影院。小学时我上去表演过，下面密密麻麻坐满了人，电灯光下面，前排各种领导的额头也都亮晶晶的。后来，电影院倒闭了，礼堂也越来越破旧。我同学牛哥曾经把里面的一间房子当作宿舍，我去蹭住过几天。站在台上往下看，黑漆漆、空洞洞的一片，假如还有什么东西在活动，大约只有老鼠吧。

广袤的时间里，这世界终会如此。

那时，于我而言，真正能称得上娱乐的，还是在电视上看动画片。

2023年年初，动画系列短片《中国奇谭》火得一塌糊涂。虽然第一季没有脱开"高开低走"的轨迹，但人们还是希望它未来能成为中国版的《爱·死亡·机器人》。加上近年来的《哪吒之魔童降世》《大圣归来》《大鱼海棠》等收获诸多好评，有人称之为"国漫的复兴"。

为什么是"复兴"？因为从20世纪70年代末到80年代，中国动漫曾有过一个由上海美术电影制片厂引领的"黄金时代"。作为一个恰在那时成长起来的孩子，倒真可以称作"躬逢盛世"。

最初看1979年版的动画片《哪吒闹海》，我把小哪吒当成了女孩——男孩哪有这么长的头发？当小哪吒横剑自刎的一刻，我忍不住哭出来。真是既伤心又疑惑：为什么哪吒亲爹李靖不保护儿子，眼睁睁看着他自杀？这个问题没人给我解答。直

记得大约从本世纪初开始，电视上看到的外国动画片渐渐减少。经过了十几年，国产动画又有了起色，现在大家都称为"国漫"。"00后"和"10后"对于动画片的记忆已迥异于上一代人，时代的变迁潜藏其中。——秦铁

我正在看《名侦探柯南》。爸爸说我小时候很喜欢看《小熊维尼》，但现在我一点印象都没有了。为什么曾经喜欢的，会完全忘记呢？——王小拙

到后来我看了《封神演义》小说，才明白哪吒也不是一盏省油的灯——那端的是心狠手辣呀，几次三番要枪挑李靖。当然，关于审美当时完全不懂，直到十多年后重看，才惊艳于那部动画片的神韵之美，而创作班底中赫然有艺术大师张仃的名字。

动画片《大闹天宫》要更早，看时更觉得怪，哪吒怎么能胖成那样？明明是动画片，为什么用了戏曲作配乐？只不过，打得是真热闹，而且能看到孙悟空，就已经满足了。

相比之下，当时我更喜欢《葫芦兄弟》，看了一遍又一遍。七兄弟里，我最喜欢三娃，刀枪不入，多威猛，可是他竟然那么笨。而这种一个个排队送上门去的模式，看了终究觉得憋屈，也不过瘾，后来我就趁去省城的时候，求奶奶买了一本漫画书，那是续集《葫芦金刚》。

有一部动画电影，我从小到大都佩服，名字叫《天书奇谭》。最初只喜欢"蛋生"这个名字，还有那个蹦蹦跳跳的独脚小狐狸，但长大后我才懂得，那部电影生旦净末丑一应俱全，无论奇、趣、美等各方面都堪称"中国动画之集大成者"。

此外，还有《小蝌蚪找妈妈》《雪孩子》《神笔马良》《阿凡提》《猪八戒吃西瓜》《九色鹿》……无一不是精品，也给一代人留下了不可磨灭的记忆。只可惜，那个时代悄无声息地溜走了，国产动画也丢了魂儿。

少时和堂弟跑到旧宅子里玩，我翻出画笔给他画了个孙悟空全妆——五颜六色满脸涂。后来一照镜子，堂弟吓得嚎啕大哭。那时惊觉：他可能当不了孙悟空。
——彭栋斌

以前的经典国产动画片，现在的孩子不喜欢看，可能是画质太烂了吧。之前《天书奇谭》出了个4K纪念版，票房过了两千万。希望能多修复一些经典。
——秦铁

这些动画片都看过不知多少遍，不知为什么现在的孩子不爱看，是播得不够多，还是让人看花了眼？
——宋总业

61

当然，我也喜欢看外国动画片。

那时，从市台、省台到央视——电视机只能收到那么几个台，只要是动画片时段，我几乎都会守在电视机前。二年级下午下课后要做操，我往往做一小半就跑回家，去看《恐龙特急克塞号》。如果家里大门紧锁，我就把门嵌子卸下来，从门洞里钻进去。再爬上窗台，从那块破了玻璃的格子里钻进屋子。有时费尽千辛万苦，打开电视却发现停电了，真恨得咬碎钢牙。

严格说来，《恐龙特急克塞号》不是动画片，而是真人版的科幻短剧。里面有恐龙、外星人，还有"时代战士克塞"，让我大开眼界，如痴如狂。我经常幻想自己变成"克塞"，挥舞激光剑，去消灭外星人。只不过，剧中的男主角与那位外星公主纠缠不清，我看了有些生气。那公主有什么好的？不会开飞机，不能打仗，还总需要人保护，多麻烦！还是那位女战士好，可男主角为什么不喜欢她呢？当时还想不通那些战车、飞船是怎么拍出来的。几年前，我又重看了一遍，原来都只是玩具。

还有《变形金刚》，汽车人与霸天虎，从地球打到外太空，战争不断升级。这一季接一季的动画片，让我从小学一年级一直看到初中，贯穿了整个童年记忆。我当然喜欢擎天柱，但相对而言，似乎更喜欢其继任者补天士。虽然后者没有前者那样完美，也总有意志不坚定的时候，但这些

我小时候最爱看的动画片是《神奇宝贝》，经典角色是皮卡丘、妙蛙种子、武藏、小次郎。
——赵妮

陪孩子看奥特曼，脑海浮现《恐龙特急克塞号》。电视里的情景，孩子专注的情景，恍如当年。
——刘晓华

我从小看的很多动画片，都被媒体批判过。部分动画片失去了魂魄，挺可惜的。从很多研究和日常观察都能看出，男孩和女孩社交方式的不同，是幼年时期形成的。电视动画片也是重要影响因素，这种偏向公主而不是女战士的描述方式，慢慢形成了社会对女性能力的一种偏见。
——薛泓

每年几个大的国际电影节结束后，我都会找几部获奖动画片看。有时也给孩子看，孩子很喜欢。"不怕不识货，就怕货比货"，对于动画片来说，有时语言反而是其次的。
——左桥

公主希瑞，性启蒙？只记得满屏大腿和高耸的胸脯，还有那句"赐予我力量吧"。
——宋总业

缺点让我觉得他更真实，更像一个能够高攀得上的伙伴。

《圣斗士星矢》也是贯穿童年、刷新认知的一部动画片，每每看得我热血沸腾。星矢的赤诚、紫龙的忠义、冰河的热血、阿瞬的柔韧和一辉的决绝，无一不动人心魄。虽然这"五小强"打怪升级的套路有些单一，但那场面着实奇诡，架构宏大。特别是一辉这个混蛋，简直酷到无解。我还经常模仿星矢拼命时的站姿，两只膝盖微微向里倾斜。不知是否是模仿久了的原因，我的腿真的有一些变形。

我还喜欢看《非凡的公主希瑞》，学着她的样子手拿一根木棍，大喊一声："赐予我力量吧！我是希瑞——"幻想我也能像她一样，瞬间变得强壮而能打，举手投足间就能战胜邪恶。

只可惜，我没有"顺风马"，有的只是一只小黄狗。我用木棍向它一指，它的两只耳朵往后一抿，摇摇尾巴看着我。我刚想骑上它，它出溜一下就跑掉了。

相比于其他"80后"孩子，我好像是个异类。我对动画片几乎没有什么印象，别的孩子在看动画片的时候，我们都在玩"打仗"游戏，用现在的话说，叫"交互性"更强一些，调皮捣蛋，然后回家挨揍，循环往复。每天听家长远远地扯着嗓子喊：某某回家吃饭了！这一天的游戏时光也就结束了。
——一飞

插画 王旭

. . . .
前面黑压压坐满了人
小孩坐在后面又看不见
没办法
就转到幕布背面来看
幕布背面人很少
看得也挺清楚
只是电影里所有人的动作都是反着的
个个都是左撇子
感觉很怪异

1988

小狗"物物"的命运

看到这个标题
我想起了一部同样
是那个年代的电视剧
《警犬卡尔》
不知道还有没有人记得？

1 月 1 日　　中国北京天安门城楼对中外游客正式开放。

1 月 23 日　　张艺谋指导的电影《红高粱》获第三十八届柏林国际电影节金
　　　　　　熊奖。

3 月 21 日　　平安成为中国第一家股份制保险企业。自此，社会上多了一个
　　　　　　职业群体——"卖保险的"。

4 月 18 日　　中国台湾红十字会开始受理转递大陆信件。11月21日，第一位
　　　　　　大陆公民赴中国台湾奔丧。

12 月 1 日　　中国外交部部长钱其琛访问苏联，中苏关系解冻。

"

每个农村孩子都有一个忠心耿耿的"陪伴"，
也成了精神上的伙伴。
我小时候的狗，
从来没有过名字，
但我却总能记得住它们的样子。

——刘晓华

我家的小黄狗原本叫"路路"，跟肖家村百分之九十九的狗一样，是一条土狗。邻居家的小妹妹口齿不清，"路路"总叫成"物物"。我也随着她叫，于是小黄狗的名字变成了"物物"。

"物物"长得矮小，但很伶俐，常常在早上跳上床把我舔醒。它整日在外面跑，难免会在床单上留下带泥的脚印，少不了受一顿斥责。它就把两只耳朵往后一抿，摇摇尾巴，跑到院子里去了。

那时，在农村是没有"宠物"这一概念的。狗和猪牛羊一样，都只是一种家畜，它的职责就是看门。

当时社会治安不好，农民家里的院墙低矮，很难起到防盗作用。全乡三十多个村零散分布，却只有一个小小的派出所，出了事根本来不及报警。家家户户都养狗，多个"耳朵眼儿"，夜里好听个动静。

物物个子小，没有什么威慑力，每次有外人来，它虽然努力在叫，但总有些外强中干的意思。在家外面，它从来不乱叫，却还是常常受到别家大狗的欺负，经常"嗷"的一声惨叫，跑回家来，趴在屋门口的化肥袋子上。那是我给它铺好的，里面装了一些干麦秸，不会冷。

早上，天还没亮，物物就跟我一起去上学，趴在离校门不远的一棵大榆树下面。看我一出学校门它就迎上来，两只前爪扶着我站起来，然后我们一起回家。秋天，我带它去野地里玩，怕它受欺负，就随身带一根棍子，必要时予以援手。我四处去找能吃的野果，它则呼哧呼哧一阵跑没了影，过一会儿又呼哧呼哧跑回来，躺在我身边"哈哒哈哒"吐着舌头喘粗气。我问："你去撵兔子了吗？"它摇摇尾巴，打了个滚，轻轻咬着我的腿玩。我用手一摸，它光滑的毛皮上沾了很多苍耳，就一个一个帮它摘下来。它似乎有点疼，呜呜叫着，却也不跑开。

物物是条小母狗。有次出门，我看见它跟不知谁家的一条黑狗，尾巴对着尾巴梭住了。我觉得它一定受了欺负，就回家拿了根棍子去敲打那条狗。两条狗都发出哀鸣，过了好一会儿才分开。至于这意味着什么，那时我还不懂。几个月之后，物物就生了一窝小狗。二十多天后，小狗能吃食了，就送了周围的邻居。有的小狗死了，也有的养大了，就跟物物一起玩。不知道它们是否认识彼此，因为偶尔也会打架，物物同样不是敌手。

你的第一堂生理卫生课开始了！ ——王巧璞

过年，是物物最害怕的时候，鞭炮声一响，它就钻到床底，好久不出来。我把骨头扔到外面，它就探出头张望一番，抢了骨头赶紧钻回床底去。物物平时睡在大门底下，那里可以遮风挡雨，但有时它夜里害怕了，也会跑去南屋，跟我家的老驴一起睡。我总担心老驴会踩伤它，但这样的事从未发生过。也许老驴真的有"夜眼"，也许家畜自有它们的相处方式，至少有一种起码的善意。

可惜的是，那年村里忽然风传要"打狗"，说是上级下的命令。

还是孩子的我不会知道，当时农村因防疫意识差，农村狂犬病肆行，又没有好的预防手段，只好采取了极端处理方式。也就是说，"打狗"属于无奈，但在我的童年留下了深深的印痕。

在我们村打狗之前，省城已经打过好几轮。城里的三表哥很喜欢养狗，他一听到风声，就骑了自行车，牵着他的大狗，送到我家来避风头。这样的事一再重复，也就习惯了。

然而，打狗已经开始。乡里成立了专门的打狗队。据说，打狗队事先都已打听清楚，查得也很仔细。有人把狗藏在地窖里、鸡窝里，都被搜出来了。

我心里很害怕，那天晚上抱起物物，把它放到村子南头的桥上，希望它能自己逃走。但我刚一转身，它就又跟回来了。我蹲下捡土块扔它，打得它呜呜直叫，也远远逃开了，但等我回家的时候，它已经摇着尾巴在门口等我了。

我又拿绳子拴了它，把它牵到村子南面没有水的大沟里，系在沟旁的杨树上，希望疯长的野草能遮挡住它。这次，它很乖，没有再叫，只是眼巴巴望着我。我就这样

小时候家里养着几条狗，爸爸喜欢狗。当时村里组织的打狗队，唯独没去过我家。爸爸是退伍军人，平时少言寡语，任凭外面鸡飞狗跳，他总是一个人坐在那儿喝酒，两耳不闻门外事。村里人有点怕他，又很尊敬他。我家狗自由地活着，有吃有喝，直到老去！　——纯子

我从婶子家要来一只小土狗，刚到家没几天，就听说要"打狗"了，当时甚是紧张，回家赶紧找地方，想把小狗藏起来。在学校也揣着心事，盼着放学回家，看看小狗怎样了。就这样一直好几天，后来听说是只打大狗，不打小狗。呀！心总算放下了。　——郎丰村

我小时候，城市是绝对禁止养狗的，只有猫。
　　　　　——宋总业

回了家。隔了几个小时，心里翻来覆去想，还不知道什么时候开始打狗，物物没有吃的，会不会饿死啊？就又摸黑回到大沟那里，抱着它哭了一场。然后，我们一起回了家。

平日里，我胆子小，晚上是不敢独自去大沟里的。记得当年挖沟时，挖出了很多死人骨头。沟里还有蛇，白天在那里走，每隔几步就会看到一条，一动一动从沟边往下爬。但那天晚上，我被一种强烈的悲愤笼罩着，一点也没有害怕。

几天过去，村里风平浪静。我想，风应该刮过去了。

一天上午，我正上课，耳边陆续传来枪声，星星点点的。心一紧，什么也听不进去了。

放学后，物物没有来接我。

母亲说，打狗队进门的时候，物物没有叫，也没有跑，似乎已经知道自己的命运。

在农村，农民对家畜、家禽有一种原始的感情。除去狗之外，我家还养过鸡、鸭、猪、牛、羊和驴。父母年龄大了以后，也养过猫。鸡鸭是下蛋的，猪和羊是卖钱的，牛和驴要下地干活，猫要捉老鼠。就像农村不养闲人一样，动物也各有职分。

那时，鸡鸭下了蛋，我们平时都舍不得吃。只有生病了，才会在下面条的时候，打上两个荷包蛋，吃了之后病很快就能好。

在凭票供应的时候，我们家的鸡蛋不少是用劳保手套换来的。
　　　　　　——宋总业

我们家的鸭蛋、鹅蛋，感觉只在端午节时才会自用几个。母亲总是在攒满一篮子后，就拿到集市上去卖，每每看到母亲满载而去，空篮而归，我反而有种收获的欣喜。
　　　　　　——刘晓华

绝大多数时候，鸡蛋和鸭蛋都要拿到集市上卖。农妇们有的挎着篮子，有的用围巾包了鸡蛋，三五成行摆到公路边。卖时也不论斤，而是以 10 个为计量单位，比如，大点的鸡蛋一块钱 10 个，小点的 8 毛钱 10 个。==鸡蛋卖了钱之后，再去买其他生活必需品。==

　　集市上也有牛羊交易区，有专门的牲口"经纪人"。他们个个能说会道，帮人卖了牲畜之后抽取佣金。谈价格的过程也有讲究，不是口头讲价，而是买卖双方"经纪人"背过身去，拢了手暗中比画，通过手势商定价格。这种含糊其词的交易方式，是一种长期以来形成的行规，但其中也暗藏玄机，买家或卖家都有可能被坑。因为"经纪人"长期盘踞在市场上，有的已经形成了一股势力，买家和卖家则大多人生地不熟，被坑了也只能吃哑巴亏。

　　有的人家攒了几年的钱，终于从市场上买了一头牛，想牵回家做耕牛用的。谁知买的时候生龙活虎，回家几天就死了。这样的情况，八成是买的牛被人灌了药。因为有一群人就是要把牛以稍低一点的价格卖给你，等过几天你家牛死了之后，他们又会上门以极少的价格把死牛买走，宰杀后将牛肉以正常价格卖出。一来一去，就多赚很多钱。而买家几年的积蓄打了水漂，往往心疼加郁闷，几天吃不下饭，甚至会生一场大病。

也是因为担心被坑，我们村里人极少会去集市上买大牛，往往都是买邻居家的小牛。等小牛稍大一点，就要教它干农活，我们叫"打磨活"。牛绝不是生来就会干农活的，不"打磨"的话，很容易把车拉翻，把庄稼踩个稀巴烂，甚至伤到人。

"打磨"一头耕牛需要花很多精力。比如，小牛自由自在惯了，要先教它听从指挥，让它听懂基本的口令——"驾"是往前，"稍"是往后，"喔"是右转，"噫"是左转，"吁"是停住。过几天，就给它套上绳子，让它拉着一根粗木棍慢慢走。再过几天适应后，才给它套上车，到野地里去练习。耕牛干活好不好也关系到一个家庭的生计，因为它是一户农家最壮的劳力了。当然，也不是所有小牛都能"打磨"出来，那些实在学不会农活的，只能拉到集上卖掉了。

记得有一年，正在播电视剧《黄河东流去》。其中，老汉在耕牛死后，坚持把它埋葬，而不是让"中央军"吃掉，他说："在我眼里，它是我们家的一口人！"这种感情，恐怕只有在农村经历过的才会懂。

那时，农村还有一些针对家畜的特别"手术"，这在今天已难得一见了。

比如，给牛吸铁钉。牛平时吃铡碎的干草，主人都先用筛子把草细细地筛一遍，筛掉里面的土，再仔细挑出杂物来，然后

《黄河东流去》里有个情节是，黄河泛滥，庄稼都被淹了。孩子没东西吃，就自制鱼叉去抓鱼，居然抓到好几条大鱼，看得我真羡慕啊。可惜长这么大，从来没叉过鱼。
——秦铁

今天农场的寄宿妈妈告诉我，她自己给一只小猫接了骨！说去正规兽医那里要好几千美金！
——薛泓

才把草倒进槽里，让牛吃掉。然而有时候在外面放牛，或者牛在地里干活随口吃东西，就没有那么仔细了，很可能吃进杂物去。牛的消化能力很强，一般的石子之类能随粪便排出，但吃进铁钉就麻烦了，会卡在胃里，甚至扎进胃黏膜。

这种情况，主人事先当然并不知情。看到牛连续几天不吃东西，服药后也没有效果，就会心急如焚。这时，只好请人来给牛吸一吸，看胃里是否有铁钉。做这一行的人往往是兽医，但又并非普通的兽医。他先把牛拴牢，戴上嚼子，撬开嘴，然后强行给牛灌水，乘机把一块拴着绳子的磁铁灌进牛的胃里去。过一会儿再把磁铁拽出来，如果胃里有铁钉、刀片之类的，都能吸出来。

我小时候看过几次给牛吸铁钉的场面，但当时并未觉得神奇，只记得牛被灌水时，那神态真是太痛苦了。

再比如 **劁（qiāo）猪，** 即阉割猪的睾丸或卵巢。在我们那里叫作"择猪"。这种去势手术，一般在猪比较小的时候进行。两个人把猪按倒，兽医拿出一个刀片，在火上烧一烧，消消毒，然后一下割开小猪的身体，用手把睾丸或卵巢掏出来，再用针把伤口缝合。小猪发出惨烈的嚎叫，我每每觉得它已濒临死亡，但等伤口一缝好，它就跑掉了。接下来的几天，它会享受一些优待，多吃一些玉米面或者麦麸，几天

小时候回老家，看到猪是散养的，傍晚才赶回猪圈，猪大得能骑上去。猪圈占了半个院子。十几年前回媳妇老家，看到猪圈像个办公隔间，苍蝇大军铺天盖地。几年前再去，猪圈没了，盖了房。环境确实好了，我能坐在院里晒太阳了。——宋总业

劁猪我不敢看，只记得一帮子人挨户骗猪，但吃过……那时物质条件太匮乏了。
——万长林

73

就康复了。择过之后的猪，再不会发情，把精力放在不该放的地方，而是一心一意长肉，很快长肥了就可以卖了。

此外，还有割鸡嗉子。嗉子是鸡脖子到胸口之间一个暂时储存食物的囊，形似豌豆，但要大得多。那时候，为了消灭蝼蛄等害虫，会用敌敌畏来拌一些麦麸，撒到地里去。这些毒麦麸一旦没藏好，就可能被家里的鸡偷吃，鸡很快就腿发软，走不动路了。我亲眼见过这一幕，请兽医既来不及，也不值得，卖一只鸡的钱还不够付诊费的，再说也未必救得活。于是，母亲把心一横，自己拿来菜刀，在火上一烧，把鸡嗉子割开，掏出毒麦麸，洗干净后再缝上。那只鸡居然奇迹般地活了下来。

那时给家养的动物"做手术"是必备的技能。当时还没有短视频，否则肯定会有一批这样的内容，让城里人无比震惊，让某些动物保护主义者去举报。那时人和动物的感情其实最真，那是真的相依为命。
————秦铁

爷爷带我去天桥北头的光明电影院看了《侠女十三妹》，丁岚演的何玉凤真好看，只可惜她用的是单刀，我更喜欢用剑的女侠。之前她还演过《少林寺》里的女侠白无瑕，印象深刻，是我童年的偶像。电影里有个吃人心的桥段，有点吓人。好多年之后我才知道，那部电影是根据清代章回体小说《儿女英雄传》改编，而大反派纪献唐是影射清朝权臣年羹尧的。你看，（年）纪、（羹）献、唐（尧），如此一一对应。而电影中，纪献唐的扮演者葛存壮乃是葛优的父亲。

童年印象最深的电影是《夜盗珍妃墓》，盗墓贼爬到棺木里，珍妃突然坐起来，把我吓坏了，好多年都会梦到那一幕。后来得知，这部电影是好多"80后"的童年阴影。 ————白晶

那时电影院仍然在放《芙蓉镇》，导

演谢晋，男主角是姜文。女主角很美，迷倒全中国大部分男人，但对农村孩子全无吸引力。我觉得既没枪战又非武打，为什么要看？直到很多年后，在一个风雪交加的夜晚，我重新看完了这部电影，画面虽不清晰，但心中像被一道闪电劈过。原来"芙蓉姐"真的比芙蓉还要美，她摇曳于疾风骤雨中，片片凋落却又百折不挠。走在风雪里，耳边回荡着姜文的那句"活下去，像牲口那样活下去"。原来，在那个年代中国电影已经达到了难以企及的高峰，唱出了一曲绝响。

1988年开始，村里的露天电影放得渐渐多起来，几乎隔几个月就有一次。一般每次放两场，一部《上甘岭》《小兵张嘎》之类的革命老片，一部比较新的片子。

有的片子看起来很过瘾，记得有一部《闪电行动》，讲对越自卫反击战的，里面既有炮战，也有特种兵小分队行动，很惊险，很刺激。当然，我最喜欢的还是《天下第一剑》《风尘女侠吕四娘》《大漠紫禁令》这种古装动作片。尤其是《大漠紫禁令》，里面有沙漠中海市蜃楼的幻象，还有喝马血的场面，让我至今记忆犹新。

放电影基本都是在村里的场院中，比较空旷。一般来说，村干部都会提前在大喇叭里吆喝几声，告诉大家晚上有电影看。但有时大喇叭还没响，村里人就都已经知道了。肖家村比较小，只要有几个人知道，很快也就传遍了。

　　——今天晚上放电影，你家知道了吧？

　　——谁说的呀？大喇叭怎么没吆喝呢？

　　——我晌午从当官的家里看到的，放电影的那几个大铁箱子在院儿里放着呢。正在那里喝酒哩！

　　——嘿，这帮人呀！行，晚上看去！

　　小孩儿心急，赶紧扒完晚饭就跑去场院。果然，挂电影幕布的粗竹竿已经竖起来了，一般是两根，但有时也只有一根，另一端绑在树上就行。人们三三两两地赶来，扛着椅子，搬着凳子，坐在那里一边闲聊，一边等电影开演。但电影很少准时放，有时说八点开始，但到了八点半还没看到放映员的影子。人们坐得不耐烦，纷纷喊："人上哪去了？还没喝完酒吗？叫他去！"于是就有人去找。

　　放映员来了，通红着脸，一身酒气。很快，随着一阵吱吱嘎嘎的轻响，一道亮光射向幕布，人群一阵欢呼。小孩纷纷跳起来把手伸进亮光里，幕布就多了几只手臂的影子，还有很多昆虫乱飞……

　　有时候明明听说晚上放电影，但晚饭后去等了很久，也没见竹竿竖起来。去打听，有人说：没有电影啊。也有人说：有是有，

　　那些年的露天电影，对我们而言只是由头而已。我们要的是在星光下，肆意地嬉戏打闹。
　　　　　　　　——刘晓华

　　我上一次看露天电影是在湘西支教的村里，就我一个人手把一瓶啤酒，享受这个过程。如同穿越一般，还有根鸡腿！
　　　　　　　　——王巧璞

　　村里隔三岔五会有放映员来小广场支架子放电影。幕布拉开，放映机咯噔咯噔地转起来，光影氤氲，尘埃在空气中跃动，投射在幕布上的一切都活了起来。似乎有漫天繁星、银河倒悬，那时爷爷奶奶还很年轻。
　　　　　　　　——彭栋斌

但不是咱村里，是许家村放。凳子都搬出来了，不看了吗？索性心一横，就搬着凳子跑去相邻的许家村。气喘吁吁赶到那里，电影已经开演了一会儿。前面黑压压坐满了人，小孩坐在后面又看不见。没办法，就转到幕布背面来看。幕布背面人很少，看得也挺清楚，只是电影里所有人的动作都是反着的，个个都是左撇子，感觉很怪异。

有时候去晚了，就爬到场院里的麦秸垛上看，这样高一点，就能看清楚了。那时，大家观念很保守，看到电影中的亲昵镜头，往往会嘿嘿几声。当然，大部分电影很少有这种镜头，但有时也有例外。

记得那年放了一部电影，名叫《中华英雄》，由李连杰自导自演，里面有很多暴打美国大兵的场面，很热血，尤其是最后对反派没有赶尽杀绝，而是讲起了"恕道"，这在当时的电影里极为稀罕。

那部电影的女主角也很美，当时刚刚演过电视剧《蛙女》，她叫宋佳，青岛人。后来我才知道，那部《中华英雄》也是在青岛拍的，里面有些 20 世纪 80 年代的青岛街景，很多已成为美好回忆。多年之后，我在一位朋友家的客厅里还见过宋佳老师，可惜当时我已快喝醉，只来得及打一声招呼，就在她对面的沙发上沉沉睡去。

爷爷家附近刚开了一个商场，在菜店对面，奶奶经常带我去逛。商场是有名字的，但大杂院里的老人都叫它"转楼"，因为里面商品的陈设是环绕楼梯转了一个圈——这是如今最普遍的陈设方式，当时在老人们眼里却无比新奇，也总是晕头转向。奶奶用买菜剩下的钱，给我买了一点海棠脯、巧克力豆，还有锅巴，真是太好吃了。那时，电视上天天都是小米锅巴的广告，终于吃到了。

我喜欢买卡通画片，主要是动画片里的人物，像《变形金刚》《葫芦娃》《西游记》等，还有一些评书里的人物，像《说唐》《三国演义》《杨家将》之类。

天桥下面开了一家新华书店。从菜市场回来，我有时会拉着奶奶进去逛逛。那时，我识字还不多，也还没开始写作文，当然不会知道，那是几十年来中国思想最活跃的一个时代。那是文学风起云涌，现代、后现代主义思潮横扫中国，弗洛伊德与邓丽君启蒙一代人的时代。那是充满诗意与思辨精神，知识分子重塑精英意识，主动承担启蒙责任的时代……

与这样的 80 年代擦肩而过，真是莫大的遗憾。

我在新华书店买的第一本现代小说，是郭敬明的《梦里花落知多少》。 ——赵妮

我在上世纪 90 年代后期才接触弗氏精神分析学，听老师高谈阔论后现代，还真有点飘飘然的感觉。
——宋总业

物物的命运，
耕地的老黄牛，
银幕上的手影戏……
这些时代的印记，
在大江大河的奔涌中，
逐渐消失，
也成了我们这一代人最深刻的回忆。
对美好生活的向往一如既往，
对曾经的回忆，
也是一往情深。

——姜文英

插画 王旭

割完了麦子
要用牛车拉到村头的场院去
这时最适合我干的活来了
熟透了的麦子很轻
牛车上每次都装得满满的
足有两三米高
需要有人趴在车顶的麦子上
帮车下的人用绳子拢好
这个活叫作"压车"
一般都是小孩干
因为小孩足以胜任
身体也轻
不会给牛增加太多负担

1989

麦垛上的月亮

是不是这个场景?

1 月 3 日　　长江葛洲坝水利枢纽工程宣告建成。

2 月 15 日　　苏军全部撤出阿富汗，长达十年的阿富汗战争结束。

5 月 16 日　　邓小平会见访华的苏联最高苏维埃主席团主席、苏共中央总书
　　　　　　　记戈尔巴乔夫，宣布中苏关系实现正常化。

6 月 / 11 月　　6月，江泽民在中共十三届四中全会上当选为中共中央政治局常
　　　　　　　委，中共中央总书记；11月在中共十三届五中全会上当选为中
　　　　　　　共中央军事委员会主席。

10 月 30 日　　公益事业"希望工程"成立。

"

乡愁，
是麦堆上的那轮明月，
在少年稚嫩的歌声中缓缓升起，
在父亲无尽的叹息里，
踟蹰前行。

——姜文英

1989 年秋天，我上三年级。

计划生育政策的效应已开始显现，小学生源锐减，我们周围几个村庄的小学开始撤并。肖家小学三年级以上的年级被裁撤，我得去邻村的许家小学读书了。

许家小学距离我家有二里多路，走路要二三十分钟。那里的教室不是土坯房，而是砖瓦到顶的，只是教室里的课桌不够，要我们自己带桌凳。父亲用独轮小推车帮我送去一张黑色的长条桌，同桌则扛去了一条长板凳。后来，为了向语文课本中的少年鲁迅学习，我在桌上刻了个"早"字。同桌也想刻，但没好意思，因为桌子是我的。

许家小学聚集了许家村和肖家村两个村的学生，总共三个教室。其中，育红班一个，一、三年级共用一个，二、四年级共用一个。在我们教室中，大部分学生都是许家村本村的，肖家村的只有 5 个人。因为人数少，总担心受欺负，老师一般偏向成绩好的学生，所以我开始用功学习。

那时，早饭总是馒头咸菜。咸菜不敢多吃，因为到学校里口渴了很成问题。在学校，不要说热水了，连凉水都没有。许家村的学生可以回家喝，而我们外村的学生渴得没办法，就只能去附近人家讨口凉水喝。小孩子，脸皮薄，最希望人家家里正好没有人。院子里都有压水井，推开篱笆门进去，随便去水桶里找点水来做"引

我用的桌子上刻了5个"早"字。哈哈哈，我当时不知道怎么回事，直到学到那篇课文。我看了看桌子上的"早"们，决定放过那张桌子。
——高凌霄

我上小学时，全村4个班，每个班有50人。现在两个村的孩子合在一起，才能组成一个40人的班。
——赵伟

我经常把学校里的舒适当成理所应当，把自助餐和无限食材看淡。读到这里时发现，1989年学生连水都要自己打，真是惊讶！——薛泓

水"，就能自己用压水机压上冰凉清澈的水来。平时老师们喝的水，也全靠学生轮流用"水车"拉来。"水车"用橡胶桶做成，一车能装满两大水缸，对小学生来说有点重，需要三个人，一个拉，两个推，一不小心就会弄湿鞋。

后来，我就自己带水。用"兰陵二曲"的酒瓶，里面灌上凉白开，加一点糖精和醋，就酸酸甜甜很可口了。还自己做了吸管——两手抓着一截电线在树上摩擦，一会儿电线热了，用钳子捏紧里面的铜条，一用力就能抽出来，空空的电线皮就是吸管。

肖家村与许家村相隔不远，但下了晚自习往回走，路上还是有点儿黑的。有段时间，我们回家时都提着自己做的灯笼——在罐头瓶子里放一小截蜡烛，瓶口绑了铁丝，用一根小棍儿挑着。不过，一个人走夜路，似乎提了灯笼更心慌。那时，电视剧《聊斋志异》正在热播，片头飘忽诡异的音乐，总是回荡在耳朵里，而两村中间恰好有一片坟地……

三年级的语文课开始有作文了，但该写点什么完全不知道，老师似乎也说不清楚。第一篇作文是《我的母亲》，大家写起来都是"母亲中等身材，头发已经花白"，"她穿着补丁衣服，却帮我做新衣服"之类。后来，又写过几次《一件小事》，内容也很雷同。比如：星期天去拔草，体验到了劳动的艰辛；上学路上，不知谁家的小牛

大杂院里有偷电的，常听到有人为这事骂街。我姥姥、奶奶会根据油灯芯子爆的花看"事儿"，挺神秘，可惜没继承衣钵，这本事失传了。
——宋总业

在啃麦苗，我去把牛赶走，结果迟到被批评，我却很开心；放学晚回家，替生病没来的同学做值日，打扫卫生等。这些事，有些是真的，有些是编的。有时为了写作文，也专门去找点好事做。真是愁啊愁，觉得整天日子都一样，没什么值得写的。

为什么课本上的那些事，跟我们的生活完全不同呢？人家去送迷路的老奶奶回家，而在我们村里，老奶奶整天在自家地里干活，从不迷路；人家去给烈士陵园扫墓，我们连烈士陵园在哪儿都不知道；人家去少年宫，看航模展，我们更是闻所未闻……那时也渐渐明白，书上写的是城里人生活，而我们是农村人。

有次去省城，我到天桥底下的新华书店去玩，想看看有没有面熟的书。至少，我学的课本总会有吧。然而并没有。只有六年制小学课本，跟我学的五年制的完全不同。也是在那时，我开始明白，城里孩子过的日子、上的课，跟我们真的不一样。

那年，省城动物园刚刚改名。之前我去过一两次，但没什么印象，只记得有很多动物，园子很大，走起来很累。那次，爷爷又带我逛了一回，还给我讲了金牛山的故事。为了写作文，我留心观察了一番，果然很有意思，特别是狗熊很憨厚，大象非常臭。熊猫要收钱了，没去看。

老师在我们作文后面，偶尔会写"书

写认真"等几个字的评语，但更多时候只是写个"阅"字。我是语文课代表，有同学问我："'阅'是什么意思，好还是不好？"我说："不知道，老师没说。"同学说："你再去问问。"我说："我不去，我害怕她揍我。"

在我那篇游记后面，老师写的评语与以往都不同，是四个字："虎头蛇尾。"是什么意思呢？我想象了一下老虎和蛇的样子，似乎都很厉害，还挺高兴的。

==现在，孩子们经常谈论的话题是"偶像是谁"，==我们那时是没有偶像的，有的只是榜样。《我的榜样》也是最经常写的作文题目，除去雷锋之外，我的榜样还有"身残志坚"的张海迪、"救火小英雄"赖宁等。后来我才知道，原来张海迪就住在十几公里外的省城，她在电视机上妆容精致，看着很美。而想想赖宁救火的英雄举动，我免不了有些惭愧，毕竟在那些个秋天，我是那么喜欢去野外点火来烧东西吃。

三年级还多了一门课，叫作"自然"。我对那册课本的封面记忆犹新：一个小姑娘头顶一本书，走在金色的秋天里。

我父亲是高小毕业，母亲也识字很少，对于科学知识所知寥寥，周围大多数同学的情况跟我类似。这门课程让我大开眼界，开始初步了解冰、水、水蒸气的转化条件，植物根、茎、叶的依存关系，太阳照射角度

二年级的时候，冒充我爸签字，把"阅"写成了"问"。可老师并没有找我，以至于很长时间，我都把"问"当成了"阅"。可老师为什么不找我呢？可能是因为我每次都考100分吧！

——鹿文静

现在的"榜样"都停留在课堂或主流叙事中，"偶像"则是在社交媒体或口语中，其实大多数人既没有榜样也没有偶像，有的只是一个又一个"瓜"，吃啊吃的，人就老了。

——秦铁

我现在的文字基础，都是小学语文老师给打下的，所以一直感恩！她很严格，总要求有感情地朗读、背诵，不能磕磕磕绊。现在越来越有体会，文章读得带感，确实有助于理解和感悟。

——宋总业

和影子长短的变化……这么一说，如今的孩子们都会笑：这不都是最基本的常识吗？但在那时，我真的一无所知。再举个例子，如今哪个孩子不知道地球、宇宙等名词？可在当时，"地球"这个词三年级还没学到，"宇宙"是五年级才讲的。

也是在那时，我开始知道主科和副科的区别。我们三门课都是同一个老师教，只有上语文课和数学课时她才认真讲，上自然课只给念一下课文，然后画出几段，说："你们背过就行了。"背过与否，也懒得检查。后来，四年级有了地理课，五年级又多了历史课，基本都和自然课一个待遇。当然，跟体育、音乐和劳动那种只存在于课程表上的课，还是有所不同的，这些课要计入考试成绩。

当时有一段"十二级风顺口溜"，几乎每个人都背得精熟，一看到外面有风吹草动，就会猜一下是几级风。还有一个"二十四节气歌"，背熟之后确实有用，可以跟父母交流，到什么节气该种麦子，什么节气又能收白菜了。

那时，我们周围的学校没有寒暑假。一年有三个假期，分别是：麦假一周，秋假三周，年假三周。

麦假和秋假是农忙假，小学生要帮家里干活。年假，顾名思义，就是过年了。

农忙假不是"过家家"，小学生是真

要干农活的，尤其是春夏之交收麦子的时候。俗话说，"一麦赶三秋，官家小姐下绣楼"，说的就是麦收时节，农活铺天盖地而来，要没日没夜地忙，任你再怎么娇贵，都得下地干活的。

麦地之美，无数作家和诗人曾赞美过，在农民心中，更承载着全家人一整年的生活和希望。每一个麦穗都沉甸甸的，每一根麦芒都直刺青天。烈日高悬，催促着抢收，快些、再快些。

麦子是自家的，没人敢抢你的，为什么还要抢？又抢些什么呢？

其一，抢时间。麦子由青变黄，几乎是在一夜之间完成的。麦子跟玉米不同。玉米熟了，即便不从杆上掰下来，也不会有太大影响。但麦子熟了，如果不及时收割脱粒，就会从麦穗上炸飞，散落到地里，再也收不起来。那种减产将是致命的。

其二，抢天气。麦收时间本来就短，又值暮春初夏，时常下雨。一旦碰上阴雨连绵天气，麦子就可能收不回来了，即便收回来也只能堆在场院里等天晴。若不及时晾晒，麦子就会发霉，甚至发芽，一年心血付诸东流。

其三，抢场院。麦子收回来，要在场院里摊成薄薄的一层，暴晒一两天之后，才能进行下一步操作。村里的场院面积有限，分给各家也是不大的一块。然而，每家少则七八亩，多则十几亩地的麦子，自家场院根本不够用。只能跟邻居协调好时间，轮番晒麦子，一般都是谁先收谁先晒。

所以，抢字当头，麦收如火。

麦地变黄了，扒开麦穗，看看麦粒饱满了。父亲连夜把镰刀磨得雪亮，看哪个镰头松了，就垫上一块破布，务求锋利、称手、结实。我也分到一把短柄镰刀。之前早有了割草的经验，父亲只是叮嘱我，握镰刀的手一定要稳，离腿要远一点，免得被割伤了。

我心里有点儿期待，有种电视剧里大战前夜的感觉。

第二天早上一睁眼，家里只剩下奶奶，父母早就下地去了。每到农忙时，奶奶都从城里回来，帮着做饭以及照看我。我有点生气，为什么不等我？"你别着急，他们过会儿就回来吃饭了，吃完饭你再跟着去。"奶奶一边说着，一边把和好的玉米面倒进热气腾腾的大锅里。

其实，所谓"丰收的喜悦"，那是在收割之前和完事之后才会有的，在割麦子的过程中，心里除了"割"之外一无所有。

割麦子要一手把住麦穗下面的位置，一手用镰刀朝麦子根部用力割，两只手都要握紧，若是滑脱了要么割伤手、要么割伤腿。麦子看着金黄，但真要割起来，走不出十步，手就会变得乌黑。割得久了，脸上，连同鼻孔里也是黑的。骄阳似火，

89

汗水滑过眼皮，噼里啪啦落在麦子上。大人们个个如临大敌，弯着腰全神贯注地收割，小孩很快就被甩在后面。心里着急也没用，只能小心再小心，免得受伤，帮不了忙还添乱。

后来，我曾多次跟出身农村的朋友聊起童年割麦子时的感受，发现大家都常用同一个词：绝望。那感觉真是绝望。麦垄几百米长，弯腰久了，抬头一看，两眼发晕，一步步挪过去，好容易到头了，接着就要再折回来。有位朋友明确表示，他就是在割麦子的时候下定决心一定要"考出去"，绝不想再干农活了。

我的手上很快就起了泡，一使劲就疼，速度变得更慢。父亲在我前面大喊："别割了，你回家去拿点儿水吧！"我如蒙大赦，掉头就往家走。

割完了麦子，要用牛车拉到村头的场院去，这时最适合我干的活来了。熟透了的麦子很轻，牛车上每次都装得满满的，足有两三米高，需要有人趴在车顶的麦子上，帮车下的人用绳子拢好。这个活叫作"压车"，一般都是小孩干，因为小孩足以胜任，身体也轻，不会给牛增加太多负担。不过，压车并非毫无风险，身处高高的车上，地下都是刚割完的麦茬，断口尖锐。一旦拉车的牛受惊，或自己不慎掉下来，很容易被刺伤。

当然，相比于秋天的玉米茬，麦茬要

因为麦收，姐姐和我的肩膀，都有不同程度的骨头错位。
——冯晓娜

只有眼馋鲜麦粒煮出来，香香甜甜的份儿，没体会过收获的辛苦，这是城市孩子欠缺的人生一课。——宋总业

"温柔"多了，玉米茬断口才真是锋利如刀，一旦落到上面，立刻就会被戳个窟窿，血溅当场。

但我还是喜欢压车，趴在车顶不用走路回去。那种居高临下又晃晃悠悠的感觉，让我有一点儿陶醉。有时还伸出手，掰几根伸到面前的柳枝，结一个柳环，戴在头上，很风凉。

麦子摊平晒干后，就该轧场了。给牛套上石碌碡（liù zhou），戴好粪兜，避免它拉屎拉到麦子上。一人站在场院中间牵着牛，鞭子一响，牛就拉着碌碡转起了圈。

轧场是个细心活，一边轧一边用木叉翻，要尽量把麦粒都轧下来才好。轧场必须在晴天，头顶一轮大太阳，站在场院中间有一种被烘烤的感觉，耳边是碌碡"吱吱呀呀"的声响，但心里是熨帖的。轧完场，麦子脱粒基本结束，再用木叉把上层的麦秸堆到一边去，底层的麦粒和麦糠就露了出来。然后把麦粒和麦糠扫成一堆，准备扬场了。

扬场要有风。试好风向后，以腰力带动臂力，把盛有麦粒麦糠混合物的簸箕一甩，借着风势，麦粒和麦糠就分了开来。假如没有风，或者风太小，扬场就会非常累，因为要全凭人力把麦粒甩出去，效果也不好。同样，风太大也不行，会把麦糠甚至麦粒都吹没了影，造成不必要的损失。所以，

那时候，在农村，男人往往被称为"男劳力"，给人一种主心骨的感觉。当然，里面有一点"男尊女卑"的旧思想作怪，但更重要的还是农活太累了。如果家里没有男人，或者男人不老老实实干活，繁重的体力劳动，会重重地压在女人和孩子肩上，太痛苦了。朱迪福斯特有一部电影《似是故人来》，我看了之后，想到了曾经干过的那些农活。 ——秦铁

扬场在即，总要等风来，常常等得心焦。

等风来！　　——王巧璞

有时总算把风等来了，但刚刚扬了一半，雨便接踵而至。站在场院里，看着满地的麦子，天边滚滚驰来的乌云重重压在心头。这时就要拼命干，如果能在下雨之前扬完场并堆起来，那就万事大吉了。但总是干不完，零星的大雨点打在脸上，扬场的人仍不停歇。看看雨滴实在密了，全家人赶紧拉开事先准备好的大块塑料布，把麦子堆整个儿盖上，然后去旁边的窝棚下躲雨。记忆里，这时的雨多是雷阵雨，但声势极大。狂风摇动碗口粗的杨树，雨滴将场院砸得尘土纷飞，忽而一道闪电暴雷，像天裂开了口子，让窝棚里的人心里一惊，几次要跑出去……

这样的场面，我在多年之后仍然印象深刻。城市里的雨似乎总没有那样急，雷声也没有那么大。果真如此吗？恐怕不是，也许只是现在离大自然远了吧。但在那时，大自然就在我的眼前、在我的头顶，一阵风一滴雨都直接落在口粮上，一切都感受得结结实实。

当所有麦粒终于晒干，可以拉回家的时候，全家人都长出了一口气。我喜欢数总共有多少袋麦粒，然后找一根小树枝，在地上算一下大约有多少斤。那时，村里绝大多数人家都已经可以全年吃上白面，但也只是吃上白面而已。

农民的生活水平的确提高了，大多数

从农村来到城里生活之后，我爸妈出门就不带伞了。他们说，这又不是在农村的漫坡里，除了庄稼什么都没有，只能干淋着。现在，随处是楼和桥，在哪里不能避会儿雨啊？我怎么劝都没用。

——秦铁

这个解读是我遇到过最好的答案，当时风雨雷电都无遮无拦地丢到你面前，大自然真切地踹在我们的骨头上，一寸一寸轰隆隆地生长，结实也真切。　　——彭栋斌交学费的日子是我最痛苦的日子。因为交不上学费，我常常被老师大声训斥。
——冯晓娜

人家都有了黑白电视、自行车、手表、缝纫机等，但跟城里人的差距也更大了。手里依旧紧巴巴，反映在学校里就是学生拖欠书费、学杂费的情况变得更普遍。

相比之前的几年，化肥、塑料薄膜等农用生产资料价格已涨了数倍。农民实在没钱买，只好去卖几袋麦子，但麦子价格涨得很少，值不了几个钱。

从大人的口中知道，同一种东西有两种价格（价格双轨制）：一种是计划内价格，又称"平价"；另一种是计划外价格（市场价格），又称"议价"。前者较低，国家有物价补贴，但与配给指标相关联；后者则明显高出一截。因为两种价格之间存在差价，也就形成了牟利空间，有人凭借关系干起了"倒爷"，轻轻松松就成了"万元户"……

而普通农民是拿不到配给指标的，只能买"议价"的东西。父辈们说起这些总是很委屈，经常跟我说："好好念书，早点把户口弄出去吧！"

对这些，我似懂非懂，觉得自己似乎也受了委屈，但很快就跑出去玩了。

跳出农门，逃离这片土地，给予了我高考最大的动力。现在老家那块长满庄稼的地，阡陌交通的乡村路，却成了我孩子最大的向往。
——姜文英

刚收的麦秸垛，是孩子们的乐园。没有静静看月亮数星星的诗意，有的只是昏天黑地打"野仗"，打得志得意满。
——刘晓华

我晚上看过麦场，怕有人偷小麦。晚上的月亮确实很亮。
——赵伟

麦子收完后，场院里堆起无数个麦秸垛。这些麦秸垛是新的，金黄金黄，也无霉味，正是小孩玩耍的乐园。月亮升起来的时候，我喜欢坐在麦秸垛上玩，又软又暖，带着太阳的气息。看着不远处亮着的灯，心里有一点茫然。

那年，我不知道一个迷恋麦地的诗人在不久前已卧轨自杀，遗书中写着"我的死与任何人无关"。他的名字叫海子。许多年后，我把他的诗抄在笔记本上，记在心里，在无数夜晚独行的路上轻轻念着：

不要说心中有一个地方
那是我一直不敢梦见的地方
不要问　桃子对桃花的珍藏
不要问　打麦大地　处女　桂花和村镇
今夜美丽的月光　你看多好！

那时，我抄了一本子《少年文艺》刊载的诗歌。校园诗，也算我的文学启蒙，后来抄汪国真、顾城、普希金……知道海子是自杀的，心里有点抵触，所以看过却不曾抄过。

——宋总业

94

——田雨

插画 王旭

说"骑"其实并不准确
因为我坐在车座位上
脚是够不到脚蹬子的
只好把右腿从大梁下面伸过去
侧着身子蹬车
那姿势别扭
骑起来不安全
脚蹬子往后一倒就是急刹车
车子就会摔倒
连点缓冲的余地都没有
············
回头想想
一群小孩这样一扭一扭骑车的镜头
真的有点像猴子
也算是那个时代特有的一幕了吧

1990

自行车的晃，火柴枪的狂

废话少说，上图！！！

4 月 7 日　　中国首次成功发射商用卫星。

8 月 2 日　　伊拉克军队占领科威特。

9 月 22 日　　北京亚运会举行。

10 月 8 日　　中国第一家麦当劳餐厅在深圳开业。

12 月 19 日　　上海证券交易所正式开业。

青蒲面的大事记报道
麦当劳比肯德基晚来了这
怪不得街上的肯德基比麦当劳多

"

我也在这一年学会了骑自行车，
是在老家村里学会的，
大概农村天地广阔，
可以放开手脚吧。
之前在市里的街道上，
同学怎么教都不会，
也放不开胆子，
不知为什么回到农村胆子就大了。

——宋总业

不瞒你说，我学开车时，就想着小时候学自行车挨摔的经历，只要横下一条心，考证就能顺畅些。 ——龙桥

我读一年级的时候，骑大梁车子，在旁边一扭一扭掏着骑，脚一滑歪倒了，车把将我的腮顶破，缝了五针。那回哭天喊地就是不缝，破了相也不缝，最终没逃过老爹的威吓，乖乖缝上了，在那之后的一年没敢动车子。 ——芦苇

说起骑自行车，我想大部分青岛人都不会吧！我就是一个学了二十多年也没学会的典型。直到我和老公去杭州，遍地共享单车，他非让我试试。我上车两分钟，他就看出了我的问题所在。五分钟之后，我被他教会了！秘诀就是三个字：不要停！ ——赵妮

我在场院里练车，车是"红旗"牌的，车身锈迹斑斑，明显有些年头了。我小心翼翼，但有时还是掌握不好方向，撞上旁边的麦秸垛。有时更是哐啷一声，直接摔倒在地，地上被砸出一个坑。我摔了个狗啃泥，咧着嘴站起来——你懂的，我说的是学骑自行车。

那是 1990 年夏天。关于刚刚步入的 90 年代，我并没有什么感觉，生活一切如常。当然，如果说有一点变化，那就是我要到更远的果园村去上四年级了。离家五六里路，走路是来不及的，必须骑自行车。同学们都已经会骑了，我明显落后了一截。

不得不承认，在这件事情上，我的驽钝暴露无遗，学了好几天仍然不会。好在我不太怕疼，也不太怕丢人，又多摔了几天，终于还是能骑几步了。

说"骑"其实并不准确。因为我坐在车座位上，脚是够不到脚蹬子的，只好把右腿从大梁下面伸过去，侧着身子蹬车。那姿势别扭，骑起来不安全，尤其是骑"大金鹿""金象"等这类二八式大轮自行车时比较危险，脚蹬子往后一倒就是急刹车，车子就会摔倒，连点缓冲的余地都没有。但在那时，小孩基本都是这样学骑自行车的。学会之后，有一段时间也是这样骑。回头想想，一群小孩这样一扭一扭骑车的镜头，真的有点像猴子，也算是那个时代特有的一幕了吧。

村里有一处下坡路，高而且陡。为了能在车上多骑一会儿，我就把车推上坡，然后骑下来。果然是飞一般的感觉……可惜握不住车把，向一棵树直冲过去，砰的一声撞在上面。我趴在地上，眼前腾起一片金色的萤火虫。过了一会儿，我慢慢起身扶起自行车，两腿夹住前车轮，两膀用力，把车把扶正了。这时才发现，右侧的脚蹬子被撞歪了，一动就磨链盒，刺啦直响。刚才就是脚蹬子撞上了树，还好没伤到脚。我四下转转，找了几块砖头，直砸得砖屑纷飞，终于把歪了的脚蹬子砸复位了。

能骑几百米不倒之后，我就骑车去上学了。刚开始，路上总要摔倒几次，脚蹬子很容易被摔歪。我就随身带了一把锤子，方便随时随地砸脚蹬子，免得半路上找不到砖头。

果园小学是我们片区的中心小学，一到五年级配置齐全，管理也相对规范。在我去之前，那里每个学生都已经发了红领巾，我也第一次真实感觉到少先队的存在。开始学唱少先队队歌："我们是共产主义接班人，继承革命先辈的光荣传统……"有同学戴着"两道杠""三道杠"的臂章。每次看见国旗冉冉升起，心里就会涌起一阵激动。

四年级之前，我喜欢跟同学玩"打宝"游戏。将两张长方形的纸，十字交叉在一起，

我在哥斯达黎加做志愿者时，自行车经常骑着骑着就掉链子了。刚开始有点绝望，要在大太阳下装链子。但因为经常发生，就越来越熟练，感觉骑在路上更有底气了。
——薛泓

你是一个拿锤子上学的人。
——王巧璞

我只当过一个学期的"一道杠"，若干年后，当女儿戴上"三道杠"时，我心里有种圆梦的感觉。——宋总业

——田雨

把四角像风车一样折起来，依次合到中间，再把最后一个角塞进第一个角下面，放平按实了，放到地下一踩，一张四四方方的"宝"就成了。

"打宝"基本游戏规则是，用自己的"宝"打别人的"宝"，只要能将其打得翻一个身，就赢了，就能将对方的"宝"占为己有。这游戏在男生里非常流行，既锻炼力量，也讲究技巧，还要观察风向和地形，很有意思。当时我乐此不疲，好好花过一番心思。

男生都热衷于此，很少有人愿意认输。有的同学输掉"宝"后，扭头就去作业本上撕几张纸，再折一个新的继续玩。很快作业本就被撕得薄薄的，一旦被父母或老师发现，少不了被狠揍一顿。一般来说，"宝"越轻越容易被打翻，所以玩的过程中，规格也逐步升级。一开始"宝"只是报纸、作业本纸的；随后大家开始用纸壳来折，月饼盒、烟盒都是上好的材料；再后来，有人用更厚更硬的油毡纸来折，战斗力不同凡响。我曾用大剪刀把废烟囱剪成铁片，然后用钳子折了一个"铁宝"，在游戏中大获全胜。

另一项受男生喜欢的游戏是弹玻璃球。玻璃球要花钱买，我没钱且不擅长，弹的时间一久，大拇指指甲缝就痛，所以不怎么玩。

那时，我还喜欢玩火柴枪。用自行车

链条做枪筒，把铁条做成撞针、扳机，安在事先准备好的木头枪把上，火柴枪就做好了。枪药可以用火柴头上的火药，也可以把"硫黄炮"碾碎了装进去，一扣扳机就能打响。这样的火柴枪只是用来玩的，没什么威力。

那年，北京亚运会占领了电视黄金时段，刘欢与韦唯共同演唱的《亚洲雄风》风靡全国。一向只关心地里收成的大人们，忽然对中国获了几块金牌产生了浓厚兴趣，而我们吼一句"亚洲风乍起，亚洲雄风震天吼"，就放一声火柴枪，看着枪口冒出的青烟，感觉自己威风凛凛，似乎马上就可以大杀四方。

我堂兄东哥喜欢研究火柴枪，做得越来越复杂。他把自行车链条换成了摩托车的，又把农药喷雾器上的铁管锯断一截，做成枪管装上，枪药也换成了鞭炮里的黑火药，枪管里面装上钢珠，一枪能打死几米开外的麻雀——这已经开始变得危险。

如果按今天的标准，那时的很多火柴枪都已经可以认定为枪支，玩火柴枪甚至有可能触犯刑法。但在那时的农村，尤其是孩子们，对这一切都懵懂无知，又缺乏管束，现在想想的确让人有点儿后怕。

好在，东哥很快就不玩了，兴趣转到了钓鱼上。

那年秋天，村南面的大沟里来了水。

火柴枪是那个时代春节时，每个男孩子必玩的玩具，从制作到玩，充满乐趣。不仅要到处寻找制作材料，还要到处寻找哑火的鞭炮，将其中的火药取出来，填充到枪管里。因为具有比较大的危险性，家长不让玩，所以做好之后，还要想办法藏起来。有一年，我做好了一支，藏在自认为很隐秘的地方，结果被偷走了，搞得我整个春节都比较郁闷。 ——赵伟

火柴枪都是比我大的孩子做的，用自行车链条制作而成。打不死人，但见过打伤过的。因为危险，都偷偷地玩，怕家长知道后挨揍。 ——张亚林

火柴枪后来先进了，如今据说成了违禁品！——宋总业

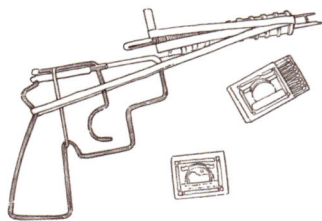

这些年，我一直在幻想跟女儿一起去钓鱼的场景，那是我小时候最幸福的场景之一。她小的时候，我觉得她太小。她长大一点，我又觉得自己忙得要死，抽不出时间。等她再大些，已经不感兴趣。我大约只能自己幻想了。
　　　　　　　　——秦铁

其实来水不稀奇，但那次水里有鱼，好多鱼。

鱼是东哥先发现的。他拿着自制的鱼竿，像往常一样站在桥上玩。之前，钓鱼只是玩，一天到晚钓不到几条小鱼。然而那次，他发现浮标一动就沉了下去，拉上来一看，是一条巴掌大的鱼，看形状像鲫鱼，但身上有黑灰条纹，背鳍直立，形貌凶狠——后来，我们称之为"非洲鲫鱼"（罗非鱼）。东哥摘钩时被扎了一下手，但还是很兴奋，又陆续钓上来十来条。看看够吃一顿的了，他就把鱼拿回家，再回来继续钓。

这时，大沟里有很多鱼的消息已经传遍了半个村。不过，村里没几个人有鱼竿，我家也没有。爷爷碰巧在家，他前一年刚退休，回老家来住一段日子。爷爷说，没有鱼竿我们就自己做。于是，爷爷把针烧红弯成了鱼钩，用一根撑蚊帐的竹竿当鱼竿，一条细绳做鱼线，一截高粱秆做浮标……我们扛着鱼竿出发了。

那天，空中飘着细雨，桥上站了七八个人。那鱼果然很好上钩，爷爷很快也钓了十来条，在水盆里露出黑黑的脊背，鱼鳃上的血将水染得绯红……桥上人越来越多，等到人比鱼还多的时候，咬钩的也就少了，大家才依依不舍地各自回家。那天，爷爷喝了点儿小酒，脸红红的，看着乳白色的鱼汤不断感慨："你快尝尝，这汤真鲜啊！"

那大概是他第一次钓鱼吧。后来，他无数次说起那天的事，鱼竿剧烈颤动时心里的充实，每次脸上都洋溢着笑容。我记得，那是他退休之后，最快乐鲜活的情景之一。

我跟东哥一起，骑车去邻村一个老头那里买了鱼钩、鱼线、浮标和铅坠。其实，那老头也经常去我们小学门口摆摊，搞一些暗藏小心思的抽奖。摆在外面的奖品有电子手表、弹簧秤、圆珠笔、橡皮筋等，一毛钱抽一次。看似不贵，但基本每次都只能抽中一文不值的橡皮筋。老师怕我们乱花钱，明令禁止买他的任何东西，所以，我们只好偷偷去老头家里买。之前，我们还去他家买过玩火柴枪用的"硫黄炮"。

那时，特别羡慕人家有顶端细长、柔韧性好的鱼竿，而我当然没有钱买。某次赶集，看到路边有一丛竹子，青翠欲滴，做鱼竿正合适，但惦记了很久，也没敢去偷回来。

我的皮肤容易感染，特别是手指甲容易得甲沟炎。那年秋天，手指一直在发炎化脓，稍好一点，又得了中耳炎。我就请了病假，正好跟着爷爷四处钓鱼，一下就过去了一个月。父亲着急了，一路逼我去学校。我想使点"苦肉计"，骑自行车故意摔了几下，但看他丝毫不起怜悯之心，只好乖乖地去上学了。

我们班的同学还练过一阵"武术"。

我们学校的小卖部没有抽奖，只在学长学姐的传说中曾经有过。可能是违规了吧。
——高凌霄

我们不玩抽奖，我们有盲盒。我们也对以前那些奖品不感冒，我们只要自己的惊喜。
——王小拙

每天下午课外活动时，校门口东边的空地上都有几个男生一起练习"鲤鱼打挺"。他们躺在地上，腰部使力，双腿一举一蹬，砰的一声，就站了起来。豹子的身体柔韧性好，动作完成得很潇洒。他还会"蝎子爬"，就是倒立过来，头顶向下，双膝弯曲，用双手行走。据说，这一招全称是"蝎子倒爬城"，过去的绿林大盗能这样用脚尖勾住墙缝，然后手脚并用，可以爬到城墙上去。真有这么厉害吗？我不知道，但评书《大八义》《小八义》上是这么说的。

我是评书的拥趸，什么大八义、小八义，大五义、小五义、三国、说唐、说岳、薛家将、杨家将、大明英烈、三侠剑、施公案等，全都喜欢，袁阔成、单田芳、刘兰芳、田连元等，个个都爱听。每天中午一点、傍晚六点，我都想抱着收音机，片刻不离。当时，家里正好有个小收音机，我就挂在自行车把上，一边赶路一边听，好多次因为入迷，撞到树上。有次听到杨延昭与韩延寿挑灯夜战整整三天三夜，真是热血沸腾。记得班里有个同学特别喜欢听《白眉大侠》，能将其中的武功排名倒背如流。

还有的同学练"罗汉睡觉"，整个身体横卧，只用一只手肘和一只脚支撑，难度很大。据说，这是"少林童子功"中的一招。那几年，电视剧《海灯法师》一直在几个台循环播放，主角范无病的拿手功夫就是"少林童子功"。当然，在电视上他还会"二指禅"，这是"少林绝技"，寻常学生自然是练不了的。

我们班主任老师也去看大家练习，但基本只是笑而不语，偶尔才稍加指点。我们都很喜欢这位老师，但对他是否也会一点武术，是完全不了解的。印象中，他那时对气功更感兴趣，认为气功比武术更厉害些。

那几年，全国名气最大的气功师名叫张宝胜，自称有特异功能，可以"透视识字""耳朵认字""药片穿瓶""空手弯钢勺"等。张宝胜所代表的"人体特异功能"甚至被当作专项研究，很多人相信他将会带来一场"东方的科学革命"。由周星驰主演的电影《赌圣》正是在那时候上映的，其中就有类似桥段。

当时，很多人家里都有关于气功的书，书上有人体穴位图。还有的把气功和武术结合起来练，很厉害的样子。但他们几乎都深藏不露，从不交手，生气时只相互骂几嗓子。

那年假期，爷爷刚带我在光明电影院看过一部美国老片《超人》，回学校聊起来，我有一点疑惑：假如超人对战张宝胜，到底谁的赢面更大一点呢？或者，假如海灯法师没有在一年前去世，那么他能不能打过张宝胜？

现在回头想想，张宝胜真是一个"忽

一指禅、二指禅，耳熟能详的神功，再后来，都成了电脑打字的手势。——刘晓华

少林寺电影流行的时候，不少人跟我们那里的一个老头子学拳。传说老头子不走家门，一指头就翻墙而入。
——姜文英

我倒是练了很多年拳脚，师父也是岛上有名的拳师。如今一撂二十年，自废武功了。当年腿功好，劈叉高踢、侧踢、"跳门槛"，轻松愉快，好怀念啊，现在像个残疾人。
——宋总业

悠大师"。他与海灯法师算是那个年代最大的"网红"吧。人们狂热的背后，是云山雾罩、波诡云谲。2018年8月，张宝胜去世，此前的追捧与追打都已烟消云散，知道他名字的人已寥寥无几。

当年，我也有小伙伴痴迷练武，好像除了一指禅、二指禅，他都练得有模有样。那时候，真是我们的偶像。转眼儿十年没联系，后来在一个微信群里碰见，聊起来依旧热络。问起当年的功夫，似乎只有我记得了。现在更经常聊的是体重超标以及腰椎间盘突出。这沉重的肉身呀！

——秦铁

上世纪80年代初，白天放学回家，就盼着我妈下班。听到自行车铃铛响，我就奔出屋门，慌忙接过自行车，推起来就跑。背后传来她的叫嚷声："慢点，别把车摔坏了！"如今想来，她好像不是很担心我摔出点问题。那个年代东西比人金贵。当年小孩练车，都练出了"掏裆"骑车绝技。还没长好个头的我，起初真无法掌控好，终于有一次"掏裆"骑出一大段路，在临近拐弯的地方把持不住方向，被那辆26型凤凰牌自行车砸在了下面，胳膊腿受点伤还好说，差点被"毁容"，左脸颊擦掉了一大块皮，泥土渗着血估计很吓人。我妈看见我的惨状，吆喝着一个姑娘家留下疤可咋办。也忘记了最后怎么处理的，反正我脸上没留下任何痕迹，想想那个年代的小孩真是皮实。

——郜丽君

泥湾里的欢乐与死亡

　　我一直喜欢钓鱼。爷爷回省城之后，我常跟东哥一起玩。

　　我们带着鱼竿、铁锨和麦麸，到相邻的阳家村去，那边大沟里的鱼稍多一点。先在沟边寻找有蚯蚓粪便的地方，一锨挖下去，就能抓到不少蚯蚓，酱红色，蠕动着。放到铁盒里，抓一把泥土养着，用时抓出一条出来，用掌心拍死（有点残忍），扯下一截，挂到鱼钩上即可。钓鱼之前，先要打围子，吸引鱼过来，按说该用小米，但小米太贵，不舍得，只好用麦麸代替。麦麸浮在水上，效果不佳，却也只好将就了。

　　有一种小鱼最常见，细长条，银白色，肉薄而刺多，整日浮在水面，我们都叫它"浮鲢子"（白刁）。浮鲢子狡猾，一见麦麸就围上来，仰着小口吃个不停。即便咬钩，也是一蹿一蹿的，浮标不停抖动，却钓不上来。用今天的话来说，浮鲢子像日常生活中的"小花边"，无聊时来一点可以解闷，可一旦遇正事就会对此烦不胜烦。当然，若能有一大盘浮鲢子，炸酥了，味道也不错，只是太难钓了。

　　钓鱼时间长一点，也总结出点经验，比如，浮标先下沉，再往上顶，是鲫鱼；浮标直接被拉到水底，是鲶鱼、黑鱼、嘎牙鱼（黄腊丁）或者非洲鲫鱼……钓鱼时

听说把蚯蚓对半截断，它就会变成两条蚯蚓，再重复，就是四条，以此类推。小时候，我们班男同学都尝试过。
——赵妮

不管钓鱼还是摸鱼，都是乐此不疲的事。我钓鱼好似从来没成功过，后来钓黑鳝（与白鳝相似，只是黑色，有毒），倒有成功经历。钓不到大鱼，我们经常用的是一个透明玻璃瓶，里面放上饼子之类的食物"请鱼入瓮"，经常大获丰收。
——刘晓华

108

的饵料，我尝试过很多种，有蚯蚓、青蛙皮、蚂蚱腿等。看看太阳落山，就去折一根柳条，从鱼鳃穿入鱼口穿出，穿成或长或短的一串，挂在自行车把上拎回家。一路按着铃铛，夕阳照耀鱼鳞，闪着粉红的光。

跟钓鱼相比，捞鱼更痛快些。看看沟里水快见底，几个小伙伴就下到剩余的水里蹚几遭，将鱼都赶往一处，然后用土将水堵住，一个小小的"鱼池"就形成了。用事先准备好的盆，将水一点点舀出去，等水更少了，再下去蹚几遭。那水已浑浊得无以复加，鱼为了呼吸纷纷探出头，水面上全是大大小小的鱼嘴，这时只需用筛子抄就可以了。抄住了鱼就甩到岸上，自然有人会捡。

也有的鱼不怕水浑，比如黑鱼、鲶鱼、嘎牙鱼、泥鳅等，就需要用手来抓了。小伙伴们脱了裤子，坐在水底，张开双手，从不同的方向一点点向前移动。常常能清楚感觉到，鱼钻到大腿下面去了，把腿一夹，伸手抓住，因为鱼太滑，必须立马扔到岸上，否则就会跑掉。但这时也往往比较危险，抓住别的鱼还好，一旦抓的是嘎牙鱼，它利刃一般的鳍就会刺入你的手掌。我就被刺过几次，当场见血，要疼好几天。

大人们也捞鱼。但跟孩子不同，那是动真格的。他们将水一截截分开，用柴油机将水抽出，再下去捞鱼。所谓"竭泽而渔"，说的就是这个。那时，还常常看到有人划着小船，船上载着电瓶，到大沟里电鱼。对那些电鱼的，我当时一半好奇，一半憎恨，因为他们电过之后，沟里的鱼会消失很久。那时我们不懂，电鱼是一种灭绝式作业，违反了渔业法，是要判刑的。

有时看看没什么鱼，就下水去游泳。村里几乎每个男孩都会游泳，但基本都只会狗刨和仰泳，没有任何人教，完全是凭本能学会的。

夏天热得要死，人坐着一动不动都汗流浃背，狗趴着伸出舌头大口喘气，所有树都如同石雕一般纹丝不动。最好的纳凉方式就是下水。每个村都有几个大大小小的湾和几条水沟，夏天的孩子泡在水里，就像秋天的萝卜长在地里，是再正常不过的事情。

我一开始也不会游泳，只敢在浅水处玩。随后开始憋气扎猛子，稍稍学会了一点儿，依旧不敢往里走。直到一天，我正在岸上舒服地晒太阳，不知被谁一脚蹬下了水。水足以没过我的脖子，呛了几口后，挣扎了一番，竟然自己浮起来，就这样学会了游泳。不过，学会之后，仍常常呛水。有时是自己不小心，有时是被小伙伴袭击，有时则是只顾仰泳，一头撞到了湾里的柳树上，咕噜咕噜沉下去。

在大沟里游泳需要保持警惕，因为有蚂蟥（水蛭）和水蝎子。蚂蟥的厉害无人

小时候村西头有条小溪，随黄河汛期水涨水落。涨水时钓鱼，落水时则干脆脱了裤子下水捞。幼时不懂害羞，只顾着撅着屁股抢水坑。如今在海边走，全然不同的心境。
——彭栋斌

那时候游泳不知道怎么样学会的。好像是在湾里泡着泡着，呛着喝了不少水之后，忽然就学会了。 ——赵伟

无师自通的游泳。现在儿子要请教练。 ——冯晓娜

我家后面有一个"天然游泳池"，把孩子放进去就行。通长江的。 ——尹海慧

110

不知无人不晓，它会紧紧地附在人身上吸血。那时我们还相信，如果不及时制止，它就能钻进人身体里去，把血管堵住，人就会死。所以，发现之后，趁蚂蟥还没完全钻进去，就要立刻用鞋底狠抽，直到把它打出来为止。

我自己也领教过。有次正蹲在岸上，等太阳把身体晒干，忽觉左边小腿有点麻，用手一摸，一个软软的东西："哎呀，蚂蟥！""啊，是吗？别动！"小伙伴听了都很兴奋，纷纷上岸来看。有人已捡起一只拖鞋，朝我腿上蚂蟥吸附的地方狠狠拍下去。我咧了咧嘴："别！我自己拍！"说着，自己抢起拖鞋拍了十几下，蚂蟥果然掉了下来。有人迅速将蚂蟥抢走，拿到桥头的水泥地上，找砖头砸死，朝我大喊："看！好多血！都是你的血！"

长大后，我才知道，所谓蚂蟥钻入身体致人死亡，实在是一种误会。因为它是不会整个钻入人体的，它只是吸附着皮肤吸血，一旦吸饱会自动脱落。

我们游泳时，还得躲着水蝎子和水蛇。水蝎子长得很像蝎子，拖着一条细长尖锐的尾巴，看着非常凶，但是否蜇人真不清楚。后来我查资料，知道它学名叫大田鳖、水知了，攻击主要靠咬，咬住猎物后向其注射消化液。它的消化液有点危险，能将猎物的肌肉融化。

另外，水底还有死人骨头和碎了的农

药瓶子。有人一个猛子扎下去，捞出一截 ==白花花的腿骨，== 吓得哇哇大叫。我也曾被碎玻璃划破脚，好在伤不重。但有的小伙伴不幸被割断了脚筋。

村里的湾，最深处不足三米，沟只有两米左右，但已足以淹死人。

沟里还好，相对较窄，即便腿抽筋，也能硬撑着靠岸，抓住水草就安全了。湾就比较凶险，虽然只有几十米，毫不起眼，似乎很容易游到对岸，但有时到中间恰好遇到抽筋。或者到对岸后还想游回来，到了中间就没力气了。这都足以致命。特别是对孩子来说，体力有限，意志也没那么坚强。

有次，我在果园村刚放学，就听说大湾里淹死了人，死者我还认识，比我大一两岁，立刻感觉一阵惊恐。以后，每次路过那个大湾，看微风吹起涟漪，我耳边都会响起他的嗓音，感觉背脊发凉。事实上，这样的悲剧已成为一种常态，几乎每个村都有被淹死的少年。他们成为其他家长教育孩子的故事，在一代又一代人的记忆里永远年轻。

在那时的农村，死亡总在不经意间降临，有时是一场突如其来的疾病，有时只是一个小小的意外。有两个平时经常和我一起玩耍的小伙伴，一个在一夜之间就死了，连所患的是什么病都不知道；另一个

有年放暑假，见QQ空间转发我们宿舍几个舍友的照片，不知所以。开学后才知道，他们相约下水库，被水草缠了腿，一个救一个，都没再回来。 ——彭栋斌

那时农村孩子的游泳技能，确实是用生命换来的。我至今不会游泳，细想之下，多半因当时老实听话。其他孩子下水时，我就是岸上看衣服那个。 ——刘晓华

上世纪80年代，每个村中少年都有自己的快乐与死亡故事。因河、因树、因药、因电，村人死去，如荒烟蔓草。 ——堤志强

独自在园子里用电机灌溉蔬菜，不小心触电而亡，那时他才上四年级……

也许是因为年纪小，也许是因为日子苦吧。对于这些非正常死亡案例，我的感觉是疏离的，有一些遗憾，但更多的是害怕自己步其后尘。

那年，我参加了一场声势浩大的葬礼。死者是一位长辈，跟我有些亲戚关系。我见过他几次，上一年级时，父亲曾让我在他面前表演背诵中国各大城市的名字。那是我看新闻联播后面的天气预报时记住的。在我们那个资源贫瘠的村庄，父亲对此有一点得意。那位长辈在省城生活，家里颇有一些影响力，他临终前表示，希望自己落叶归根，死后葬在我们村里的祖坟中。

我们那里的葬礼一般持续三天，其中要在家过两夜，第三天下葬。我跟东哥各自领到一顶孝帽，但作为小孩，晚上不用一本正经去守灵，大人也怕把我们吓着。但我偏偏很好奇，晚上跑去灵棚里看，昏黄的电灯光下，迎面一个斗大的"奠"字，漆黑的棺木煞是显眼。那黑色比我上育红班时看到的棺材要刺目多了。几根缠了白纸条的哭丧棍，歪歪斜斜地横在旁边。有人坐在矮凳上抽烟，问我："你来干吗？怕不怕？"我点点头。那人笑起来："关好门了吗？别让猫跑进来，要不诈了尸！"我心里一惊，赶紧往自己家跑，心里一直纳闷：又吓唬我吧，那灵棚哪有门啊，怎

农村危险真的多，邻居家小妹妹差点被大货车撞上，好在她个子小，趴在地上，车子底盘又高，毫发无伤。司机吓坏了，专程买了礼品来看望。还有个孩子雨天踩了漏电的电线，幸运的是穿了胶鞋，捡回一命。村子几公里处有一个水库，年年都有人在那溺水。我高中时，听说我有个小学同学带他七八岁的侄子去水库洗澡，结果侄子被淹死了，他姑姑家和他家断绝了亲戚关系。

——白晶

在我鲁西南的老家，条件好的人家遇到丧事，会在家门口搭台子请戏班子唱戏。有时甚至会在公路上搭台子，来往行人和车辆也都自觉绕路，没有什么怨言。

——一飞

现在守灵只能在停尸房里了，我在那里守过一宿，只记得嗡嗡的机器在制冷，而每个大盒子口都会有些首饰、戒指等私人物品。

——王巧璞

113

么挡得住猫？耳朵里全是哗啦啦的声音，那是秋风吹动花圈上的纸片。

出殡那天，门口的花圈已经摆成两排，每隔一步摆一个，从门口一直排到了村外去。我大致数了数，足足有三百多个花圈。在农村，结婚与葬礼并称为"红白喜事"，老人去世，往往不会被当成一件多么悲痛的事情。尤其是，众多邻居只不过照例来帮忙，更看重那一道道的程序以及葬礼办得是否排场，死者家属是否悲痛是不在他们考虑范围之内的。所以，葬礼这三天，给人感觉最强烈的，是一个与死亡并不相关的词：热闹。

送葬的当天，有喇叭唢呐、纸人纸马，还有女人们高亢的哭声。在这种场合，女人们的哭声与诉说糅合在一起，以一种近乎唱的腔调表现出来，让人听了为之心碎。有时明明觉得，这丧事与某个邻家妇女关系不大，但听了她的一番哭诉，还是悲从中来，止不住泪水。大多数时候，这哭声是给活人听的，表达了一份情谊，说明两家关系不错，来给捧个人场。这哭声却也是给自己的，日子太苦了，那么多委屈无处诉，借着这样的仪式哭一哭，自己心里也会畅快些。

后来，看电视剧《三国演义》中的"卧龙吊孝"，诸葛亮那一番哭诉，生生让决意复仇的老将程普心如死灰，也让肝肠寸断的遗孀小乔信以为真。那出戏，每每让我想起农村出殡的场面，那礼仪应酬，人歌人哭，也许沿袭的正是一种古风，是中国人传统的处事方式。这迎来送往，即便没有多少真心，却也自有其动人之处。

那年，一部《渴望》风靡大江南北，村里的婶子大娘人人争说刘慧芳，"找媳妇就得找慧芳这样的"，还有"那王沪生真不是东西"。小伙伴们也在传唱这部电视剧的同名主题曲：

> 悠悠岁月 / 欲说当年好困惑 / 亦真亦幻难取舍 / 悲欢离合都曾经有过 / 这样执着究竟为什么……

"困惑"什么呢？那时真的不懂，或许现在依然似懂非懂，只觉得这歌就是好听。还有另一首主题曲《好人一生平安》，也唱出了这些整日在泥土中摸爬滚打讨生活，也卑微如泥土的人们之心声。

《渴望》的主题曲，直到今天仍听得我心绪难平。那个清水水龙头的开局画面，总是挥之不去，尽管，一直不清楚整部剧的具体情节。
——刘晓华

坐地铁去上班，在走向出站口的时候，我常常不经意地唱起《渴望》里的歌。时代就这样穿越过来了。"漫漫人生路，上下求索""过去未来共斟酌"，这都是永恒的命题。我不确定我现在是否搞懂了。
——秦铁

钓鱼，我小时候没玩过这么高大上的。不过，网鱼那种快乐，至今难忘。我的小学头两年，是在河滩上的几间平房里度过的。校舍外就有一条从远方昆仑山上融化的雪水汇流而成的一条河。每年夏天最快乐的事，就是放学后去主河道旁边的小溪里网鱼。你可能想象不到，我们网鱼的工具是漂亮的纱巾。小伙伴和我一人一头扯着纱巾，堵在长满绿油油水草的小溪下游，不一会儿"收网"，里面蹦着一堆叫不出名的小鱼，多数跟小指头大小相当，也有一拃长的大鱼。捧着纱巾来回晃荡儿下，小鱼仔都放生了，大一些的扔进玻璃瓶带回家养着。多数结局是，没几天就一命呜呼了。
——邓丽君

115

插画 王旭

每次跟父亲去卖棉花

我趴在车上

看着棉站院子里堆积如山的棉花

都会感慨

这得有多少斤呀

这时

村里人就会说

好好上学吧

以后考出去分到棉站上来

咱庄里卖棉花就不发愁了

你看

关于未来的梦想就是这样朴实

1991

棉花的味道

别拿村长不当干部
别拿豆包不当干粮
别拿棉花不当花！

1 月 4 日　　十三岁的伏明霞成为最年轻的世界冠军。

1 月 17 日　　海湾战争爆发。

3 月 15 日　　央视播出第一届"3·15晚会"。

10 月 10 日　　国务院作出关于企业职工养老保险制度改革的决定。

12 月 21 日　　俄罗斯等十一国领导人签署《阿拉木图宣言》，苏联完全解体。

"

五年级的最后几个月里，
我第一次知道了华丰三鲜伊面的滋味。
对于这种人间美味，
我常泡一半，
干吃一半，
以发挥其最大功效。
多年后，
当我看到陈佩斯在一部小品中接朱时茂方便面渣吃的情形时，
瞬间想到了自己当年的吃相。

——刘晓华

1991 年，我上五年级，又回到了邻村的许家小学。终于不用再骑自行车跑那么远去赶早操，不用在学校里啃两顿凉馒头了。那真是一种莫大的幸福。

在这之前的那个假期，我跟几个同学被选拔到乡里，去上奥数班，地点在金家小学。关于奥数，我几乎一无所知，只记得三年级时参加过一次所谓的奥数竞赛，试卷上的题会做的寥寥无几。所以，对于这个奥数班，我绝对心存敬畏。但坐在那间陌生的教室里，看着一屋子跟我一样灰头土脸的同学，忍不住心想：就我们这帮人，跟奥林匹克能扯上什么关系呢？

当然，并非所有人都灰头土脸，比如，前排中间位置坐了三个女生，穿得整齐而干净，上课回答问题很踊跃。那时，同村的一位大伯正好是这个奥数班的老师，他对我说："你得好好学习，你看见前面那三个女生了吗？你不一定能考过她们！"

我根本没想要考过她们，更感兴趣的，是看她们下课一起叽叽喳喳跳皮筋。那是我第一次看到身边的女生跳皮筋，本以为只有城里的女孩才会玩这个，看来人家乡政府所在地就是不一样。

因为要上一整天的课，中午要在那里吃饭。我不好意思带着馒头咸菜去，就跟家里要了点钱，想在外面买些吃的。可是，我对那周围一点儿都不熟悉，更不舍得花钱，就常常什么都不买，中午空着肚子在外面晃荡。一年之后要上的金家中学就在那附近，从中学门口经过能看到里面灰白色的教学楼，但我内心并没有多少期待。踩着脚下的柏油路，心里有点空空的——不知道是不是饿的。

那年的奥数班有始无终。我实在提不起兴趣来，考虑到中午吃饭还要花钱，更感觉没有意思。后来，我试了一下，发现不去上课并没有人管，也就不去了。

五年级终于有了单独一间教室，学生来自附近五个村。班里有两个老师，其中一个姓王，是我们班主任，教语文和历史。同时，他还是许家小学的校长。

王老师一头白发，平易近人，又喜欢搞点黑色幽默。不过，刚一开学，他就领着我们做了件一点儿也不幽默的事情——修建学校。以前，我们的校园有大半地方很低洼，一下雨就变成了大水坑，附近村民养的鸭子成群结队穿过校门前来戏水，那欢快的叫声，秒杀我们老师讲课的声音。

学校并没有多少建设经费，于是就干脆停了课，让我们这些小学生充当主力，从家里带来铁锹、小推车，还拉来了地排车。至于牛，大人是舍不得让我们牵出来的，老师也不放心让学生赶车，怕伤着人，所以干活全靠人力。好在人多力量大，十一二岁的孩子也爱逞强、不惜力，从村外的沙土岗子上拉来了几百车土，不少人的手都磨起了血泡，还真把校园垫平了。然后，校园内又盖起了一排东厢房，一间当老师宿舍，其余的当教室。

在今天，这种小学生停课当小工的场景已很难想象，但在当时并不觉得奇怪，因为在此之前有着"学工、学农、学军"的传统做底子。

王老师的语文课，前一两个月是不讲课的，光让我们背课文，谁背过了就自己去找他。他挨个检查，合格的就可以背下一篇了。就这样，从头开始一篇一篇背下去。这种方式看似偷懒，但我至今仍认为，这比讲什么"中心思想"要强多了。毕竟，大多数课文都是好文章，背过之后自然更容易理解。

和绝大多数小学老师不同，王老师平日里并不板着脸，而是喜欢跟我们一起玩，一起开玩笑。比如，我跟他下象棋，我赶紧抢了红字的，白字的留给他，说："我是红军，你是白军！"他哈哈大笑，指着我说："这小子，真坏！我看是想挨揍了！"

当然，王老师偶尔也发脾气，而且发起火来很吓人。校园里有一个乒乓球台，但几乎没人会打，既没有乒乓球，更没有球拍。有次上课，有个男生捣乱被抓住，他当即大怒："滚出去！到外面站着去！"那个男生只好慢慢出去，站到了教室门口。但他不依不饶："没让你站门口，站到乒乓球台子上去！"

121

那时正是十一点左右，太阳要把一切都晒化。过了十分钟，王老师把那个男生叫回教室，问："晒出油来了吗？"男生点点头。"还敢不敢捣乱？"男生摇摇头。

他让男生坐回座位，咧嘴笑了。"知道为什么让他站在球台子上吗？"顿了一顿，自己回答，"因为高啊，离太阳更近！"

教室里哄堂大笑。

"不管白猫黑猫，捉住老鼠就是好猫。"（邓小平语）"搞导弹的不如卖茶叶蛋的。"这两句话，是坐在前排的同学X告诉我的。X是一位公认的大款，他家是做生意的，在省城开店，据说"万元户"已不足以形容他家。他总带来各种看似高级的铅笔盒、电子表，然后通过实践证明这些东西是如何一玩就坏、不堪一击的。也是从他那里，我知道电视广告上的"小霸王游戏机"原来真的有人买。

X的自信是显而易见的。以往，学生的自信总来源于成绩，但X让这种观念开始颠覆。他体现了另一种价值观，财富正得到社会越来越多的肯定。换句话说：有钱就是好！

同时，依旧有很多学生交不起学费。比如，我兄弟Z在回忆起那段日子时说，他就因为没交上学费，而常常被禁止参加考试。"我那时学习成绩也不错呀，但一

想起小学中午的午睡，总是想尽办法像逃徭役一般。后来发现班主任在校园外有一块菜地，我们经常以为班主任浇地为由逃出去。后来才明白，哪有大中午浇地的呀。
——刘晓华

上世纪80年代末，冬天，班里有同学穿了个皮夹克，据说是家里从东北买回来的。现在很难想象，那同学在一片灰色调的孩子中间是多么出挑，也是所有孩子羡慕的对象。"能穿上个皮夹克"甚至一度成了我的终生奋斗目标。
——一飞

小时候，我生活在沂源，那叫一个山清水秀！三面环山，一面是沂河的源头。夏天各种捞鱼捞虾，冬天满山疯，太快乐了。我没感觉到物质匮乏。小学时手表可以戴一胳膊，因为我爸跑广州。
——曹玉贞

棉花属于经济作物，在我们那里，需要在口粮田之外单独花钱的包土地来种。我小学五年和初中三年里，父母都会包土地种棉花，属于种植大户。下地抓虫子，给棉花摸叉子，摘棉花，拔棉花柴，这些活我都干过，也算是"种棉小能手"了。

——郎丰村

到考试，老师就说：'你家的棉花是不是没拾（摘）完？回家拾棉花去吧。'我说：'俺家棉花柴前几天都拔了。'老师又说：'那棉花桃肯定没扒完，赶快回去扒棉花桃吧！'"

是的，在我们那里，几乎每个人都对棉花记忆深刻。1980 年，农民赵汝兰种棉花成了新中国第一个"万元户"的消息经新华社报道后，引发全世界关注。在此后的整个八九十年代，我的家乡都是重要产棉区，农村家家户户吃的油，几乎都是棉籽油。从我记事起，种棉花就是一项日常劳动内容。每年春天播种、定苗，夏天除草、打水叉（去顶心、边心）、喷农药，秋天摘棉花、卖棉花——这是一项无休止的工作。从春天播下棉种开始，一直到深秋下了霜，把整棵的棉花柴拔下来，拉回家去，等那些没开的棉花桃慢慢开裂，再用手把里面仅有的一点棉絮扒出来，而这时已是严冬。

无数新闻照片都用农民拾棉花的场景，来体现"丰收"的主题，可谁又会去探究那雪白的棉花背后的五味杂陈？而且，里面不仅仅是辛苦。

很小的时候，棉花作为一种最主要的经济作物，确实改善了村里人的生活。对于很多村民来说，卖棉花得来的钱，是一年当中最大的一笔收入。差不多每家每户的电视机、自行车，都是用卖棉花的钱买回来的。然而，后来政策调整，取消了棉花统购，改为合同订购，订购以外的棉花允许农民上市自销。同时，也调低了棉花收购价格。

这种放开市场的思路当然没有错，但对于众多的普通农民来说，国营棉站几乎是唯一的销路，统购政策一取消，农民立刻面对"卖棉难"。有些人仗着自己有关系有门路，趁机将棉价压得更低，收购回来然后再倒手卖掉。

当然，随着棉花种植面积减少，棉站收购的棉花的价格也一度调高。但因为塑料薄膜、化肥、农药等生产资料价格成倍上涨，农民种棉花的成本大幅上升，最后赚的钱反而更少了。而且，很多棉站"打白条"的歪风开始盛行，常常需要通宵排队才能卖掉棉花，拿回来的却是一张"白条"。为了要回钱来，还不知要再往棉站跑多少次。

怎么感觉苦的都是农民？
——刘子栗

每次跟父亲去卖棉花，我趴在车上，看着棉站院子里堆积如山的棉花，都会感慨：这得有多少斤呀？要是一把火点着，能有诸葛亮出山时的"火烧博望坡"那种阵势吗？这时，村里人就会说："好好上学吧，以后考出去分到棉站上来，咱庄里卖棉花就不发愁了！"你看，关于未来的梦想就是这样朴实。

只是，棉花所带来的希望并未持续太久，因为棉铃虫来了。进入九十年代后，

棉铃虫，很熟悉的名字！
——冯晓娜

124

棉花地里冒出了很多虫子，有些打农药都打不死。几乎每个孩子，一有空就要拿个罐头瓶子，去棉花地里捉虫子，从上到下把每片棉花叶子都翻一遍……我跟奶奶一样，都很讨厌虫子，但也不能不去捉。直到很久之后，我都常常梦到这一幕，有一种无法克服的恶心。

那年，黄宏和宋丹丹表演的小品《超生游击队》已经深入人心。村里的墙上又刷上了新标语，"人口降下来，经济搞上去"。计划生育被提到了新的高度。当然，计划生育的力度一直都没有降下来，只是因为众多"超生游击队"的存在，从乡镇到村都紧紧绷着一根弦。现在回头来看，那是多么强的生育愿望啊！无论是传统也好，本能也罢——这部小品让人笑不出来。

父亲一度想给我抱个妹妹来，但我家显然交不起罚款，只好放弃了。

那两年，村里盖新房的人家渐渐多起来。一开始盖的只是砖瓦到顶的房子；后来房顶前面加出一道水泥板铺成的"厦"；再后来房子的式样也变了，五间正房的东西头各向外跨出一间，形状像锁，叫作"锁皮"，这也成了我们那附近最常见的建筑样式。屋内用水泥抹平地面，多数人家在地面中间留了一块青砖地，叫作"砖心"，方便随手泼水，因为水泥不渗水，但青砖可以。

听我妈说，是我姥姥卖了一头猪，给我交的计划生育罚款。所以小时候小伙伴们都说我是猪换来的。
——尹海慧

我就属于超生的，我跟弟弟都挨罚了，家里很多年就没有地，生活靠的是爸妈开荒种地。
——姜文英

"二胎"放开的时候，街上到处都是孩子。在我印象中，养孩子是件很忙很累很痛苦的事情。所以我有点不太理解。
——高凌霄

那时村里盖新房还没有雇人的，都是邻居来帮忙，房主家以酒菜招待。当房子的两座"屋山"建好，再把房梁吊上去，叫作 <mark>"上梁"</mark>。"上梁"是一件大事，意味着房子已经基本建好，这时房主一般要放鞭炮庆祝一番。孩子们喜欢热闹，听说谁家上梁了，都纷纷跑来围观，鞭炮的硝烟里是浓浓的喜气。

新房的确是生活水平提升的体现，但绝大多数人家的房子都是借钱盖起来的。求遍了亲戚朋友，欠的债往往五六年都还不完。

我家刚搬进新房子的那天，父亲长出了一口气，他实在是受够老屋了。一方面，老屋院子小、大门窄，拉粮食的地排车根本进不了大门，得一点点扛进来，累死人。另一方面，老屋实在是太老了，北屋的房梁早已朽坏，全靠一根柱子撑着，墙也有了深深的裂缝。每当刮风下雨电闪雷鸣之时，父亲常常整夜整夜不敢闭眼，一旦发现房子要塌，他好把全家人叫起来，夺路而逃……

然而，我却舍不得老屋。虽然我还不懂"恋旧"的意思，但对周围熟悉的一切有一种深深的不舍，包括墙脚下的青砖、墙头上的青草，还有大门口不远处那口青石板的老井……当太阳暖烘烘地照着，我觉得总该留下一点什么吧，怎么说搬走就搬走了呢？

在我们胶东，准备上梁时，房主要提前做好小馒馒，数量是房主夫妻岁数相加的双倍，造型有葫芦、桃子等。还要做两个大馒馒，分别放在盛有小馒馒、糖、烟的斗上，送给木匠和瓦匠表示谢意。上梁时，由木匠和瓦匠把两只盛满馒馒、糖的斗，拉到房梁处抛洒，"东扬馒馒西扬糕，东家日子年年高"。四邻八舍纷纷来抢。那时候穷，抢得很厉害。

——于静

小时候，我们家住的是平房，像是一个长方形的迷你四合院。我、爸妈和小叔叔一家三口以及爷爷奶奶住在一起。每个家庭都有各自的区域，一个厨房，三家一个锅里吃饭。我们住的地方叫做逍遥村，在我原来的记忆里好像是小尧村，不知什么时候起就变成逍遥村了。我爸是个画家，称自己为逍遥村人，听起来更文艺一些。

——袁振

我说:"你们去住新屋吧,我就要住在老屋里!"

母亲笑了:"啊?走吧,咱这就去把你的被子搬回来,晚上你一个人在这里睡。"

我说:"好,不过得把电视机搬回来……"

跟村里绝大多数新房一样,我家也是红砖红瓦的"锁皮",宽敞明亮,院子阔大——当然也是借钱盖的。因为我家地处村子的西南角,当时电线尚未通过去,所以暂时没有电,自然也就看不了电视——这也是我不愿搬过去的重要原因之一。

为了安抚我的情绪,父亲从邻居家接了一股电线过来,然而灯并不亮。他就拿了一支电笔,用手捋着电线一点点查找问题所在,突然间就触电了。

"手粘在电线上了,怎么甩都甩不掉。我寻思这下完了……"父亲后来说,当时也巧,他正好踩在了一个大坑里,一下子向后摔倒,手也就离开了电线。这是他若干大难不死经历中的另一次。父亲将这一切归结为我们家向来没做过什么缺德事,冥冥中自有神灵保佑着呢。

其实,我也曾触过很多次电。因为电压不稳,电视机常常被烧坏。别人来修理过一两次之后,我开始明白电视机里有一根保险管,于是就试着自己换,但总是忘记拔电源。有次忽然感觉被狠狠踢了一脚,回头看看母亲在远处站着。我就问她为什么踢我，她说没有。我看到自己的手指尖变黑了，才知道原来是触电了。

我不知道神灵在什么地方，但相信总有一个视角俯视大地，这茫茫尘世中的芥子须弥，这时间洪流里的一切细节，都逃不过他的眼睛。黑与白、进与退、生与死、谎言与真相、过去与未来，他都静静看在眼里，从来不必多说什么。

小时候是相信神灵存在的，甚至认为世间所有的事情都是神灵安排好了的，因此对神灵充满了恐惧。又有一段时间，因为睡眠时不停做梦，就忽发奇想：我们这个世间是不是也是别人在做梦呢？或许做梦的人醒了，我们就都没有了。　　——赵伟

哈，拔掉电源，还有残存的高压电，估计你是这么被电了一下。　　——张亚林

——田雨

插画 王旭

爷爷买了一台录音机和两盒相声磁带
显然他是想听相声的
但很快就被我拿回肖家村
据为己有
我把相声磁带洗了
用来录自己喜欢的电视剧主题歌和收音机里的歌曲

1992

何不 潇洒走一回

天地悠悠 过客匆匆 预备起……

1月-2月	邓小平视察中国南方。 划重点，大事，必考题！！！
2月20日	英格兰足球超级联赛创立。
4月5日	实行了六年的夏令时暂停。
6月1日	中国人民银行宣布发行1元、5角、1角金属人民币。
12月21日	中国发射第二颗澳星，卫星升空后爆炸，原因不明。

131

"

这一年，
我离开了农村，
跟着父亲到了县城工厂生活，
上了城里的初中。
乍一离开，
各种不适应，
各种想农村，
后来才意识到，
城乡教育上的巨大差别。
当年小学同学里，
考上大学的只有寥寥几人。
父母为我能有一个好的教育环境，
付出了巨大努力，
从农村到县城，
改变了我的命运。

——王磊

从小，我就是个有理想的人。

我的理想是当个小学老师，天天从家里带馒头咸菜，骑自行车去邻村学校教书，中午就在办公室的蜂窝炉上，把馒头烤热了再吃——有时间的话，慢慢烤黄了更好吃。有了固定工资拿，那样就再也不用种地了。

真的，我就是个不想再干农活的人。

虽然比起身边的小伙伴来，我干农活不算太多，却深知农民种地的辛苦和卑微。父亲从小就拿种地来威胁我：再不好好上学，你就只能回家砸坷垃！

1992年9月，我上初中。如果此前考学只是说说而已的话，那么此后它将变成一个触手可及的问题。而且，我也将真切地感受到一个词的坚硬与沉重，它叫作"户口"。

金家中学大门朝北，门口是全乡唯一一条柏油路，长约一公里。

柏油路旁边是乡政府的各级部门，有教委、武装部、派出所、法庭、计生站、卫生院、兽医站，等等。各式各样的小院门口挂着一块块白底黑字的牌子，很威风。这些小院里出来的孩子，不仅衣服整齐干净，气质也跟我这种农家子弟不同。人家是"乡里的"，从小不用干农活，是非农业户口，听说以后考中专，录取分数线能低好几十分呢。

农村冬天都生炉子，炉火烤土豆片我爱吃，炉子盖拿玉米叶擦一下，土豆切成片放上面烤，表面焦焦的，薯类的香味扑鼻，我一次能吃好几个。
——白晶

那个年代，农村的孩子，厌恶劳动才会拼命读书，动机就这么简单。——冯晓娜

父亲是恢复高考第一年考上的中专，那时中专也是数百人挑一的！父亲是她干部，毕业分配时学校有意照顾，问父亲想去哪里？父亲坚定地说要回老家！如今父亲已经退休了，回忆起这段往事时说，他们这些农家子弟想做的唯一的事就是吃饱肚子，不再当农民已经是最大最大的幸运了，根本不敢想还能去省城，还会有更好的生活！
——一飞

每逢农历"二七",街上都有集市。四邻八舍蜂拥而至,有的拉来自家地里种的菜,有的起大早赶着驴车来摆摊,有花花绿绿的糖、散装的桃酥饼干,各式各样的花衣裳、球鞋……来买的大多是乡里的人和学校老师,也有家里来亲戚的,有客(方言读 kei)嘛,总得想办法买一点像样的。集市的收尾处便是金家中学大门所在处。虽然我之前曾多次经过那里,但真的走进校门时还是有些忐忑。西边平房的墙上贴着一张大榜,我在上面看到了自己的名字,分到了六一班——因为小学是五年制教育,我们习惯把初一称为六年级。

教学楼总共三层:六年级在三层,七年级在二层,八年级在一层。如此布局,大概是按照中考的紧迫性来安排的。毕竟,升学率排在第一位,其他要素都得靠后。

六一班在三楼最东面的教室。我又矮又小,坐在教室右侧第四排,同桌恰好是我小学四年级的同学。那时我很自卑,感觉同学懂得很多,尤其是乡里大院的,还有老师的孩子,讲话理直气壮,铅笔盒也很高级。那时,我对周围一切茫然无所知,直至很久之后才听说,自己入学成绩尚可,班里只有两个女生分数比我高,而她们恰恰是当年上奥数班时三个女生中的两个。

我们村距离初中有十来里路,按说是要住校的,但学校宿舍不够,老师就让学生到附近亲戚家住。可是我家在这附近根

我从小在外地上学。所谓"某某亲戚家就在旁边""中午回家吃饭""溜达溜达就到家了",这种感觉我从来体会过。我常常下午五点半放学,自己坐公交车回家,共倒四班客车,到家已是深夜。
——彭栋斌

我小时候也喜欢各种铅笔盒,越高级越复杂就越想要。看到这里把铅笔盒的高级作为一个评判标准,感觉很有意思!
——薛泓

134

本没有亲戚。

每天早上五点半，天色仍黑，父母就叫我起床。时间早的话，我会吃一碗开水泡冷馒头，倒上一点酱油、香油，然后，跟东哥一起去上学。路上骑自行车要半个多小时，先骑一段土路，然后是公路。那是一条省道，来往车辆很多，其中不乏大货车。

公路好啊。在上面骑车又快又省劲，下雨后，再也不用担心泥巴糊住车轴辘了。记得四年级时一遇到下雨，我就要在书包里装一把螺丝刀。上学路上，自行车骑不动了，就下来，用螺丝刀剔前后挡泥板中的泥巴，剔出点缝，才能继续骑。那年夏天放学，我骑车经过一个泥水坑，滑倒在里面。正好那辆车右边没有脚蹬子，只剩一截磨得光滑而尖锐的铁棍。铁棍一下刺入我的脚里，血流不止。我爬起来骑回家，凉鞋被血粘在了脚上。那道疤至今还在。

在公路上完全没有这些烦恼，只要别被车撞着就行。而且，个别同学看看快迟到了，还会抓住路过的拖拉机甚至汽车后斗，更快更省劲。当然，我从来没这么干过，我知道自己骑车水平不行，也很怕死。听说，每年都有人因为这样干而被甩进沟里，还有的直接被轧死了。

那年，"夏令时"取消。那项折腾了

五六岁的时候，我十分迷恋一种食物：开水泡钙奶饼干。现在回想一下，就咽不下去…… ——赵妮

那时候赶着上学真不容易。可为什么听说会被轧死还敢这么干呢？我一听可能会死，就不敢碰那件事了。 ——高凌霄

135

六年，让我们迟到或早起无数次的制度，终于寿终正寝了。是不是国家的电够用了，不需要再强制节电了？村民们议论纷纷。

的确，电视上说，就在前一年，长江葛洲坝水利枢纽大江工程已通过验收。而在夏令时取消的前两天，全国人大刚刚通过了兴建三峡工程的决议。

秋冬天气，寒风刺骨，我把一只手揣进口袋，用另一只手扶着自行车把。过一会儿再换过来，把冻僵的那只手放在嘴上哈气。白茫茫的雾气从指缝间漏出，看了更觉得冷。

才进学校，刚把自行车放到教学楼后面的车棚里，集合的哨子就响了。于是，三个年级的学生分别从三层教学楼中蜂拥出来，旁边的平房前也站满了学生。哨子声、口号声、脚步声，在微黑的天气里奔向北面的操场。操场是一片光秃秃的黄土地，孤零零立着两个篮球架。凉飕飕的晨风中回荡着稚嫩而热烈的声音，四下腾起一片灰蒙蒙的尘土。

天边，太阳正探出头来，万道霞光照耀蝼蚁一般的我们。

那时候，总感觉早上的土路特别颠簸，扶着车把，震得手疼。下了晚自习，已是夜里十点多，但无论月光底下，还是一团漆黑，骑车都要比早上平稳很多。是什么原因呢？难不成是白天地面化了冻，要软和一些？但深秋和初春也没有上冻啊。现

年少时轻狂，就是因为冬天冻手，还要耍帅，学会了"大撒把"的神技！印象里，身边的半大孩子大都能掌握这项技能！　　——一飞

东北的冬天是真冷啊，初一那年有次学校要求五点到校，好像是要验血查体。结果夜里就开始下雪，早上四点出门时已成了鹅毛大雪。围脖上呼出的哈气结了厚厚的冰，雪盖住了路，深一脚浅一脚地迈步，一路上不知道摔了几次。　　——白晶

在想来，或许只是早上走得太急，晚上慢了一些吧。

看我一早一晚跑得辛苦，父亲就去初中附近的金家村四处打听，帮我找了一个住处。那是一处废弃的院子，一面院墙已经倒塌，院里有一座旧房子，分为里外两间。里间放喂牛用的干草，外间空着，什么家具都没有，只有一个土炕。房租是每月5元。我和东哥搬来被褥，住了下来。

窗户玻璃破了两块，我们就捡来一截木板挡住。冬天太冷，屋里寒如冰窖，我们就在床前地面上烧玉米秸、麦秸。火光亮起来，屋里就暖和了。我们小心翼翼，怕引燃了里屋的干草，没法给房东交代。然而再怎么小心，我的棉鞋还是被烧了一个窟窿。

深夜熄火睡觉，厚厚的一层白烟浮在房梁上，看着如同仙境一般——那时啊，只觉得不冷就好，从没想过一氧化碳中毒这码事。

早上出门上学，我们就找十几捆玉米秸把门挡住，那门上连个能挂锁的地方都没有。

二十多年过去了，那处草屋我一直记得，它无数次出现在我的梦里，总觉得有什么东西丢在了屋里，再也找不回来。

六年级第一次期中考试后，同学议论纷纷。有人说我考得不错，全年级第一名。

小时候，每次冬天去姥姥家，一进门，姥爷都会抱一大堆麦秸点着了，让我暖和暖和！如果没有看到这段文字，恐怕这辈子都很难想起这段情节。无论农村条件多么艰苦，他们总会竭尽所能地来心疼自己家的"小宝贝"！如今姥爷去世很多年了，十分想念他！——一飞我当然不信：我吗？怎么可能？后来成绩公布，居然真是这样。

后来，我一直觉得那是侥幸，又无比感谢那一次侥幸，让我有了那么一丁点儿的自信，最终没有回家去种地。

也是那次之后，我从懵懂中抬起了头，发现了同学们日常学习生活有些许不同。比如，Q 成绩向来好，素来让我仰视，她喜欢跳皮筋、拾子儿；B 哥公认很聪明，但也很调皮，当时心思不知放在哪里。还有几位留级的同学，总在课堂上抢答老师从未讲过的内容，是宛若"先知"一般的存在。

有次上课前，老师见大家昏昏欲睡，就让 Q 表演个节目。她很大方地上台，唱了一首小虎队的《蝴蝶飞呀》。她唱得真好听，那也是我第一次听身边的人唱小虎队的歌，活力四射，无限青春。在 1992年的那个冬日，我似乎第一次发现"青春"这个词的存在，心底一扇闸门悄然开启——那是某种与过去日子截然不同的东西。

当时，小虎队火得一塌糊涂。就在前一年，他们首度来大陆义演，举办巡回演唱会，成为最早来大陆开演唱会的台湾艺人。那阳光健康的形象，让很多家长失去了阻止孩子追星的理由。

当然，我那时还不懂得追星，着迷的也不止小虎队。我已经不再喜欢动画片，电视台播放动画片的时段也悄然换成了MTV。周日回家时，总会看到一个女人在

男生五六年级会显现出超常的学习能力。不过，咱当年也是妥妥的班级第一。
——冯晓娜

小时候成绩一直很好，家里也都习惯了。有次听到村里某人和我爸聊天，说谁家小孩期末考了90分，家里奖励一辆自行车，然后笑问：你家姑娘考双百，奖励啥啊？爸爸哈哈笑着说：奖励一个大苹果。
——白晶

起初婉转继而铿锵的音乐中走来，然后摆动身体，唱出一串诗一般的句子：

天地悠悠过客匆匆／潮起又潮落
恩恩怨怨生死白头／几人能看透
红尘呀滚滚痴痴呀情深
聚散终有时
留一半清醒留一半醉
至少梦里有你追随

她叫叶倩文，歌名为《潇洒走一回》。对于她我一无所知，或许是曲中的古典元素打动了我，或许是歌词比较符合我不求上进的性格，总归一听就深深喜欢上了。记得那个 MTV 中有一幕，她穿了透明上衣、黑色 bra，在风中大笑，对我触动非常大。那时，我还不知道在前一年，麦当娜已经让内衣外穿成为世界潮流。我只是一个完全没有"性感"概念的农家小子，很奇怪她到底想要干些什么。

很多年后，我才看到她演的《刀马旦》《喋血双雄》等电影，英气凌云也罢，柔肠寸断也好，但都有一种潇洒与决绝，深得我心。

那段时间，"歌本"很流行。几乎每个同学都有一个日记本，里面抄着自己喜欢的歌词以及压根儿看不懂的谱子，还贴着各种明星粘贴画。歌本上流行歌曲多，

我也很爱叶倩文，现在还喜欢循环播放她的歌。不知道贾樟柯有没有这种爱好，他的电影中少不了她的影子。这些年，眼睁睁看着叶倩文从花旦变成了"老旦"，那一头白发真是让人心疼。不过，女神白头仍然是女神，依旧爱她。
　　　　——秦铁

歌本是时代印记，我家现在还有，爸爸一直给留着。
　　　　——冯晓娜

139

会唱的歌多，都是件很有面子的事。有的女生还悄悄在里面写日记，一旦不小心被同学看了，是要骂人并且掉眼泪的。

我曾经有一个日记本，封面是《西游记》剧照，师徒四人挤在乌龟背上渡通天河。那是期中考试后发的奖品，Q也有，记得她的封面是披挂整齐、手持金箍棒的孙悟空。我始终觉得她那本好看。我也试着经营自己的歌本，但遗憾的是，自己写了一手烂字，且毫无知识积累，怎么看都不像那么一回事。

当时班里写字好、唱歌好，知道明星又多的是Y。他小学是在附近县城读的，会说普通话，皮肤白皙，有几分城里人的气质，还会模仿粤语歌发音。另外，他弹跳力惊人，跳高全校第一，还照着一本盗版拳谱学会了几式擒拿手，在班里圈粉无数。

我和Y是前后桌，也是好兄弟。也正是他，让我知道了香港娱乐圈"四大天王"都是谁。此前，我只知道《封神演义》里的魔家四将死后被姜子牙封为"四大天王"。

《封神演义》是我在小学三年级时读的，那是我读完的第一部小说。当时觉得书中半文半白的语言很怪异，为什么说话要用"曰"？有人叫"比干"，他姓"比"吗？而"朝歌"又是一首什么歌？但我终究记住了黄飞虎、姜子牙，还知道那个叫张奎的总只会钻地。而我四年级的同学里恰恰有个叫张奎的。有次下漫天大雪，我

那时候，流行音乐对我来说就是抄歌词。五年级那年，想给爱唱歌的好朋友送一盒磁带做生日礼物，听说最便宜的也要五元钱，攒了好久终于攒够了。约了几个同学走了四公里路到镇上，也不知道该怎么选，只知道要有那首《梦驼铃》。长大后才明白，这种收录不同歌手歌曲的磁带，大都是盗版的。而那首《梦驼铃》是费玉清1984年专辑里的歌，比我都大。农村流行的东西比城市晚了好几年。 ——白晶

风水轮流转，谁能想到一部电影《封神》，能一拖再拖，延迟上映那么多年。谁又能想到纣王和妲己之间的爱情，也让很多人向往？ ——启桥

"土行孙"是也！ ——一飞

这个不是"土行孙"，"土行孙"很丑，书上他结婚那一段儿，是当小黄文儿看的。 ——秦铁

140

离家太远回不去，曾在他家住过一宿。那本书读了一两年，我也未能幸免地从父亲口中学了不少错别字。比如，"纣王"一直读作"封王"，"杨戬"一直唤作"杨戟"。

那时，我也没听说过大名鼎鼎的刘德华，只知道马德华，因为他在电视剧里扮演过猪八戒。

那年，电视台播放《戏说乾隆》，郑少秋扮演"四爷"，赵雅芝一人分饰三角，扮演盐帮帮主程淮秀、侠女沈芳和刺绣女金无箴，迷住了全中国的男男女女。那也是中国第一部戏说历史的古装剧，帮正史上的乾隆皇帝平白加了不少印象分。

那年，有一部名叫<mark>《外来妹》</mark>的电视剧引起很大反响，讲述了六个从穷山沟去广东打工的女孩子的经历。只是那时我还没见过山沟，家乡都是平原，更没有去过广东。关于打工，我的理解仅仅是父亲跟村里人一起去省城建筑工地上当小工，或者偶尔进城帮工厂打扫一下卫生，每天的工钱大约是 3 块钱。而直到现在，我仍然认为，穷孩子打工变成富人的故事，并不比那些戏说历史的古装片更加靠谱。

很多人说，女主角陈小艺很有味道，但我只记住了那部片子的主题曲《我不想说》，演唱者是个叫杨钰莹的姑娘，唱这首歌时，她刚好 20 岁。

那年，电视台也在播电视剧《八月桂

当年，《封神榜》电视剧很火，毛阿敏唱的片尾曲。傅艺伟演的苏妲己非常魅惑，看得我满脸通红。蓝天野演的姜子牙，仙风道骨。花开花谢，日出日落，连蓝老爷子也已作古了。

——秦铁

一群群迫于生计的农家姑娘、小伙，拥向城里的血汗工厂！用一天十几个小时的机械劳动撑起了国家的快速发展。对这段记忆，现在称之为"人口红利"！一个名词下饱含了多少人的青春故事！

——一飞

花香》，刘松仁、米雪主演。电视台信号不好，屏幕上有大片的雪花。

Y 指着一张粘贴画说："你看米雪多漂亮，黑美人呀！"我说："嗯，太黑了。"他说："你懂什么？这叫健康。她演过《大侠霍元甲》里的赵倩男，你知道吗？"我羞愧地摇了摇头。不过，我很喜欢刘松仁，他演的胡雪岩呆头呆脑、絮絮叨叨，一点也不精明，但我觉得他那种痴狂的气质很动人。而且，片头曲真好，是罗文唱的《尘缘》：

尘缘如梦 / 几番起伏总不平
到如今都成烟云 / 情也成空
宛如挥手袖底风 / 幽幽一缕香
飘在深深旧梦中

从电视上抄下来的歌词，似懂非懂，只觉得好。罗文嗓音低沉，千回百转，唱到"明月小楼 / 孤独无人诉情衷 / 人间有我残梦未醒"，我忽觉心头弥漫起一片悲凉。

那个年龄，应是强说愁吧，也许是第一次感觉人生的况味。多年之后回望，似乎从那时候起，我的整个中学生涯，一直都困扰在这首《尘缘》的氛围里。从未见过桂花，却凭空幻想出繁华落尽的萧索。

这首《尘缘》是我见过差不多最好的歌词了，当时两个版本，粤语版填词的是黄霑，国语版是娃娃。后来别人说方文山的《青花瓷》如何牛，我觉得他们压根儿没听过《尘缘》，否则有什么好惊叹的？——秦铁

1992年是我的人生分水岭。从工厂中辞职，不知道未来是什么样，人生迷茫，想的就是不能这么朝九晚五下去。那时辞职的人不多，我是请辞不准，待家里不去，后累计旷工十五天，被开除。厂门口还贴了大字报，以示路人。——张亚林

感觉作者春情萌动了，哈哈哈！ ——一飞

142

分头、茉莉花、孬种的样子

1992年我正在上高中，对于邓小平视察南方，还没有什么感觉。农村依然十分闭塞，似乎并没有大变化，能感觉到不一样的，就是学习时事政治时，忽然多出来一些新内容和事件。　　——赵伟

1992年发生了很多事，比如，邓小平南方谈话，南斯拉夫解体，捷克和斯洛伐克分裂，周恩来夫人邓颖超去世——这些我在电视上零星看到过。

有些事情我根本不知道，比如，英超成立，库蒂尼奥和周冬雨出生；阿尔·帕西诺戴着墨镜，于《闻香识女人》中与美女翩翩起舞；梁家辉在《情人》里露了臀，更多人知道了玛格丽特·杜拉斯；林青霞早已成为绝代风华的"东方不败"，而我连她主演的《窗外》都还没听说过。

那时候，我开始嫌弃邻居帮忙理的平头不美，而跟家里要钱去公路边的店里理发。几乎所有的理发店里都贴着郭富城的大头海报，晃着一头恍如蘑菇的秀发高唱"对你爱爱爱不完"的他，被亿万中国人指着——"对，就要他这种'分头'！"理一次两块钱。后来，我买过一件印着郭富城头像的T恤衫，有机会就对着镜子整理一下自己的头发，还要甩甩，臭美一下。

我放学往家走，会经过一个小卖部，小卖部老板娘和几个穿着红色嫁衣的小媳妇倚着门框，嗑着瓜子，说笑着，不知道她们在笑什么。一直好奇开小卖部的是否就会很闲，不用干农活。快毕业时，我家里几经周折也开了个小卖部，却并没有很闲。　　——纯子

校门外柏油路东头，金家村村口，有一家小卖部，卖劣质烟酒、华丰三鲜伊面、盗版磁带、杂牌录音机，以及几乎光板的乒乓球拍……总有学生过去玩。

晚上，我和东哥回草屋时经过那里，常常去看上几眼，然后转身走。苍白的灯

泡下，一切都闪着光，那是我初次感觉到物质的诱惑力。

小卖部里总是放着音乐，有伍思凯、庾澄庆、童安格、千百惠、陈明真……我把"庾"错念成了"庚"，也不喜欢《让我一次爱个够》，那么扯着嗓子喊干吗？还有"我的黑夜比白天多"是什么意思？我喜欢《特别的爱给特别的你》，感觉"特别"一点总是好的。

村庄夜晚的空气里，飘着玉米秸腐烂的味道。我边走边唱，经常岔了气。

其实，前一年，"忧郁王子"姜育恒已经唱着《再回首》上了春节联欢晚会，但我到后来才明白这首歌的好处。那个年龄，哪里懂"忧郁"是怎么回事，也无"首"可回。当时我倒喜欢他专辑里的那首《驿动的心》，觉得歌词写得好，唱出了心底的一丝茫然：

曾经以为我的家 / 是一张张的票根
撕开后展开旅程 / 投入另外一个陌生
这样飘荡多少天 / 这样孤独多少年
终点又回到起点 / 到现在我才发觉

很快，大街小巷开始流行郑智化。那个挂着拐杖的中年男人，松松垮垮，常常在电视上露脸，他的海报还占领了小卖部的大门。

生长在内陆乡村的我们，时常被地里

作者在那个时代还算见多识广的，对流行文化也有执着的渴望！作为同龄人，我那时候只听过《星星点灯》《水手》《潇洒走一回》，其他再无印象。

——一飞

对我来讲，中文歌代表了更多！每次听到中文歌，都感觉回到了小时候和表姐在车里唱卡拉OK！我99%的时间都在听英文歌，所以每次听中文歌都会体验到一种怀旧和脆弱！

——薛泓

的沙土迷了眼，却从来不曾见过真正的海滩，也压根儿不知道，为什么"水手是真正的男儿"。但这并不妨碍我们嘴里都在念叨"弱不禁风孬种的样子"，"露一点胸膛才叫男子汉"。他从遥远的台北传来的沙哑歌声，打动了刚会使用"青春"二字、喜好跟风的我们。他歌声里的颓唐与我们贫瘠的生活交织在一起，还未见过都市就开始嘲弄都市，这又是一种怎样的嘲弄？

记得班里有位短头发的微胖女生，喜欢唱郑智化的那首《南台湾》。歌词秀美，她唱得也好，加之性格活泼开朗，现在想来仍是美好的回忆。

那年，我喜欢上了收音机里的点歌节目。省城电台有一档节目叫《音乐沙龙》，主持人名叫少梅。她总是先介绍一些新歌，然后一边念读者来信，一边播放他们点的歌曲。那些信辞藻华丽，写的都是少男少女的心事，跟我们在学校写的作文完全不同。

少梅的声音柔美，选的背景音乐总是肯尼基的萨克斯曲，有《茉莉花》《回家》……她还无数次引用《诗经·采薇》中的那句"昔我往矣，杨柳依依。今我来思，雨雪霏霏"。那时我迷得一塌糊涂，因为流行音乐，也因为少梅读信的嗓音，宛如从天堂传来，让我不知不觉入了戏。

那年林志颖 19 岁，他唱的《十七岁

的雨季》从收音机里飘出，瞬间感觉身边都飘起了清冽的雨：

当我还是小孩子
门前有许多的茉莉花
散发着淡淡的清香
当我渐渐地长大
门前的那些茉莉花
已经慢慢地枯萎不再萌芽

我可能觉得"四大天王"老了点儿，林志颖与自己更接近些吧——其实，除了年龄以及对于"成长"二字的些许感受，其他的又哪里接近了？我倒也见过茉莉花，那是爷爷在花盆里养的，一点点白色的花骨朵里吐出浓郁芬芳。

当时，中学已经不再放麦假、秋假，而是有了正儿八经的暑假。假期进城时，我抱着爷爷的《家用花谱》研究过茉莉花的种法，记住了"阴不死的珠兰，晒不死的茉莉""清牡丹，浊芍药"等几句谚语，还依葫芦画瓢扦插了几株月季。

那年邰正宵的《九百九十九朵玫瑰》唱响大街小巷。但我从来没见过玫瑰，只在《植物》课本上学过，玫瑰和月季同属蔷薇科，而玫瑰可以吃。我也从来没有进过花店，更不可能知道很多玫瑰其实就是用月季冒充的，而我吃过的五仁月饼里的"青丝玫瑰"，主料其实并非玫瑰，而是橘子皮。

爷爷买了一台录音机和两盒相声磁带。显然他是想听相声的，但很快就被我拿回肖家村，据为己有。我把相声磁带洗了，用来录自己喜欢的电视剧主题歌和收音机里的歌曲。我录过刘雪华和伍卫国主演的电视剧《少女慈禧》片首曲，还有姜大卫、米雪、梁小龙主演的《大内群英》片首曲。我喜欢这两部剧里李乐天和曾静的角色，潇洒且悲情，死得很壮烈。还有王杰唱的《英雄泪》，MTV 里那个女主角飞来飞去的，很吸引我。

那正是中国内地流行音乐飞速发展的时期，通过小小的收音机，我知道了北京和广州是全国的音乐高地，无数年轻人怀揣梦想，希望一举成名。港台歌曲则早已风行神州大地，是名副其实的制高点。点歌台里，王菲虽然还叫王靖雯，但那首《容易受伤的女人》已经红了。那年六月，我还没来得及认识 Beyond，黄家驹已经不幸从舞台上摔下，成为人们悼念的对象。

我跟东哥偶尔也一起进城，花 2 毛钱把自行车寄存在黄河北岸的看车处，过河后再坐一段公交车。沵口服装城门口有卖磁带的摊位，我们兜里并没有钱，却总在那里徘徊许久。

那时候，很希望自己能写出华丽、浪漫的文章来，却又根本不懂得读名著。只

那时候，打着练习英语听力的幌子，让家人想办法搞了一台双卡录音机。实际上听力没练多少，各种流行歌曲磁带倒是买了不少。也学会了录音，录下了母亲唱的《我的祖国》。
——王磊

有段时间我还奇怪，"王靖雯"的名字多有诗意，为什么改名叫"王菲"？但后来见她越来越火，大概明白这里面是有讲究的。——秦铁

好吧，我是听林俊杰、周杰伦的歌长大的。10 岁的时候，最惬意的时光，就是晚饭后，独自在阳台，打开随身听，看着夜空，消磨时间。
——赵妮

要进城，我就会跑到天桥下面的教育书店，去翻看各种优秀作文选。

那些文章写得确实好，但跟我几年前读这些书时的感觉一样——他们写的依旧不是我们农村人的生活。当然，我已经知道写农村也有写得好的，就像课本里"山药蛋派"的赵树理，可这又是哪年哪月的事儿了？其实，早在两年之前，路遥的《平凡的世界》已经拿了茅盾文学奖，但我要到几年之后才有机会知道他。

那年春天，学校组织去省城烈士陵园扫墓，那也是我初次参加这样的活动。我穿的上衣和裤子都明显小了一号，但因为那是我唯一成套的衣服，所以坚持穿着，需要不时用手使劲去拉一拉，以便显得合身一点。那天阳光很好，站在小山顶往下看，人和车都很小。当时我很高兴，可回来写作文时，能想到的也只有那首名叫《最高峰》的老歌。

有时，我也会想起少梅平时念的那些的信，都是关于爱情、孤独、忧伤之类的，离我显然有些遥远。我熟悉的依旧只是大片大片的田野、无休无止的农活，还有农村的家长里短，而我对这一切理解得也很肤浅。

那个年龄，我和小伙伴们都已经成了家里的半个劳动力，干农活是天经地义的事。

如果说小时候的"割草"是半游戏性

那时候的日子过得真是捉襟见肘。我只有一双白球鞋，双星牌的，15块钱一双，连双轮换的鞋都没有。只有周末可以倒腾一下刷一刷，往往穿两天就脏得不成样子了。因为想再买一双，跟父母展开了拉锯战，结果我毫无悬念地输了。　　——一飞质的活儿，长大后的<mark>"拔草"</mark>则是纯体力活。而上了初中，早已到了该去地里拔草的时候了。那时候村里没人打除草剂，夏天雨水一多，地里一夜之间就长出绿油油的一层草，还有灰灰菜、马齿苋等。父母扛起锄头，专挑太阳最毒的时候下地。因为这时锄下来的草，烈日一晒就枯死了。但很多时候运气不好，好容易锄完，一场雨又给栽上了。相比而言，拔草是最彻底的，全家每人一垄地，一个提篮，蹲着一步步往前挪，挪到地头草就干净了。但那垄真长啊，常常感觉腰都快断了，还没拔到头。

那草不仅长在地里，还长在人的心上。谁家地里草多，不光庄稼长不好，还要被邻居耻笑。于是，全家人常常带着馒头、咸菜和水，在地里一干就是一整天。

再就是给玉米施肥。我们村子周围都是沙土地，土质不好，玉米需要追两遍肥。施肥时，父亲手持铁锨走在最前面，母亲端一脸盆化肥紧跟其后，我走在最后。父亲在玉米根部那里铲一个窝，母亲迅速撒入一把化肥，我再用脚把窝填平、踩好，不让化肥跑了味儿。施第一遍化肥时，玉米秸尚未及腰，四下有风吹来，感觉尚且还好。但到第二遍时，玉米秸已经没过人头，时间也正值酷暑，人走在里面，叶子上的锯齿直划脸皮和胳膊。地里密不透风，从头到脚汗水涔涔，皮肤火辣辣地疼。一天下来，头脚都是黑的，鼻孔里全是土，晚上洗完澡睡下，第二天会发现胳膊上、身上，都是一道道黑红色的小伤口。

干活的时候，我也喜欢唱歌，但心里已经非常清楚，我绝不可能为谁"种下九百九十九朵玫瑰"，只会种下九百九十九棵玉米。即便要种花，那也只能是棉花。

有时我也带收音机去地头，在悠扬的萨克斯曲中，听里面的人说起爱情、约会以及情人节等话题。我隐隐有些担心，假如以后真喜欢上一个像磁带封面上那么美丽的女孩，她会跟我一起下地施化肥吗？

作者真是个善于思考的优秀青年！
——一飞

农业机械化真的是造福农民。当年，农民的劳动力和时间都太廉价了。如果以农民工打工的工钱来倒推当年的粮价，你会发现，恐怕没有多少人能吃得起粮食。那一代农民大多已经老去，该怎样给他们兜底呢？
——秦铁

问情

《戏说乾隆》主题歌

(handwritten numbered musical notation with lyrics)

山川载不动太多悲哀，岁月经不起太长的等待

春花最怕连夜风雨摧，黄沙偏要将美丽掩埋

谁的聪明曾惹恨悠长，一生的遭遇向谁诉

情到不能悔，聚散总有愿，繁华落尽一身憔悴在风里

回顾所来径，苍苍横翠微，问世间情为何物

共徘徊，共徘徊

插画 王旭

交公粮是在夏天
大多数人家都是赶着牛车、驴车拉着粮食去交
为了能早点交上
我跟着父亲与邻居一起赶早去
但每次前面还是会排起长队
有时也会拿进去检测一下
合格还好
可一旦"水分太多""不合格"
我们就只能把麦子拉到一边
将随车带来的大塑料布铺在地上
摊开麦子再晒一两个小时
然后
又重新排几个小时的队

1993

刀刃上的冬天

一看这个标题，就是个沉重的话题，都有点不忍读！

嗨哎嗨、嗨哎嗨、西湖美景……

2月 1 日　　电视剧《新白娘子传奇》在大陆首播。

3月31日　　李小龙的儿子李国豪死于枪击，年仅二十八岁。

8月28日　　王军霞获得第四届世界田径锦标赛10000米金牌。

10月25日　　香港歌手陈百强去世。

12月29日　　第八届全国人大常委会第五次会议通过《中华人民共和国公司法》。

"

给孩子讲小时候的"冻疮"，
孩子怎么也不理解。
我想这真是时代的鸿沟呀！
那时几乎每个同学的耳朵都有冻破了结的痂，
每个孩子的小手指下方都肿得很高。
每年冬去春来，
被冻的脚奇痒无比……
现在想起来，
就好像别人的故事一样。

——一飞

每年冷风一紧，就盼着下雪。

雪来的时候纷纷扬扬，遮盖眼前的一切，遮盖了繁华与颓败，遮盖了城市与乡村，遮盖了梦想和梦碎，也遮盖了生计，还有时间——

在雪地里走，会看得很远，不是向前，而是往后。那么一长串的脚印，提醒你不能回头。

1993 年的那一天，冬雨变成冰碴又变成雪花，铺天盖地飘下来，黄河以北二十里的金家中学七一班教室里一片雀跃。

孩子嘛，爱热闹。但最主要的是，第二天我们要去三十里外的桑园中学参加区里组织的英语竞赛。之前学校一直没说我们怎么去，不知道是骑自行车，还是学校包车。现在下雪了，自行车自然没法骑，走着去得要一天，这下总该包车了吧？或者，考试会不会干脆取消了？

真幼稚——考试怎么会取消呢？

天气预报说第二天零下十一度。我没有穿棉袄，但没当回事。那时我已经有集体宿舍住了。雪一直下，我躺在宿舍里睡得正香，忽然觉得有人拍我的脚，我睡眼惺忪地坐起来叫了声爸爸（方言读一声），躺下又睡了。第二天醒来，发现身上盖着我的棉衣。心想：是不是记错了，我本来就把棉衣带来了？

雪后次日，天气总是晴好。学校果然包了车，只不过是一辆大卡车。路滑，车

一个略显沉重的开头。
想起了那句"一夜北风紧"。
——一飞

小学六年级的数学竞赛，那天下雨，老师带着我们去另一个村坐车。路上太泥泞，客车走不了，又换了马车，很担心会迟到。好在后来我拿了全镇第一名，奖品是一支钢笔。
——白晶

155

开得慢，我们十几个学生在车斗上站了半个多小时，终于到了考点。

冷风吹脸，有一股刀刃的味道。

坐卡车，很新鲜，忘了那卡车是辆"解放"还是"东风"了。也没觉得太冷，只是进了考场之后，前二十分钟没有答题，因为手指头已经冻僵，握不住笔了。

几天后回家，我才知道，那天晚上，父亲一听天气预报说大降温，立刻拿上棉袄出了门，来回步行近二十里路给我送去，回家已经是凌晨，脚上全是水和泥。

我眼眶一热：你送这个干吗？我又不冷。

父亲笑笑：你宿舍住了这么多人啊，光一个个找你，就找了得十分钟。

我们宿舍是两间平房，上下两层大通铺，睡了三四十个人。因为床位不够，很多都是俩人睡一张单人床，我和东哥就挤在一张一米宽的上铺。虽然床连着床，但靠边处并无护栏，总会有人掉下来，好在没听说过有谁骨折，也就习惯了。

冬天，宿舍里也冷，牙刷杯子里都结冰了。有的学生懒，就在宿舍门口小便。一开始没人管，后来也就管不了，宿舍门口尿流成河，臭气熏天。后来，学校安排老师重点检查，躲在墙角后面，不时打手电筒照，学生就转移到厕所门口撒尿，多一两步都不肯走。

同样的宿舍，同样的大通铺。冬天冰冷刺骨，大家都用热水袋取暖，我住上铺，有一天热水袋半夜漏水了，被下铺的同学拍醒：你这么大了还尿床？ ——于静素质差是吧？那些年，感觉"素质"俩字是不存在的。一切都像野草一样生长，像野兽一样游荡。

宿舍里的卫生太差了，很多人都患上了疥疮，浑身痒得难受。疥疮很容易传染，大家有一点紧张，于是相约一起骑自行车去临近镇上的卫生院，买来硫黄软膏和疥灵霜。宿舍里混杂着一股臭味和硫黄味，真是不堪回首。

教学楼后是自行车棚，可以挡雨，但挡不住贼。大多数学生都丢过自行车——我也丢过一辆。后来，学校把自行车用铁链串起来锁住，这下车丢不了了，但有人开始整片整片地偷气门芯。偷了干什么呢？据说是拿去学校旁边的小卖部换方便面、油条吃，还能换烟酒。有的学生为防盗，就用铁丝把气门芯固定在车轮上，小贼倒是拧不走了，却用锥子把车胎扎得千疮百孔，损失更大……那时，我们常常连两毛钱的咸菜都舍不得买，小卖部却把只值一两毛钱的气门芯，最高卖到过三块钱一个。那些平庸之恶，如此真实、如此切近，让我至今想来仍无法粉饰。

当然，那时候学校也组织学生轮流巡夜——我们叫作"看校"。把一间空的平房当值班室，晚上各个班级的男生手持木棍、链锁，在漆黑的校园里转悠。我也参加过一两次，那间值班室没有床，更没有被褥，只有两张光溜溜的木头床板摆在地

初中住校，宿舍里放一盆水，早上起来能冻成大冰坨。加上湿气太大，几乎每个人都得了湿疹，痒得要命，也没谁去医院看，就挺着。这些记忆太过深刻，所以高考时我坚决不选黑龙江省内的学校，真的冻怕了。——白晶

那时候农村学校里没有保安，没有环卫工，几乎所有活都是学生自己干。还包括给老师家打水、拉蜂窝煤等。你要说"我的题还没做完"，会被耻笑的。——右桥

下。我们困极了就四五个人并排着躺下睡，寒风从没有玻璃的窗户钻进来。第二天清早醒来时，膝关节和肘关节一阵疼，要过一会儿才能站起来。

那时，父辈们仍然常说：你们是蜜罐里长大的，生下来就有馒头吃。的确，我庆幸没有经历那个饥饿的年代，也没吃过榆树皮、柳树芽、豆秸、酱渣……但那都已经过去三十年了呀。村民口口声声提的仍是那个年代，并以此作为所谓"当下幸福"的参照。这世界上，还有谁比中国农民更容易知足的吗？

前几天和一位同学聊天，她回忆说，那时每周回家两次，每次都带一大兜馒头和一瓶咸菜回学校，<mark>"真的穷"</mark>。另一位同学说，当时她家只有一辆自行车，平时都是哥哥骑。前一天下晚自习之后，是同村的同学骑车带她回来的。谁知第二天下了雪，路上很滑，同学自然不方便再带她了。于是，她只好独自走路去上学，拎着满满一布兜馒头，滑倒摔伤了腿，哭着走了七八里路……

我清楚记得那种布兜，用一块花布裁剪缝制，又买两个塑料圆环做提手。每次回家都要装十多个大馒头，布兜撑得鼓鼓囊囊，然后在自行车车把上绕一圈。有心的同学会带一瓶炒萝卜丝或煮豆子咸菜回学校，很多人连这个也不带。这就是三天

跟朋友喝酒到半夜，聊起小时候，印象最深刻的就是"穷"。这个字，在那时，真是一种屈辱，事情过去很久，才好意思承认。好在，那时身边大多数人都是如此。现在跟孩子们说起当年自己上学天天吃咸菜，他们很惊讶：怎么可能没有肉呢？
————秦铁

现在，人们标榜"手造"，喜欢显摆什么东西是自家做的。但当年，都愿意说什么东西是买的，机器生产的。大约是"物以稀为贵"，这也算时尚吧？————庄桥

左右的干粮，有时也会带够整整一星期的。其实那点咸菜哪够吃？往往没过一天就吃完了。

馒头用笼布包着，不敢用塑料袋，怕不通风，发霉变质。兜里的馒头一年四季都是硬邦邦的。吃到第三天，我就掰不开了，只好放在桌子角上，两手按住、加上体重刚好勉强掰开。现在想想，那一幕肯定很有趣，但只是最寻常的一景。

每天早自习结束，乡里的同学就回家吃饭了，我们住校生则围在一起，从桌洞里掏出馒头咸菜，教室瞬间就变成了餐厅。吃饭时，三五成群，分享一瓶咸菜，也有的拿着两根筷子，全教室游走，这里吃一口那里吃一口，像野外觅食的鸡。

有人问：你们那里没有食堂吗？

当然有食堂，我们叫"伙房"，只能打饭，没地方吃饭。伙房是收麦子的，学生从家里驮来麦子，到伙房换成饭票。伙房的秤似乎总不准，要比家里称的少两斤，但学生只能忍受。饭票可以买馒头，也可以买菜——伙房中午也是"煮菜"的。

伙房的馒头热气腾腾，很诱人。一开始拿在手里是长方形的，但用手一捏一拉，就成了长条状，味道酸涩，入口黏牙。这么好的弹性和独特口味，并不是因为加了糯米、山楂，而是压根儿就没熟透，里面往往有没化开的大块火碱。学生边骂边吃，

为了省钱，每次回家母亲都会烙一摞大饼给我带着，到了学校就放在宿舍里。冬天还好，饼硬了可以泡菜汤里吃，夏天很快就长毛了，可还是舍不得扔掉。——于静

高中时我不住校，偶尔看到学校伙房开饭，直径一米多的超大铁盆盛满了白菜炒肉。放眼望去全是肉！我惊叹学校伙食如此之好！住校的同学告诉我：上面薄薄的一层肉是给人看的，下面别说肉了，连滴油都没有！
　　　　　　　——一飞

有的感觉不解气，就把拉长的馒头挂到了校领导家的大门把手上。

然而，并没有什么效果。

至于伙房的菜，的确是煮熟的，未经炒的环节。同学们编了段子："茄子把、骨头渣，氢二氧一、氯化钠。"（水煮茄子）里面浮着几丝"撇油"（开锅之后才加入的油，纯属装饰品）。但即便这样的菜，也往往抢不到。在我看来，茄子算好的，因为几乎不招虫子。我最怕的是吃豆角和小白菜，每次搪瓷缸里都有一两只虫子。至于苍蝇，从春天至夏天，一直是菜里的常客。

我怕吃到无辜生命，也觉得伙房的饭菜难吃且贵，早早与之绝缘，自觉从家里带饭。

伙房里的水倒是经常喝。那是蒸过馒头的水，颜色一如母亲河，沉淀之后仍带浅黄色，缸子底一层厚厚的水垢。然而，再难喝也是热水呀。

六年级时，两个同学拿木棍去抬水。到七年级，就两个人手拉着手，另外一只手各提一桶热水，走在路上晃晃悠悠，像是在荡秋千。这样效率是高了，只不过两人的手一定要拉紧，一旦松开，就会连人带桶一起摔倒。有同学就是这样被烫伤的。

冬天，伙房里有玉米粥。学生从家里带来玉米面，由各班的生活委员统计好人

想起了初中打饭的大爷：晚饭时，大爷就拎一大桶面条，挨班分，分完一桶再一桶。大爷用一双很长的筷子挑起面条，面条顺着筷子滑到大爷手上。面条汤顺着指缝又流进桶里…… ——郎丰村

160

数，然后交到伙房。每个班里的铁桶上，用墨汁写着交玉米面的人数。伙房给的粥数量有限，没交的同学，按规定是不能喝的。跟热水一样，伙房煮的粥同样也容易分层，喝得稍晚了一点，玉米面就全部沉到底下。这是没煮熟的结果。

那时常常想：这都是些什么人啊？哪怕稍微用心一点，想想吃饭的都是些正在长身体的小孩，也不至于把饭做成这样吧？

有次我去抬粥，发现熬粥的大锅里刚捞出一只死老鼠，强忍住胃部的抽搐，没吐出来。那次我放弃了打粥，全班同学一起喝凉水，但并没有人把这当成一回事。

喝完粥，就要刷缸子、刷桶。即便不刷牙，脸还是要洗的。然而，学校里的两个水龙头都在室外，天一冷就冻住了。

水龙头前天天排着长队，百般努力砸冰，摇晃水管，也只有细细的水流，看起来直到上课也刷不完。于是，我们借来绳子，去学校西南角的井里打水。井沿四下是枯草，井口雾气氤氲，探头朝下看去，水面漂着几个塑料袋、纸盒，有时还能看到一两只青蛙，睁大眼睛在看着我——它与我，想来都是在坐井观天，只是所处位置不同罢了。

收拾完，手冻得发热，还要拎半桶冷水回教室，课间口渴了，可以舀着喝。那时，上完晚自习常常到了十点之后，渴了只能到外面喝凉水。寒风里，水龙头已经重新

我们学校食堂的菜很好吃，四个菜，两荤两素，可惜没有汤，不知道是不是怕烫着我们。大多数时候，我都喜欢吃食堂的菜。当然，有时也不喜欢吃，但老师不允许剩下。　　——王小拙

跟我那时的冬天一样，水龙头在室外，冻得结结实实的，无法洗脸，无法刷牙。经常一周能刷一次牙，洗一次脸，脚更是一个月能洗一次就很不错了。现在的人，恐怕很难忍受这样的生活环境和卫生条件。　　——赵伟

161

结了冰，就对着水管一阵猛吸，夹杂着冰碴也能喝到一点水，可真是透心凉。

因为喝凉水、吃冷馒头几乎是家常便饭，我担心会拉肚子，影响上课，于是就去小卖部买一块腌咸的姜来。每次吃一小口，肚子里就暖烘烘的，不会拉肚子了。记得小时候我是不吃姜的，吃一点都嫌辣，但经过这一番锻炼，吃起姜来再也不眨眼。

那时候，班里绝大多数人都生了冻疮，有的冻脸，有的冻手，有的冻脚，有的冻耳朵。我的手、脚和耳朵上都冻了，特别是耳垂中间有硬邦邦的一块。冻疮一到冬天易复发，一到春天就发痒、流脓。不过，因为普遍，所以平等，谁也不用笑话谁。

那时候觉得苦吗？似乎也没有，大部分同学都是从村里来的，日子也都是这样过。可假如谁让我说那是多么美好的生活，心里多么有幸福感，却也不能。

当然，放眼全中国的话，那时也是一派蓬勃景象。根据国家新规划，到世纪末要基本普及九年制义务教育。全民经商的潮流已席卷大江南北，工人工资提高了一截。而随着大量投资的兴起，物价也开始上涨了。电视剧《北京人在纽约》正在热播，富人们的生活被嘲讽为："喝着蓝带，开着现代，搂着下一代。"

在我们村里，时光却像停滞了一般，与几年前相比并无多少变化。大家依旧该

小时候，我的手每年都长冻疮，试了各种偏方：辣椒水、茄子根、麻雀脑子，都没有什么作用。听说用热猪血抹手可以除根，有一年趁家里杀年猪，我也尝试了，弄得两手血淋淋的，还是白忙活。
——于静

162

耕种时耕种，该收割时收割，该交公粮时
就去交公粮。

公粮只是一种俗称，正式的名字叫"农
业税"。

交公粮是在夏天。一到日子，村委会
的大喇叭就开始广播，让村民早去交，交
晚了"不行"。于是每家每户都要去村委
领一张条子，上面写明要交的数量，然后
凭条缴纳。那时，整个村庄也就只有一两
部拖拉机，大多数人家都是赶着牛车、驴
车拉着粮食去交。交公粮的麦子，往往都
是家里既好又干的，因为品质不好或水分
稍多，都很可能会被打回来，那样还得再
费一遍功夫。然而即便如此，粮食仍然可
能会被打回来。

为了能早点交上，我跟着父亲与邻居
一起赶早去，但每次前面还是会排起长队。
等粮站上的人上班了，拿一个中间带凹槽
的长钢钎，向排在最前面那车的粮袋子上
猛戳几下，凹槽里会带回一点麦子。有时，
工作人员把麦粒放在嘴里咬一下，说一声
"合格"，就可以送进去了。有时也会拿
进去检测一下，合格还好，可一旦"水分
太多""不合格"，我们就只能把麦子拉
到一边，将随车带来的大塑料布铺在地上，
摊开麦子再晒一两个小时。然后，又重新
排几个小时的队。

那时候，常常排一天队都交不上公粮。
晚上，父亲就把牛拴到一边，我跟父亲轮

有一年台风来临，麦子没有
抢收完，淋了大雨。结果，
我们吃了一年发霉的小麦，
磨出来的面都是黑的。抢收
到的部分好的小麦，都交"公
粮"了，淋雨的小麦只能自
己吃。　　　——赵伟

上大学之前，每年我都帮着
家里去交公粮，其中的辛酸
实在是难以言说。——赵伟

163

流躺在板车底下打个盹。半夜里，头顶有星，我看着旁边公路上来回飞驰的大货车，心想要能当个货车司机也很好——其实做什么都好，只要不再当农民了。

到了第二天，假如粮站的工作人员还说"水分太多"，这时就只能硬着头皮，去多说几句好话。遇到脾气好的工作人员，就会说"扣点水分吧"。也就是要打折。农民心疼麦子，却实在不想再等了，再等也未必有好结果，就只能同意。好容易过了一道又一道关，最后要自己把粮食扛到国有粮库去。那里早已堆成了一座高高的"粮山"，几块木板搭成一座简易的桥，通向"山顶"。一步一步颤巍巍地走，终于把自己种的麦子倒上去，像把一瓶水倒进大海。

除了夏天交公粮，秋后还要交提留款。

"提留"也是俗称，指的是向农民收取的村提留、乡统筹和其他收费。那些年，我一直不明白为什么要交"提留"，而父亲也说不清楚。后来我才明白：村提留是交给村里的，用于农田基本建设，供养五保户，给村干部发工资，还有一些其他管理开支；而乡统筹则用于乡村两级办学、计划生育、民兵训练、修建乡村道路等。

根据 1991 年国务院颁布的相关规定，乡统筹和村提留不得超过上一年农民人均

关于交公粮的记忆，我也有一些。似乎总在夜幕降临的时候，年轻力壮的父母将几麻袋粮食堆剁地排车上，拉去公社粮站。队伍排得很整齐，人们互相打着招呼，温暖谦和。
——李珍

第一次听说"提留"这个词，是我小学的时候。姥爷说过几次，不过我也没弄明白。只记得姥爷说了一句："咱也不明白为啥交这么多钱！"说这话时愁眉不展的样子让我记忆深刻。
——一飞

农民，是没有退休年龄的。即便到了八十岁，他若能扛起锄头，还是会下地干活。
——姜文英

"公粮""提留"，这些词已经消失多年，这当然是时代的进步。然而，不久前，我看到某个所谓"专家"说，应该重新征收农业税，恢复交公粮。话音一落，网上的口水就将他淹没。或许，没必要为"雷人雷语"浪费精力，但我还是忍不住生气。这种开口闭口谈政策的"专家"，真的了解农村吗？

——秦铁

哈哈，"提留"二字勾起了我第一次回山东老家的记忆。在青藏高原出生长大的我，完全对"提留""公粮"没有概念。记得回老家差不多12岁左右，对一切都是陌生的。听大人们交流起来，才知道那时农村是用粮食交税的。那次我认识了很多农作物，第一次见到了棉花开花，惊叹：这是什么花？这么一大片？老家亲戚听了，笑弯了腰。知道了花生叶是白天张开、晚上闭合的。红薯原来还可以生吃。掰玉米棒子还发现了大豆虫，表姐捡了回去，给我们油炸了一盘菜。

——郝丽君

纯收入的 5%。应该说，这一标准充分考虑到了农民负担问题。但该规定也留了一个"口子"——对经济发达的地区，经省、自治区、直辖市批准，可以适当提高提取比例。于是，部分地区农民实际承担的村提留、乡镇统筹费，远远超过了 5% 的比例。根据国家统计局的相关资料显示，从 1993 年开始，农民承担的村提留和乡统筹逐年增加，到 1997 年已经相当于 1992 年的两倍。

和公粮相比，"提留"带来的压力更大。因为公粮交的是自家地里打的粮食，提留则是现金，而一些农民已经连孩子的学费都拿不出来。也正是针对这种情况，当时很多村要求农民夏天向粮站卖的粮食，比实际需要交的公粮多出一大截。农民卖粮后一般不能立刻拿到钱，等款项下来后，首先要扣下应缴的农业税款；其次要代扣部分"提留"款——只能扣一部分，因为全扣完都未必够交"提留"的。

每到交"提留"的时候，是父亲最犯愁的日子。大喇叭天天都在催，父亲看看家里的棉花、花生、豆子，该卖的已经都卖了。麦子也不能再卖了，还要留下一点，等春天买化肥、浇地之前卖。每年都有乡里的干部下来，挨个村转，交不上"提留"的人家，有的侥幸硬扛过去，有的家里的麦子被拉走了……

每到这时候，爷爷都会从他不多的退

休金里拿出一部分，帮我们一把。我进城时，奶奶也悄悄塞给我二三十块钱，让我交给父亲。那是奶奶一点点攒下来的，爷爷家旁边有一座垃圾站，奶奶有时去捡些纸壳、酒瓶，然后攒起来卖掉。

那时候，想起我们在地里辛辛苦苦干了一年，到头来却还要拖累老人，真是无比难受。

深夜回家路上，听剑儿声清脆爆响，循声望去，是一位老太太在踩矿泉水瓶。她佝偻着腰，从垃圾桶里扒出瓶子，踩扁后再放进编织袋。发现我看她，她抬了抬手，做了个抱歉的手势。我只觉得心里一疼。

——左桥

如今毕业在外工作，每天给父母打电话，听他们讲一天的日常生活，便觉得心酸，总想多赚点、多赚点，都给爹娘，也让他们过过"好日子"。

——彭栋斌

在哈尔滨，交公粮不容易。那时运输靠马车。凌晨两点，我和车老板把头一天精挑细选出的二十五袋玉米装上车。在"啪啪"的鞭声中，汇入送公粮的车流。

数九隆冬，积雪在车轮碾压下结成一层冰。为防止滑倒，用一只手扶车，脚步踉跄。五十里路程只能坐十几里的车。

早上六点多钟到达粮库，排起长队。此时正是全天最冷的时刻，零下三十多度。马身上、麻袋上挂着一层霜。人的眼睫毛上挂着冰碴，站在寒风中跺脚，焦急地等待粮库上班。

终于开始扦样了，我用大衣袖子弹去麻袋上的霜雪，跟在拿样品的扦样队后面，来到化验室窗口。看化验员称重定等级，用牙咬判断水分，填写完票据递出来。紧紧握在手里，送到粮库院内。在看堆员指引下，来到粮堆场地外。

脱掉大衣，甩掉棉帽，扛起一百七八十斤的麻袋，快速往返五十多米。一个多小时，卸完玉米，满头大汗，赔着笑脸，请看堆员盖章。小心翼翼将票据揣入贴身口袋，踏上回家的路途。

——白胜伟

金庸和我的蛮荒青春

1993 年发生的一些死亡事件，人们至今记忆犹新。

63 岁的奥黛丽·赫本死于结肠癌，她纯洁无瑕的形象成为世人恒久的怀念，在人们心里她将永远不老。李小龙之子李国豪死于枪击，年仅 28 岁。在我兄弟 Y 看来，这是好莱坞一个巨大的阴谋。风度翩翩的陈百强，在用酒送服安眠药后进了医院，五个月后告别人世，终年 35 岁。那年，整个中国的磁带摊位，都在循环播放他的《偏偏喜欢你》和《一生何求》。当然，还有黄家驹……

也是那一年的 10 月 8 日，诗人顾城在新西兰的激流岛，用斧头砍伤了妻子谢烨，随后自缢于一棵大树之下。而更详细的事情，我要等多年之后，在地摊上买到那本《英儿》才能了解。也是在顾城死后，我才读到并喜欢他的诗。他说："黑夜给了我黑色的眼睛，我却用它寻找光明。"

1993 年，在那个乡村中学的教室里和操场上，我不知道所谓的光明在哪里。

那时，大概已经知道了世界原来那么大，而城乡差异、身份差别又是那样鲜明。那是课本和课堂上所不会讲的，也让我不再相信那些梦话般的前景。因为从眼前具体而微的生活细节里，根本看不到理想实现的可能。

那年我开始看金庸小说。其实，之前我就看过武侠小说。四年级时，我从姥姥家顺来一本没有封皮的厚书，母亲用来夹鞋样，我没事时慢慢读完了。里面的人名很好听，有"展梦白""萧飞雨""蓝天锤"，还有个不男不女的"柳淡烟"。当时不明白身边的同学为何没有人起这种名字——当然，如今遍地都是了。初二时我才知道那是古龙的小说《情人箭》。五年级时，我甚至读过一本有点"色"的书，只有上册，大体情节至今记得，主角叫叶菁，还有黑鹰令主、紫衣仙子、烈火真君等。因为没有封皮，隔了三十多年，我才查到书名，那是曹若冰的《东方第一魔》。

当时，刚在山东电视台看过电视剧《雪山飞狐》——后来才知道其剧情是小说《雪山飞狐》和《飞狐外传》的结合体。孟飞演的胡一刀和胡斐很帅很雄壮，但我最喜欢的还是龚慈恩一人分饰两角的胡夫人和程灵素，前者令我既敬且爱，五体投地；后者是我见犹怜，叹息之后再叹息。还有片尾曲《追梦人》，绕梁三日。我试着照着电视把歌词抄下来，记到歌本上，可电视屏幕总有大片大片的雪花，又无法暂停，抄了好多天，还是好多错。

让流浪的足迹在荒漠里写下永久的回忆

小时候没什么渠道看书，偶然得到的旧书报无法满足求知欲。印象中最喜欢和爸爸去一个邻居大伯家，他家墙上糊的是报纸，我就是在那里看到了《金圣叹评水浒传》，可惜经常看到精彩处，后面就跟宋丹丹小品所说一样，"糊上了"。我再稍大一点，爸爸给买了四大名著。那时候书店进都不敢进，也就地摊上的书买着没压力。

——白晶

特定年纪，看了特定的电视剧或者听了特定歌曲，所带来的感受会伴随一生。比如看《雪山飞狐》三十年后，听到主题曲《追梦人》，还会涌起初看时的失落和伤感。

——一飞

飘去飘来的笔迹是深藏的激情你的心语
前尘后世轮回中谁在声音里徘徊
痴情笑我凡俗的人世终难解的关怀

琼瑶剧里有一首歌,叫《雁儿在林梢》,凤飞飞唱的,当年觉得很幼稚。但现在非常喜欢,歌词简单,配上她的嗓音,非常美,像夏日的晚风。——秦铁

　　那时,我还不知道这首歌是罗大佑为三毛所写,只觉得有一种浓浓的真情充盈其间,冥冥中有一双眼睛俯瞰尘世,还朦朦胧胧想到两个字——知音。我也喜欢凤飞飞的名字,直至现在仍然在写字时听她的歌。

　　电视上也在放电视剧《四大名捕》,主演有伍卫国、梁小龙和米雪等,片首曲铿锵有力,我喜欢开头的梆子声,还有歌词里的"弹指千里取人头""难将刀剑分敌友"。

　　六年级,班里已经有三三两两的留级生在偷看武侠小说,那是他们从七、八年级借来的。老师说那是"坏书","不利于学习",发现了要没收——那可是赔不起的。那时,我还自认为是好学生,也不怎么敢跟那些同学打交道,便没有看。

从小喜欢武侠小说,可现在的孩子似乎都不看了。好的武侠小说写到最后,底子里都是无奈。无论金庸还是古龙,都是"人在江湖,身不由己",远远不够"爽"。现在的孩子们要的是"穿越""仙侠",拥有无限可能,一言不合就开挂。——启桥

　　每个集市散场后的下午,学校门口就摆起了书摊。摊主一副懒洋洋的神态,似乎永远睡不醒,抑或是藐视我们这帮穷学生吧。

　　有金庸、古龙、梁羽生、萧逸、黄鹰、卧龙生、温瑞安、陈青云、柳残阳等,也有全庸、金康、金庸新、古尤、古龙名等一干浑水摸鱼者,以及沧浪客等人写的金

庸古龙作品续集，比如《九阴九阳》《矫龙惊蛇录》《红泪箫琴》。另外，还有琼瑶、岑凯伦等写的言情小说，也有汪国真、三毛、梁凤仪……这些书大都是盗版，封面上刀枪并举，艳女勾魂。

当时我看书摊的心境，跟现在逛奢侈品店差不多，都是光饱个眼福，买是买不起的。一本书要好几块钱，摸摸自己兜里仅有的一两块钱，那是要留着买咸菜吃的。

不过，总有人买得起，慢慢也能传开。每每有同学感慨，"全庸比金庸写得好多了"，"还是沧浪客的小说好，武功太牛了"。还有同学问我："你知道中国哪个朝代的武功最高吗？"我说："不知道，可能是三国时期吧。"同学说："错！是明朝。你看楚留香、东方不败都是明朝的，那时候人能在天上飞来飞去的——还有比这个更强的吗？"我听了佩服不已，想象着楚留香跟歼击机对战的奇特场景。

七年级上学期，我看了第一部金庸小说《雪山飞狐》。那部小说收在一本大十六开的杂志上，忘了是从谁的手中借来的。

透过泛黄的书页，我为胡一刀的豪气干云而绝倒。他举手投足间的男儿气概，尤其是为了让苗人凤安心与自己决斗，竟然昼夜兼程数百里赶赴商家堡，替其用苗家剑法杀了商剑鸣。那是何等胸襟！也刷新了我对"英雄"二字的认知。以前说起英雄，能想起的似乎只有董存瑞们或赵子龙们，那时才

不得不说，这艳女的封面，对青少年的冲击太大了！
——一飞

我对武侠的最初印象是一些港版电视剧。上世纪90年代初期，我家附近几个县级和乡镇电视台，每天不间断播放《楚留香传奇》《大侠沈胜衣》《绝代双骄》等武侠片。屏幕上虽点点斑斑，但还是看得废寝忘食。记得这些电视台都接了当地乡镇企业的广告，经济正野蛮生长中。
——庞桥

惊叹：原来侠气可以如此光芒万丈！

对于苗人凤我倒不佩服，觉得他既闷又蠢且窝囊，为何连自己的老婆都留不住？为何不一剑宰了田归农？那时候哪里懂得人性的复杂，自然也没听说过《罗生门》，更加不知道开放式结局的妙处。念念不忘的是：小胡斐那一刀到底砍下去没有？

随后，我开始读第一遍《射雕英雄传》，因为早已看过电视剧，情节也相对熟悉，并没有多少新奇感。至于人物形象，也早已定格为黄日华和翁美玲的样子。小说中，黄蓉出场的一幕真是惊艳。她跟郭靖在张家口酒楼中吃饭，不看菜谱，连点四十八道菜。还有，她为洪七公做菜，什么"二十四桥明月夜""玉笛谁家听落梅""好逑汤"……现在想想都要流口水的，也早已为世间无数美食家所津津乐道。但在那时，我只是一个喝凉水啃凉馒头的穷学生，又怎能读懂桃花岛千金小姐的稀世珍肴？

那时我的兴趣点只在降龙十八掌上。好在，我兄弟Y很专业，他看着电视剧给"降龙十八掌"做了分解动作，虎虎生风，似乎很有威力。他还能捏着嗓子，一个人唱罗文和甄妮版的《铁血丹心》，一会儿男声，一会儿女声，有模有样的。

事实上，我真正听一男一女对唱这首歌，是二十年后在一家夜店里，已经喝醉的朋友老柴唱一句吐一口，倒也全都合乎节拍。恍惚中，让我想起曾经的一切——

《射雕》有很多版本。1957年小说出版，第二年电影就出来，各种版本的"靖哥哥、蓉儿"纷至沓来。比如1976年的香港佳视版的白彪、米雪；1977年张彻版的傅声、恬妞；1983年无线版的黄日华、翁美玲；1988年台湾中视版黄文豪、陈玉莲；1994年的张智霖、朱茵；2003年内地张纪中版的李亚鹏、周迅；2008年的胡歌、林依晨……另外，还有京剧版和台湾布袋戏版本。从"50后"到"10后"，每一代人都有自己的一部《射雕》，也都有自己的"靖哥哥、蓉儿"。

——秦铁

你这个兄弟一定是个很有意思的人！ ——一飞

这岁月啊，是耶非耶？当真要一片一片化作蝴蝶。

　　那年重新分班，我被分到七二班。虽然嘴上说无所谓，但心底里是很抵触的。可能因为这种抵触情绪吧，我对学习消极怠工了很久。

　　那段时间，我彻底迷上了金庸。初读《书剑恩仇录》，只觉得陈家洛无趣且懦弱。霍青桐那么飒爽，又跟陈那么般配，陈却偏偏去喜欢香香公主。喜欢了香香公主，却又将她送给乾隆皇帝，说什么家国情怀、民族大义。看完真是窝了一口气。

　　看《神雕侠侣》，对李莫愁的印象比小龙女更深。那个心狠手辣的女人，让我记住了"问世间，情为何物，直教人生死相许"。不过，书里我最喜欢的女子其实是程英，她写"既见君子，云胡不喜"的背影，深深烙入脑中。还有杨过的痴狂，时隔十六年，他终于还是跳了下去，绝情谷底重逢小龙女，千言万语化作一句"龙儿，我好快活"。

　　而后来，《天龙八部》和《笑傲江湖》则让我以往的人生观和价值观发生雪崩，迷茫了很久。

　　《天龙八部》里有太多佛家内容，满满的幻灭感。比如，慕容博说："庶民如尘土，帝王亦如尘土。大燕不复国是空，复国亦空。"段誉求王语嫣而不得："我

小时候，觉得李莫愁是个大坏蛋。长大后才发现，她也不过是个被爱情伤得体无完肤的可怜人罢了。
　　　　　　——赵妮

《天龙八部》看过好几个版本，而对我吸引力最大的，一定是王语嫣最好看的那一版。
　　　　　　——一飞

172

是千古的伤心人，念天地之悠悠，独怆然而涕下。知我者谓我心忧，不知我者谓我何求？江湖上的鸡虫得失，我段誉哪放在心上？"

《笑傲江湖》的内核则是道家的任性自然，随遇而安。看似逍遥的令狐冲从未逍遥过，但他别有一种本领，能将这世上的处处掣肘、万般无奈和点点苦涩，都以酒杯和真性情化之。就像他出得少林寺，"囊底无钱，腰间无剑，连盈盈所赠的那具短琴也已不知去向，当真是一无所有，了无挂碍"。黄钟公自戕于西湖梅庄，"我四人更是心灰意懒，讨此差使，一来得以远离黑木崖，不必与人钩心斗角，二来闲居西湖，琴书遣怀。十二年来，清福也已享得够了。人生于世，忧多乐少，本就如此……"

还有《倚天屠龙记》，小昭唱道："到头这一身，难逃那一日。受用了一朝，一朝便宜。百岁光阴，七十者稀。急急流年，滔滔逝水。"光明顶上，眼见大势已去，众人随杨逍一起念诵明教的经文："焚我残躯，熊熊圣火。生亦何欢，死亦何苦？为善除恶，惟光明故。喜乐悲愁，皆归尘土。怜我世人，忧患实多！怜我世人，忧患实多……"

那个年龄正值青春叛逆期，读了这些，记在心里。我在教学楼二楼的简陋教室里，想着小说里的"忧多乐少"，大概就是人生吧。而什么学习成绩呀、名次呀，还有

我最喜欢郑淑贞版本的小昭，真是风情无限呀。
——左桥

当年看这部剧，觉得张无忌真是个好男人，魅力无穷！然而用当下的标准衡量，他简直就是个渣男啊！处处留情，中央空调，还从不会拒绝！
——赵妮

173

什么争的必要？

那年，我常常一个人在操场上发呆。看到同学打篮球、跑步，心里想的却是：球投进去，掉出来，跑了一圈还是会回到起点……又有什么意义可言？

如果有个镜头看你的话，一定是个很有意思的画面。热闹的草场外，有个呆呆的小孩一动不动……——一飞

大约是受了金庸小说的影响，我也深深喜欢上了唐诗宋词。当然，身边依旧没有几本书，只有从地摊上买来的《唐诗三百首》和《宋词三百首》。进城时在书店买了一本《李清照诗词选》，又跟原来的语文老师借来一本《苏轼选集》，天天拿着翻。当时，我喜欢豪放诗和婉约词，像李白、杜牧、"苏辛"和张孝祥，还有李后主、张子野、柳三变、秦少游……至今，我还清楚记得找到元好问那首《摸鱼儿·雁丘词》时的兴奋与陶醉，连夜背下来：

问世间，情是何物，直教生死相许？
天南地北双飞客，老翅几回寒暑。欢乐趣，离别苦，就中更有痴儿女。君应有语：渺万里层云，千山暮雪，只影向谁去？
横汾路，寂寞当年箫鼓，荒烟依旧平楚。招魂楚些何嗟及，山鬼暗啼风雨。天也妒，未信与，莺儿燕子俱黄土。千秋万古，为留待骚人，狂歌痛饮，来访雁丘处。

一直以为这是现代言情剧编的句子，想不到竟是古人写的。
——一飞

多年之后，我从旧书店买了《元好问

174

全集》，但真正记下来的不过是寥寥几首诗词，任其在书架上蒙尘，一年都看不了几眼。

也许，只有在没有书的时候，才知道书的珍贵。就像自己已经不年轻了，才懂得年轻的好；离开校园二十多年，才明白那蛮荒的青春岁月，真的如黄金一般。

现在回想，金庸小说加上唐诗宋词，大约就是我最重要的文学启蒙吧。让我知道了文学的好，一下子沉浸其中，什么积极的、消极的，一股脑地全都吸收进来。

于是，上课就变成了我看小说的时间。或者，老师在台上讲课，我在台下默写，"黄金榜，偶失龙头望。明代暂遗贤，如何向……"学习成绩也断崖式下滑，名次越来越往后了。好处倒也有，比如，再去天桥下面的书店看作文选，已经不觉得里面的文章多么遥不可及了。

不过，又怎样呢？该读还是读。

也许，当年就是缺一个引路人吧，告诉我什么该读。什么不该读；读的话，又该怎样读。对于初中生而言，像《书剑恩仇录》《碧血剑》《雪山飞狐》和《射雕英雄传》其实都是可以读的，但《天龙八部》《笑傲江湖》以及《神雕侠侣》还是不碰为好。甚至于，唐诗可以多读，而婉约词少看为妙……

在那个懵懂而叛逆的青春期，读了这些容易将心思带偏。一旦偏了，想正回来，是要付出代价的。

插画 王旭

············

记得照相挺贵的

一次要好几块钱

而拍合影最合算

总共只需要一张底片

每个人却都能拿到一张照片

摊到每个人头上就只要一两块钱

除了那栋孤零零的教学楼

学校里无景可取

于是我们纷纷走向附近的鱼塘

还有大片的麦地

有一次

我还跟同学到附近的派出所里拍了一张合影

只因为里面有一座小小的假山

多年之后回头看

那些照片的表情中都有几分仓皇

1994

小树林里的鸳鸯蝴蝶

好暧昧的一个标题
我猜作者有故事要发生

"小树林"这个词
好像隐藏了我们整整一代
美好的小秘密

1 月 1 日　　《中华人民共和国消费者权益保护法》正式施行。

1 月 28 日　　国务院发布《中华人民共和国个人所得税法实施条例》，自发布之日起施行。

4 月 1 日　　《焦点访谈》在CCTV-1正式播出。

真想知道当时的个税起征点是多少？

8 月 19 日　　中国中央国家机关首次招考公务员。

12 月 14 日　　三峡工程正式开工。

当时好像说一个三峡电站
发的电够全国用的

177

"

《花心》《小芳》《一封家书》
《同桌的你》《祝你一路顺风》……
满满的回忆。
听歌暴露年龄，
唱歌更是。
有个同事平时总冒充"90后"，
去 KTV 里一开唱，
就再也隐藏不住了。

——郎丰村

在喜欢电影的人看来，1994 年是一个神奇的年份。

那一年无数经典电影诞生，比如，《肖申克的救赎》《这个杀手不太冷》《低俗小说》《燃情岁月》等一系列外国大片，任何一部都堪称佳作，放在其他年份都有拿奥斯卡最佳影片的实力。然而在那年，它们都败给了一部电影，它的名字叫《阿甘正传》。

那一年，李安拍了《饮食男女》，王家卫的《重庆森林》上映，姜文的《阳光灿烂的日子》横空出世，张艺谋的《活着》至今仍令人叹惋……

那一年，中国院线也开始正式引进外国大片，观众有福了。然而我那年好像没有进过电影院，中学周围也没有录像厅——即使有，也没钱去。我真正看到这些电影，是五年以后的事了。

收音机里的点歌节目很热闹，还记得当时那档节目的广告语，有"京广流行网""广州新音乐"等关键词。听着杨钰莹、毛宁、林依轮、陈明、甘萍、光头李进等一个个名字从主持人少梅口中说出来，我居然有一点点激动，中国内地的歌手终于红了一大片，好像跟我有什么关系似的。那英、王菲的名字也在这时家喻户晓。不过，与这种激动相伴而生的还有一点诧异，觉得有些歌词都写得如同废话，毫无营养，怎么还有那么多人喜欢听、跟着唱呢？

与大部分港台歌曲相比，一些内地歌曲朴素得令人吃惊。比如，那年的流行金曲是孙悦的《祝你平安》，翻来覆去的"祝你平安"四个字的确让人感觉温暖，但除了温暖就什么也没有了。当时还有各种各样的男女对唱，记得王焱、何影唱了一首《我听过你的歌》，歌词大体就是当红男歌手与歌迷小女生的一番对话，除了表达倾慕和客套之外一无所有，却也红了起来。

当时还没有"口水歌"的概念，如果有的话，那年大约可以叫作"口水歌年"。全中国的歌迷都沉浸其中，苦熬多年的歌手终于感受到市场的热情，享受到被追捧的滋味，而歌迷也终于可以轻而易举地听懂歌词，不用被粤语困扰，不用担心任何文化门槛。

当然，我这样说有点以偏概全。那年乐坛也并不全是口水歌。比如，1994 年12 月，窦唯、张楚、何勇、唐朝乐队等站上了香港红磡体育馆的舞台，将中国内地摇滚乐推向了一个新的高度。这次商业尝试，也在后来被一次次提及乃至神化。不过，在身处乡村的我的个人记忆里，这场"红磡演唱会"并未留下什么痕迹。

那时，我们肖家村一些村民家里也有了一台录音机和几盘磁带，一到春节就纷纷把音量调高，各种流行歌曲飞到篱笆墙外面。在这种流行文化的氛围里，从一线城市到偏远乡村，每个人都开始找到存在

那些年"口水歌"的爆红，大概类似于短视频平台刚上线时，怎么拍都有人看，拍得烂也无所谓。但当草莽期过去，就不是那么回事了。
——秦铁

那时的歌大部分都是在街头听会的，几乎每个店家都开着外放，想不会都难。
——一飞

感。这大约也是文化市场最初的普惠了。

2019 年，歌手张咪在社交平台上公布了自己被确诊为癌症晚期的消息，无数粉丝唏嘘不已。那年她 52 岁。欣喜的是，她后来抗癌成功了。

1994 年，27 岁的张咪也出了一首歌，名叫《听我唱这首歌》。歌词内容同样是与歌迷互动，只不过互动中夹杂着一种暧昧情愫以及浓重的沧桑感。

其实，我很早前就喜欢张咪的歌了，只是一直不知道是她唱的。九十年代初，一部名叫《公关小姐》的电视剧风靡大江南北，该剧的两首主题曲都由张咪演唱。片首曲里的那句"自从踏进茫茫人世间／穿过了春天到秋天"，我们初中同学几乎都会唱。我更喜欢那首名叫《寻梦》的片尾曲，歌词写得好：

> 是梦啊不是梦啊
> 那秦时的明月那汉时的风
> 是梦不是梦望断了关山万千重

那部剧给我留下了深刻印象。西装革履、讲话温文尔雅、走路风风火火的公关公司人员，刷新了我对职业的认知。那时我只知道几种职业：去中小学当教师，天天教学生凶学生，就像我身边的很多老师一样；去省城当工人，在冒着白气的粗管道和黝黑的大机器旁边忙碌或者喝茶，就像我小时候去爷爷工厂里看到的那样；到乡政府大院以及各个站所当干部，除了开各种会就是各种应酬，就像学校里个别同学的父母那样。那部剧里，广州那种大城市的氛围、现代化的生活，让我惊讶之余也幻想：以后毕业了能否也去做这一行呢？

那年秋天，我已经上了八年级，毕业近在眼前。对我们来说，农民不是职业，而是命运。

只要考不上学、找不到工作，就只能回家种地，那是我们绝大多数人的宿命。至于当教师、工人和乡镇干部，也注定是别人的故事。

八年级在我们教学楼的一层，似乎从进入那间教室开始，老师就已经对大部分同学失去信心，而我们也一下子进入某种飘浮状态。每隔几天，照相的都会来学校一次，自行车停在校门口，招牌就挂在自行车把上。我们三五成群地去拍照留念。记得照相挺贵的，一次要好几块钱，而拍合影最合算，总共只需要一张底片，每个人却都能拿到一张照片，摊到每个人头上就只要一两块钱。除了那栋孤零零的教学楼之外，学校里无景可取，于是我们纷纷走向附近的鱼塘，还有大片的麦地。有一次，我还跟同学到附近的派出所里拍了一张合影，只因为里面有一座小小的假山。多年之后回头看，那些照片的表情中都有几分仓皇。

天冷些的时候，校园里流行两首歌，一首是《涛声依旧》，另一首是黄安的《新鸳鸯蝴蝶梦》。

这两首歌都有一种古典美，歌词化用了古诗，我都挺喜欢。只是觉得声音有些奶油，听多了腻得慌。大家都有了离别的感觉，附近大院里有几棵小枫树，我也摘了几片红叶夹在课本里。心里想的是晏几道的那句词："红笺小字，说尽平生意。鸿雁在云鱼在水，惆怅此情难寄。"每个人心里都有一张船票，却不知会踏上哪条船，漂向哪里去。

> 昨日像那东流水
> 离我远去不可留
> 今日乱我心多烦忧
> 抽刀断水水更流
> 举杯消愁愁更愁
> 明朝清风四飘流

"鸳鸯""蝴蝶""梦"，这三个词个个甜软，加在一起更色彩斑斓，跟我们的苍白生活形成了鲜明的对比。直到那年秋天，我们才刚刚开始知道做梦。

那年，有的同学选择去当兵，希望看到改变命运的可能。有的同学看电视广告，去上了某个培训学校，几个月后穿了一身制服回来，说在省城某个商场做保安。他脸色红润，面带笑容，向我们展示了配发的匕首和新学的擒拿功夫，我们都替他高兴。

　　班里的男生大都(喜欢 NBA) 有的说自己打球风格像拉里·伯德，有的自比为卡尔·马龙，有的自比魔术师约翰逊，只是没人敢自比为迈克尔·乔丹——那是众人的神。我兄弟 S 身体强壮，性格粗豪，在球场上横冲直撞，自比太阳队球星巴克利。他的理想是从事体育行业，当别人三三两两溜达的时候，他独自一人在黄土操场上跑圈，此外还做出了很多努力，遗憾的是终未如愿……

　　没有人愿意回去种地，但摆脱命运无疑是困难的。

　　那时，我才知道还有另外一条路。就是去省城大型国企下属的技校上学，毕业后就可以留在国企当正式工人。相比于中专，技校分数线门槛要低很多，甚至于只要去考就能考上。然而，这条路只向非农业户口的学生开放，像我这样的会直接被拒之门外。即便想考的话，也只能考职高、职专，毕业后只能去当临时工。

　　为了能打开技校这条就业通道，有的同学让家里托关系找门路，然后再花七八千乃至上万元"买"成了非农业户口。要知道这绝非一笔小钱，我清楚记得，当时邻居拉着板车去集市上卖白菜，一斤只卖 5 分钱。根据国家统计局农调总队的调

喜欢 NBA，证明家庭条件不错，家里电视是有线的，在我们那里，还接触不到这些。
——冯晓娜

小时候经常听说哪个亲戚又花钱转了非农业户口，好像"农转非"在当年是件困难且花费不菲的事。——一飞

184

查数据，1994 年中国农民人均纯收入是 1220 元，也就是说，"农转非"的费用至少相当于一个农民 5 年以上的年收入总和。

那年，同学里也开始有了一对对"鸳鸯蝴蝶"。黄昏的时候，他们成双成对在操场上散步，或者在操场东北角的小树林中约会。

老师已经很少管了。八年级向来是学校中的"不稳定因素"，很多学生的身高已经跟老师差不多，青春期的叛逆加上对前途的迷茫交织在一起，让学生变得焦躁而易怒。老师每每抱着息事宁人的态度，发现"早恋"或迟到、旷课，也只是旁敲侧击地说两句，提醒要"注意点影响"。而假如发生在七年级，肯定早就骂上了。当然，也有老师持之以恒地坚持打骂学生，于是就出现了老师在回家路上被学生堵住的场景。结果，无论谁赢谁输，都颜面扫地。

那时候，班级之间打架是寻常一景，最后一排课桌的桌洞里塞着数根木棒，或者把凳子一拆就是现成的武器。

经常正上着晚自习，教室的门被推开，有人低吼一声："×××，你出来。"于是那同学便出去。一般情况是出去后就不再回教室了，等挨完打，直接回宿舍。因为脸已被打肿，暂时不愿见人了。或者，班里一下出去两三个同学，看能否说合一下，能不动手就别动手。如果看势头不对，

咱也是和女生钻过小树林的人。1994 年夏天，学校围墙外有一片山楂林，某天午饭后，我和同班女生小丁交换了个眼神，一前一后从围墙一角的那个破洞翻越而出……多年后，每次同学聚会都会有人好奇那天到底发生了什么。天地良心，我们真的只是在一起快乐地玩了一把土鳖赛跑游戏。 ——于静

185

会有更多同学拎着棍子出来。一场混战在所难免。

当然，在学校里群殴是危险的。一方面，校领导面子上挂不住，不处罚说不过去，一处罚就可能记入档案，结下更深的梁子。另一方面，学校离派出所很近，一个电话过去，用不了五分钟110就能赶到，那样后果就严重了。我也听说过谁谁被拉去派出所，批评教育了一顿。

所以，大多数情况是约架。各约人手，等晚自习之后在操场上较量。不过，就像电影中演的那样，约的人越多，也就越打不起来，因为总有各种各样的熟人穿插其间，结果只能是大家共喝一场大酒、吃一顿肉包子了事。

那时，金家村口的大街上已经有了简易台球厅，经常有穿着牛仔服、夹着烟卷、一身酒气的学生在附近晃荡。有情侣在角落中窃窃私语。也有正在打台球的女生，穿着贴身的健美裤，雪白的旅游鞋，发出银铃一般的笑声。

酒是劣质酒，烟是廉价烟，更廉价的是无处宣泄的荷尔蒙——虽然才十四五岁，但每个人都觉得自己已然看到了青春的尾巴。

其实，那年还有一首歌很流行，周华健的《花心》。不知为什么，那时候我总觉得这首歌太直白，缺少一点婉约美，特别是里面那句："春去春会来，花谢花会

再开 / 只要你愿意只要你愿意，让梦划向你的心海。"

可能那时真是太年轻了吧，完全听不懂歌里的沉痛。直到二十多年后，我看了电影《阳光普照》，里面的男主人公阿和从少管所出来之前，周围人忽然自发唱起《花心》为他送行，他一句话也说不出来。那一刻，我忽然感受到这首歌的分量。

亲爱的爸爸妈妈
你们好吗
现在工作很忙吧
身体好吗
我现在广州挺好的
爸爸妈妈不要太牵挂
虽然我很少写信
其实我很想家

1995 年春节，家家户户的院子里都回荡着《一封家书》这首歌。李春波戴着墨镜弹吉他的样子，让我们看到了歌手的另一种状态。相比于那些手拿麦克风、在万人欢呼中挥手致意的明星，他显然更家常一些，是一种可以企及的摩登。虽然我们的爸爸没有干"革命工作"，我们也没有钱给妈妈买"毛衣"，但唱起来仍然倍感亲切。

而在此之前，他唱的那首《小芳》，更像是为广大农村青少年量身定做的。那

187

时我们学校里的情侣约会，很多就选择在操场北面的鱼塘和水沟边上，"大眼睛"和"粗辫子"们，想来也淌了不少泪水吧。

那时开始走红的还有另一个弹吉他的年轻人，名字叫老狼。电视里，他静静地在台上弹着吉他唱那首《同桌的你》，让台下无数观众泪眼婆娑。

我们每个人都有过异性同桌，很多人也都开始有那么一点点懵懂心思，在临近毕业的氛围里，很容易渲染成一种集体情绪。用现在的眼光来看，十四五岁的少年似乎不该为"谁把你的长发盘起，谁给你做的嫁衣"而困扰，然而在我们那时的农村中学，这已经成为一个问题。眼前的天地远没有现在宽广，可供选择的路也没有几条，十八九岁结婚的大有人在。

乍暖还寒时候，各个班陆续搞联欢晚会，主题便是告别。同学们依次到台上唱歌，有的也说几句心里话。我歌唱得很烂，五音不全，但并不影响我的热情。记得我还到隔壁的八一班，唱了一首吴奇隆的《祝你一路顺风》。那是小虎队解散时，吴奇隆自己作词并唱给两位兄弟的。我心里也有几句话想说，但明白还是唱歌更妥当一点。

联欢会一结束，有的班迅速就散了。因为学校已经承诺了会发初中毕业证，很多升学无望的学生，就不再来上课了。

直到那时候，我依然对学习提不起兴

我爸妈没上几年学，家里也没有钱，但他们一直非常支持我，每次交学费、买书，他们都很爽快地拿钱给我。即使手边没钱，他们也能很快借到，给我。这让我觉得自己不是贫困生。但后来，我慢慢发现，班里有的贫困生平时日子过得比我着实好多了，我才开始怀疑，贫困的标准到底是什么。

——秦铁

当时，我也很喜欢汪国真的诗。现在想想，哪怕一个字都记不起来了！

——一飞

1994 年，我把书店开起来了，在 12 月份，一个晴朗的日子。我说过，不能在店里卖《汪国真诗集》，当然这是多年之后的事了。伟大的诗人太多了，足够让喜欢诗的人读一辈子。

——张亚林

趣，喜欢的除了金庸，就是汪国真了。

那时，我有一本盗版的《汪国真诗集》，是前一年我跟母亲赶集时，花四块钱从地摊上买回来的。当时母亲问我："对学习有用吗？"我说："有用。"书里有些错字，但这不妨碍那些句子进入农村少年的心。那是我读的第一本现代诗集，有一股扑面而来的青春气息。我读里面的句子，纠结着该把哪一句刻在课桌上好呢？

双脚磨破 / 干脆再让夕阳涂抹小路
双手划烂 / 索性就让荆棘变成杜鹃
没有比脚更长的路 / 没有比人更高的山

这是当时我最喜欢的一句，抄在了笔记本上。以前少梅在收音机里读信时，也喜欢读汪国真的句子。也许我只是跟风吧。也许在那个信息闭塞、精神匮乏的环境里，每一扇能透出光亮来的窗，都让我感觉新奇。

多年后，在汪国真去世那年，我重新想过这些事。也许，他告诉我们的只是断行书写的简单道理。那些断行书写的岁月，提醒我们如何给生命以恰如其分的留白，一如一首浅白而不苍白的诗。

那时我也开始喜欢席慕蓉，是从一本缺了封皮的杂志上看到的。她的那首《七里香》真的令我惊艳：

溪水急着要流向海洋

浪潮却渴望重回土地

在绿树白花的篱前
曾那样轻易地挥手道别

而沧桑的二十年后
我们的魂魄却夜夜归来
微风拂过时
便化作满园的郁香

　　我们也在挥手道别，虽然没有绿树白花。麦子黄时，中考也就到了。我从家带了二十个煮鸡蛋，赶赴离家九十里外的考场。父亲说，煮鸡蛋不容易坏，还有营养，以前村里出远门的人都带着路上吃。
　　我已经厌倦了腻腻歪歪的告别，心里想着，一切也该画上句号了。

　　小时候，和老爸逛遍了临淄所有音像店，淘一套包青天的盒带。一哼要哼一整条上学路，天色昏暗，旭日将升。骑着自行车，晃晃悠悠地埋头成长。那时想要的一切都要付出心血，习惯了加倍珍惜。现在一切变得快，也不知道是好还是坏。
　　　　　　　　　　　　　——彭栋斌

——田雨

插画 王旭

听很多人说起过

复读生涯是如何刻苦

但我现在回想起来

那时的情形似乎并非是刻苦

而更像是某种重压之下的癫狂

············

1995

复读班纪事

般若波罗蜜，再来！

1月21日　无厘头喜剧电影《大话西游之月光宝盒》在中国香港上映。

5月1日　中国开始实行双休工作制。这个比我江红中要早一些

5月6日　中国北极科学考察队到达北极点，把五星红旗插到北极点上。

8月24日　Windows 95正式发行，结束了Windows需要依赖DOS启动的历史。

11月10日　最高人民检察院反贪污贿赂总局正式成立。

不得不说
Windows 开启了一个全新的时代
没有想象得早，也没有想象得晚
刚刚好！

193

記忆中，

复读生一般面色沉静，

有点像武侠小说中闭关修炼的大师兄。

现在想来，

虽然每间教室墙上都挂着一幅"失败是成功之母"的标语，

但并不是每个人都有勇气在失败的路上再冲刺一遭。

——赵慧芳

1995 年夏天的一个傍晚，我在家里等中考成绩。父亲给棉花打农药回来，放下喷雾器，洗一把脸，就躺在床上。他说走路拖不动腿，口渴、头晕。喝了点水，感觉恶心，吐又吐不出来。

奶奶和母亲也在家，却已经蒙了。我看情形不对，之前已经听说过很多农药中毒的事，猜测父亲也中了毒，赶紧去找邻居，求他开了机动三轮车拉父亲去乡卫生院抢救。路上很颠，我用手垫着父亲的头，他已经有些神志不清了。

到卫生院，我平生第一次背起父亲。他竟然那么瘦。我一下子觉得自己长大了。来到屋里，医生问了两句，便确定是中毒，又问：带钱来了吗？

家里哪有钱啊？出门前，奶奶塞给我 100 元，那是她在省城捡废品卖，一点点攒出来的，平时放在贴身的布兜里，已经皱巴巴的了。医生接过那张钞票，一摸说是假币。邻居说怎么会是假币？这是被汗浸的，你去拿个验钞机来验验。医生拿来验钞机，一照，果然是真的。然后转身去抢救我父亲。

卫生院值班室门口的灯很亮，煞白煞白的。许多小虫围着电灯打转，三五只壁虎在那里游走，偶尔伸舌头啪嗒一声吃掉一只虫子。我心里焦灼，却也空荡荡的。父亲的哎哟声从房间里传出来，一声声，一声声。

小时候，跟小姨去棉花地里打农药，太阳一晒头晕眼花，恶心干呕。躺了两个小时才缓过劲来，估计也是农药中毒了吧。
——一飞

我也曾背着父亲和母亲去医院，那是工作之后的事情了。病中的父母趴在肩头，身体重量远比想象中要轻，心里的感觉却无比沉重，那就是成长的滋味吧。
——王磊

以前假币少见，现在真币、假币都少见了。——一飞

195

大约一两个小时过去，医生说，基本没事了，要留在这里观察。邻居也放下心来，开着三轮车走了。我跟母亲留下，在病房里照顾父亲。

第二天早上，父亲醒了，只是依旧头疼得厉害。他中毒的两种农药均为剧毒，一种是呋喃丹，一种是1605（乙基对硫磷），尤其是前者，仅需1克便可致命。医生也很谨慎，担心病情反复。

我在病房门口的走廊发呆，忽然看见Q走来。她是我原来在六一和七一班的同班同学，家就在卫生院里。她绑着麻花辫，穿一身海魂衫、黄裙子，淡淡笑着。我们聊了几句，她就走了。过会儿端来一个脸盆、一暖瓶开水，说如果还需要什么，可去她家里拿，她家就在病房后面。我轻声道了谢。

Q成绩一直是我们全校应届生中最好的。她已经保送了二中，跟另外两位同学一起。二中也是我们区里最好的中学。我以前成绩跟她差不多，但后来下滑得厉害。之前中考报志愿时，我没敢报二中，只报了稍逊点儿的一中。当时，多少有些尴尬，但也来不及细想，因为我还要考虑医药费的事。医生早就说了，100块钱不够。

我跟母亲打了声招呼，然后去Q家借了辆自行车，回村里借钱。谁家能有钱呢？我想起一位大叔家那时刚卖了葡萄，就直接去问。大叔踩着凳子，从房梁上取下一个纸包，小心翼翼地拿出200元给我。就

这个"Q"真好！
——冯晓娜

记得电影"007系列"中有个Q，是个宝藏男孩，经常给邦德提供眼花缭乱的武器，这里的Q也是这样吗？
——左桥

196

关于棉花我的记忆是，有段时间，我们那所中学每个学生身上，都被压上了卖棉花的指标。我家没有地，自然也不种棉花，但依然有指标。没办法，只能去附近村里买棉花。买来的棉花湿漉漉的，需要自己晒干，然后再卖到棉站里去，拿回来单子，才算是完成了任务。

——贾茜

当时看着电视剧，就会不时蹦出农药广告来。一个中气十足的男声喊着"二代三代杀杀杀"！再配上一只蠕动的虫子肚皮朝天挣扎死去的视频，观众往往会被吓一激灵。但是治棉铃虫的农药毒性这么大，是我无论如何也想不到的。

——赵慧芳

这样交上了医药费。

那时候，棉花的病虫害已经很严重，棉铃虫抗药性非常强，农民不得不使用剧毒农药，极易中毒。就在父亲留院观察的那两天，又住进来好几个农药中毒的，其中两个是我们同村的邻居。大家一起叹气：种这营生（东西）干吗？又累，又赚不着钱，还差点把命搭上……

那年夏天，我也终于没能等来一中的录取通知书，只等到了八中的。

邮递员隔着我家的木栅栏门，把信送到我手里。我觉得很新鲜，因为以前几乎没见他往家里送过信，都是村支书在大喇叭里喊我的名字，叫我过去拿。

白信封，红字，感觉很不真实。明明没报考这个学校呀。但似乎又有些明白，一中肯定没戏了。头顶的天乌蒙蒙，杨树叶子哗哗响。

那年中考，我考得不好。不过应届生里，也没几个比我分数高的。当然，我说的只是应届生。对于我所在的那所农村初中来说，升学基本靠复读生。所谓"升学"，主要是指考中专。似乎上面对学校的考核指标，也是看考上了几个中专。至于二中、一中这种重点高中，只能算个添头——有了更好，没有也无所谓。印象里，极少有农业户口的应届生考上过中专。而非农业户口的中专录取分数线，比农业户口要低三四十分。这一差距是决定性的，多复读一年都未必能够抹平。

对于我来说，复读是水到渠成的事。至于八中，当然不会去，传说那所离我家十几里路的高中，每年能考上一个大学生（那时候还不知道"本科"这个词）就算奇迹了。

那天上午，我骑着父亲那辆二八大金鹿自行车回学校报到。在办公室门口的那棵榆树下，我看到了老师的笑，一切都那样熟悉。在此后的很多年，这一幕仍一次次在梦中重演：

老师说：回来了呀。

我说：嗯。（转念一想，我不是都大学毕业好多年了吗？）

老师又说：复读一年，考个好的。

我说：嗯。

我知道，我中了复读班的毒。那段日子更似小说而非亲历，介于真实与虚构之间。它是一口记忆深处干涸的井，长满了湿漉漉的苔藓，让我总是夜深人静时独自在井底转圈。

学校设了八三、八四两个复读班，原来八一、八二两个应届生重点班的大部分同学，按照中考成绩或人脉关系重新排列组合，然后搬了进去，就像只是换了个教室。学校也有优待政策，对中考成绩过了某条

原来中考也有复读生啊！
——任康

2021年，我在家考研学习也是同样的心理。似乎考上有百益而无一害，但又无法找到一个足以说服自己的理由。于是有一搭没一搭，虚度了一年时光。
——彭栋斌

我也是一个复读生，还是一个艺术复读生。我从小喜欢画画，但那时候家长认为这是没出息的。当我提出要到美术班学画画时，遭到了全家的反对。于是我自暴自弃，高三统考成绩一次比一次差，最终爸妈同意了我去考艺术。
——张怀博

198

线的学生，复读免学费。

一进八四班，我就发现学校变得暧昧起来。一些老师脸上的笑比平时多了不少，但那笑容很复杂，掺杂着几分嫌弃、怜悯、亲切以及"不跟你一般见识"等若干情绪。

事实上，很多老师也都是经过复读班考上师范，然后再回学校来教书的。从我们身上，他们能清晰地看到自己的过去，那些屈辱以及奋斗的日子。从感觉上，跟应届生相比，复读生同老师之间多了一点平等。对于应届生来说，跟老师一起喝酒是不可思议的事，然而到了复读班就变得平平无奇。

严格来说，因为中考之后义务教育已经结束，复读生不再是学校的正式学生。我们都有了初中毕业证，对于那个百分之八九十的学生都以初中文凭为目的环境而言，我们已经完成了任务。一旦对升学失去兴趣或者希望破灭，随时都可能拍屁股走人。

我们是一群失败者，中考折戟沉沙，身上留下了屈辱的烙印，但学校未来的升学指标还要靠我们来完成。换句话说，我们是病也是药；是渣滓也是指望。俨然一只应急用的破碗，七拼八凑粘起来。老师不想管太多，却又不能不管，怕我们一不小心"破罐子破摔"得太彻底，折了学校的面子和里子。

这样的姿势有点儿难拿，不过老师早

在我印象里，那个年代，复读生是"优等生"的另一种叫法。 ——冯晓娜

199

已驾轻就熟。铁打的学校，流水的复读生，年年岁岁，兜兜转转，大家彼此早已习惯。

记得那年开学不久，我就生了病，在省城一家三甲医院住了两周。那次的病根本不严重，只是刚开始吓坏了，白白打了两周吊瓶，花了好多钱——为了给我治病，父亲差点把家里的牛卖了。

回到学校后，同桌B哥笑着告诉我："老师问你了……"

我听了心里一热，心想：哦，不错呀，还关心我。

B哥接着说："老师问，'他是不是不上（学）了？'"

直到现在，我还能想象那位老师问话时的漠然神情。

极个别的教师，是打心底里看不起复读生的。那种优越感无意掩藏，写在傲慢的脸上。

那年，中国已经开始实行双休工作制，但对于复读班的学生而言，双休日从来都是不存在的。

某次周末补课时，一个其他班的老师来代课，讲数学。下面有学生轻声说了点什么，那位老师腰杆一拧，用投标枪的姿势奋力掷出半截粉笔，接着爆出了一串粗话，吼道："有本事的早考出去了，回来干吗？最看不起你这帮（装腔）作（方言读zòu）势的！"尖尖的脸上浮现出胜利

在农家，"牛"基本是生存底线。一场小病就可以触及一个农民家庭的底线，那时当个农民真太不容易了！

——一飞

那时，老师体罚是很常见的，我亲眼见过老师把一个男同学的头发薅下来一把，带着血珠儿，后来那个同学就不来上学了。初中辍学太常见了，至于是因为家里经济条件不好，还是学习不好坚持不下去，或者是在学校受了委屈，似乎并没有人在意。

——白晶

的笑，得意扬扬地继续写字。

当然，绝大部分老师都很敬业，有的还很和蔼。

一位老师博学而又淡泊，他对于古诗词和语法的讲解，让我至今仍觉受益良多。

一位老师专注而又宽容，他把地理知识编成段子，引发了我们强烈的兴趣。在这种兴趣之下，有的国家名称也成为同学的绰号，比如有位同学就被叫作扎伊尔（1997年更名为刚果民主共和国）。

一位老师风趣而民主，我们在课堂上可以平等地探讨任何话题，诸如"穆桂英大破天门阵时，假如有坦克加入会怎样"。

一位老师尽职尽责，她所讲的英语课，知识点细密且又准确，颇有大姐之风。

一位老师腼腆而羞涩，声音不高、目光柔和，拳拳之心溢于言表……

这些老师才是那所农村中学的脊梁，也赢得了学生发自内心的敬意。对于他们，我至今回想起来仍然由衷地感到温暖和惭愧，惭愧自己当年的颓唐和虚度光阴。

那几年，教师以及工人的工资都涨了不少，但农民没有工资可涨，绝大部分人又没有其他收入，生活自然更加困顿。

而对于绝大多数像我一样的农村学生来说，要想迅速而彻底地摆脱种地，似乎只有考中专或考大学一条路。如果考不上，就复读一年；如果还考不上，就再来一

上学时能遇到个好老师，是一辈子的幸运。　——任康

年……

听很多人说起过，复读生涯是如何刻苦。但我现在回想起来，那时的情形似乎并非是刻苦，而更像是某种重压之下的癫狂。

早在进入八四班之前，我就听说过一段"江湖旧事"。一位名叫张长青的前辈，总是喜欢晚上点灯熬油地学习，白天上课却总是无精打采。不知是谁编了一个段子："张长青，八四一盏灯，好像一只猫头鹰，白天睡觉，晚上出动。"

当然，我并不认识张同学，也不知道他最终是否考上了，但无论如何，都希望他能如愿过上自己想要的日子，对得起自己曾为之付出的努力。

复读班里有太多有头无尾的故事。有些同学读着读着就不来了，没有人知道原因是什么；有些同学会一年接一年地回来复读，又因复读的年限不同，而被称为"N朝元老"。

有时我会想，如果有轮回，那大概就是复读班的样子。升学像一碗孟婆汤，你无法想象考上之后会怎样，但很清楚如果考不上而又心有不甘，将会面对怎样的人生。

那时每个人心里都有说不出的压力和莫名的躁动，但表达方式与做应届生时已截然不同。比如以前有人谈恋爱，明里暗里，真的假的，但到了复读班就沉寂了很多。

1996年，我中考落榜，父亲极尽卑微辗转多处，为我打开了一扇普高的大门。从那天起，我便告别无忧无虑的少年，忍住了所有幻想，开始苦行僧般的生活。很多人说青春是"恰同学少年"，是激昂的交响乐，我觉得那都是学霸们的感受。高中三年，我似在迷雾中行走，没有方向，且不能哭，更不能放弃。　　——姜文菒

我们班上有一名同学，平时比谁都努力，考试成绩却不搭理他。说实话，他的努力程度我看着都慌。我尝试了一下那么努力，第二天就放弃了。半夜三四点钟，他都发过消息，我简直不知道他睡没睡。后来中考结束，emm……大家都知道他是装的了。看着和他一样努力的小红同学是真努力。结果不会陪谁演戏，有吓人的，也有只吓人的。　　——高凌霄

比如以前打架是寻常一景，然而在复读班，明显要和谐不少。因为八四班的学生都知道自己是为考学而来的，恋爱不在计划之列；也因为年龄比其他班级要大不少，没人敢来这里挑衅。

也许，在复读生的词典里，根本就没有了"青春"二字，我们比其他任何学生都更懂得生存的分量。

当然，八四班里的很多学生，跟老实是扯不上边的，也几乎不把规矩放在眼里。

那时，电视台正在播刘松仁和叶童主演的《碧海情天》，主题曲是李宗盛的《凡人歌》，男生女生都跟着唱：

多少男子汉，一怒为红颜
多少同林鸟，已成分飞燕
人生何其短，何必苦苦恋
爱人不见了，向谁去喊冤
……

那年，《东京爱情故事》热播，人人都爱铃木保奈美饰演的赤名莉香，同时也骂完治窝囊废。在我们啃凉馒头的时候，未来结婚到底该选莉香还是里美，是一个热门话题。但其实自己很清楚，最可能娶的仍然是"小芳"，而且根本没得选。

下半个学期，《古惑仔》第一部刚刚上映。剧里的靓坤说："出来混，错了要认，挨打也要站稳。"我们没有出去混过，

高三以后，很多同学为了学习在外面租房。这也发生了很多故事或者说事故。隔壁班就有一对，结果那女生怀孕了，事情闹得很大。几年后我听说他俩结婚了，善哉善哉啊！ ——宋旦华

那时候，大家唱的歌基本是一样的。现在，别说歌了，就是不同的人所喜欢的歌手的名字，基本都不一样，有些甚至完全没听说过。这个世界越来越多元。 ——秦铁

《北京爱情故事》
《纽约爱情故事》
《广东爱情故事》
……
如今知道了原来1995年就有一部《东京爱情故事》。小城故事多，爱情永远是避不开的话题。 ——彭栋斌

但知道考不上回来复读，怪不得任何人，即便难熬也得熬出点样子。我兄弟 Z 哥就总是一边摆弄他的头发，一边问："你看我是不是有点儿像郑伊健？"

那时，男生喜欢装痞子，穿肥肥的裤子，还把两手插进裤兜让裤管显得更肥一些。八四班的教室门正对着楼道口，偶尔有人买包瓜子，就有一帮同学边吃瓜子边堵着楼道口，眼神嚣张地瞟着一个接一个路过的女生。碰到长得好看的，还会搭讪一下、点评两句。一旦有女生骂句"流氓"，人群中便会爆出一阵哄笑，夹杂着几声轻浮的口哨。

那时，班里也暗暗流传着几本少儿不宜的小说，似乎是从隔壁班传过来的，男生们不知避讳地看着、谈论着。偶尔还会悄悄放进女生桌洞，引来几句怒骂："谁的破书？再不拿走，我给撕了呀！"

因为课本已学过好几遍，所以自习课特别多。上自习时，动不动就有人起哄，每逢起哄必有口哨声。八四班紧靠着学校办公区，经常有老师闻声前来，大声训斥几句，然后"砰"的一声摔门而去，但前脚刚走，后脚又是一阵哄笑。

说起那段日子，我总会想起 X 哥。

X 哥体型极瘦，略显驼背，本来有着一个很霸气的名字，遗憾的是那个名字只有老师点名时才会用到。他坐在我后面，

是不是在录像厅看的？录像厅的门好像永远是紧闭的，门缝透出一股神秘。门口都有块大大的牌子，上面用彩色粉笔写着：香港最新彩色故事片——《古惑仔》。

——赵慧芳

痞子这种打扮，到底如何做到各地统一的呢？——一飞

1995 年，《家有仙妻》这部台湾电视剧非常火，剧里女主角有一只有超强法力的玉手镯。似乎一夜间每个女孩都戴上了一只夜光镯子，晚上钻进被窝欣赏镯子绿莹莹的光。

——白晶

我们共同的兴趣是诗词和武侠。那时我已经读完了金庸的全部小说，正在读古龙。他读得很杂，基本是听说别人租了武侠小说之后，就立马去缠着借来，只要经手必定看完。然后把书在我眼前一晃："看过没有？"如果我没看过，他就得意扬扬，表示可以赏我看一天。就这样，我读了很多至今仍然不知道真实作者是谁的书。

X 哥大概是"三朝元老"了，数理化都不错，尤其是数学，但英语很差，且差得彻底——这也是不少复读生的通病，再怎么复读也难治好。就这样，每次中考总是差一截。但 X 哥很乐观，那种饱经沧桑的淡定，让我印象深刻。

那年，我也有一搭没一搭地学习，内心深处对上学有一种厌倦。记得有一次区里的竞赛，八四班不少学生参加，我虽然总分还不错，但政治只考了 7 分。老师在课堂上公开表达了他的不解："你说这政治就算蒙，也不应该只考 7 分吧？"

我也跟着笑，全没当一回事。日子太乏味了，成绩离谱一点反而可以作为标榜。对于老师，我们普遍有一种对抗情绪。当时无论大错小错，老师都很喜欢让学生写检查。我摸索出一套写检查的方法，每当有同学找我代笔，我都欣然领命，从一次走神分析到灵魂深处，从一点危害夸大到地球爆炸。当时觉得，老师们想要的，大概便是如此吧。

初中复读班的教室，在我们应届生教学楼的前面，是一排平房，灰蓝色的墙，暗红色的瓦。这建筑配色听起来像童话中的小屋，但实际上，连门口知了的嘶鸣都比别处安静几分。
　　　　——赵慧芳

我记得中考时体育考试在隔壁镇举行，原计划每人骑车带一个不会骑车的人。出发时出了点岔子，有个女生上厕所错过了本来安排的搭伙对象。我那时骑着父亲的永久牌二八大杠，雄赳赳气昂昂。老师问我带两人行不行，我回答 YES。于是我达到了自己的人生巅峰，一辆自行车驮着两个女生。路过之处，所有人都为我侧目。
　　　　——宋旦华

八四班的学生之间是一种成年人的关系，有了交情就比较牢固，很少介意一些琐事，可一旦介意也会真往心里去。Z 哥说过，有次他连夜排队去给家里交公粮，班里同学跟他一起去抬粮食，折腾了大半夜，回来时天快亮了。大家都没回宿舍，躺在水泥板乒乓球台子上打了个盹儿，就去教室上早自习了。

心底里，几乎每个复读生都有沉重的负罪感——这么大了还花家里的钱。每个人都下了很大决心，却并无多少信心。

那年，我一度非常茫然，虽然已经明白除了考学无路可走，但依旧提不起精神。于是，我试着给 Q 写信，她很快就回信鼓励我，也讲些在高中遇到的事。这些信件给了我莫大的动力，让我重燃热情去踏上新的开始。信是寄到我们村里的，每次听大喇叭喊我的名字，然后从村支书那里拿信回来，心里都像烧着一团火。

冬天，坐在家里的蜂窝炉子旁边，我一边把几根干粉条放到炉火上烤得雪白酥脆，一边想想信里的那些话，未来也许并不是那么糟糕。

快到中考的时候，某位老师专门把我喊出教室。在那棵大榆树下，他劝我把志愿改了。

他说：你别报二中了，还是报中专好。

我有个初中同学学习很好，一次家长会老师让她妈妈介绍下教育孩子的经验，那个满脸朴实的阿姨就说了一句话："俺没啥经验，俺就问孩子是愿意上学还是愿意种地，孩子就自己写作业去了。"
——赵慧芳

上世纪 90 年代末，各种学生报纸、图书、杂志的中缝都有一些笔友的信息，写信交友是当时很流行的。但我那会儿太小，只有眼巴巴看着的份儿。
——赵妮

206

我说：哦，为什么？

老师说：你今年报了二中，考不上的话，人家那边就有记录了。可你报中专考不上的话，还能再复（读）一年，明年再考二中也行。

我说：我考二中，不考中专。

我至今仍记得那位老师讲话时的一脸随意，随意里透出来一丝讨好。我心里却已怒火中烧——还没考试呢，你凭什么就认为我考不上？为了中专升学率就让我改志愿，你良心不会痛吗？

听说分数下来时，我跟一帮同学去金家小学里的教师家属院看成绩。在那排平房前面，英语老师笑着说："你考得还不错，过了录取分数线30多分，应该是稳了。"她的笑容有一种宽厚，那也是她一直给人的感觉，让我看了很安心。

那天下午阳光白亮，我骑着自行车走在回家的公路上，眼前光影迷离。七月夏风吹拂，树上蝉声如沸，路边的玉米田绿浪翻滚如海。

我忽然想起一年前，跟父亲坐了好久的长途汽车，去位于南部山区的一中查成绩的一幕。那次，我们被保安挡在门外，连校门都没能进去，更遑论结果了。15岁的我第一次意识到，自己何等卑微、何等无力。

回来时，路过黄河浮桥，我去河滩上

某些老师为升学率也是拼了。想起某地有老师创系统中私自改学生志愿，被判刑了。
——左桥

功夫不负苦心人。人生兜兜转转，起起伏伏，最初的勇气，也是最初的挫折给予的。
——一飞

农村孩子的卑微，我深有同感。
——冯晓娜

207

站了一会儿。夏天的黄河干涸了一大半，只剩中间一道水流向东奔涌，渐渐消失在视线之外的苍茫处。

在后来的岁月里，我无数次梦见这一幕，沿着黄河河滩一步一步往东行走，穿过那架早已废弃多年的铁路桥，迎着大风扬起的滚滚黄尘，听到了雷鸣般的水声。

初中三年级的某一天，我在中学生报上，第一次看到了中国11所最杰出大学排行榜，那年山大排名第七位。我开始对山大、南开有了执着的信念偏向，甚于清华、北大。
——刘晓华

复读的日子，最折磨人的也许并不是学习的苦和累，而是未来的不确定性。尤其是对农村孩子来说，一家人付出这么多，如果还不成，一切又有何意义？这时候，来自外界的一点点火星，也许就能让少年内心的底气膨胀起来，就像烤得雪白酥脆的粉条，换了一种精气神儿。
——赵慧芳

208

——田雨

插画 王旭

我只喜欢冬天的食堂
虽然我们总在户外的那几块水泥板上吃饭
寒风里
菜冷得快
偶尔夹着小青虫
但至少苍蝇是绝迹的
. . . .

1996

头顶上的倒计时

罢不能,依然会梦到 高考!

3月30日　　射击游戏《生化危机》发布。　*比印象中要早呀*

3月31日　　凤凰卫视中文台开播。　*比印象中要晚呀*

7月5日　　世界第一只克隆羊"多莉"诞生。

9月10日　　《全面禁止核试验条约》诞生。

10月14日　　中国女歌手王菲成为首位登上《时代周刊》封面的华人歌手。

"

我的高中老师，

曾在年级大会上极其认真地对我们说：

"同学们，现在有的学校在搞题海战术，都是放P！"

在大家的欢呼雀跃声中，

他像领袖一样摆了摆手让我们安静下来，

露出迷之微笑：

"我们不搞题海，我们搞的是题洋，大洋比大海更宽广！"

——赵慧芳

人生的道路虽然漫长，

但最要紧处却只有几步，

特别是当人年轻的时候。

这句话的作者是柳青，我却常常记成路遥。因为它曾被路遥引用，印在了小说《人生》的扉页上。二十多年过去，那页泛黄的纸依旧在我脑海里飘动，像一面猎猎招展的旗。

我是 1999 年参加高考的。但从 1996 年 8 月底进入二中校园那一刻起，高考就一直悬在眼前。每年七月如铁，7 日、8 日、9 日这三天横亘在那里，由此衍生的一个个倒计时，高悬于校园的若干黑板上。

白粉笔字闪着光，刺痛了每一双来去匆匆的眼。

二中是省城东郊的一所农村高中，在我们读书期间评上了省级规范化学校。当时，它虽然也是区重点、当地最好的学校，但远没有今天这般显赫的名声，也没有现代化的设施和强大的师资。那时学校采取半封闭式管理，除临近村的学生可以回家吃饭之外，其余的原则上不许出校门。大约95% 以上的学生都住校，隔一两个星期回一次家。

1996 年 8 月第一次去二中，我是坐长途车去的。那年，金家中学全校考上二中的，只有我跟 B 哥两个人。我们俩是同桌。

从我们那里去二中，乘车很不方便。

1996 年，走进县城一中，全县最好的中学，传说一位清华大学教授路过这里时，还专门停车张望过。

——刘晓华

我同桌是双胞胎，他是哥哥，叫文庞，弟弟叫飞庞。他家在港区，那边非常乱。我和同桌分在一起的理由是我向往江湖，我们俩有说不完的话。他说他家的江湖故事，我和他说偷看来的金庸、古龙。

——张怀博

213

需要先在 104 国道边拦长途车，到省城解放桥长途站之后，再转另一趟长途车才能到学校。路边的车本就不好拦，一旦遇到查超载，等好久都没有一辆车肯停。好容易到了解放桥，又常常挤不上另一班车，大半天时间都耽误在路上。

因为怕麻烦，加上我觉得车票有点贵，所以后来，我就和 B 哥一起骑自行车去上学。那段路挺远的，从家里出发到学校共有近百里。但我们年轻有力气，并不怎么当回事。只是在路过黄河大桥的时候，总担心万一车子倒了，人一头扎进黄河，那不就完了吗？工业北路上有黄台电厂，终日浓烟滚滚，好多次我穿件白衬衫，从那里经过就变成了灰色的，流汗的脸上也糊了一层泥巴。

入学之前，爷爷带我去大观园配了眼镜。那是一家老字号眼镜店，花了两百多元。真是心疼啊。其实初三时，我右眼就已近视，但没怎么当回事，也担心花钱。跟班里很多同学一样，我整天眯起眼睛看黑板，结果左眼也变得弱视加散光了。

虽然如今聊起来，很多同学都说二中的校园实在"太破"，但那时我一点都没觉得。跟初中相比，二中的教学楼明显高出一格，校园里有几棵会开花的树，还有个简易的小亭子，教学楼门口的阅报栏里，有定期更换的报纸，看起来正规多了。

当然，假如问我是否享受二中的日子，

我小学时的操场是土的，需要学生用大扫帚扫，每个班级轮流值日。土操场很费扫帚，大部分同学都拿家里闲置的旧扫帚，新扫帚不舍得。我觉得不好意思，老是偷偷带新扫帚去。　　——白晶

214

答案自然是否定的。说出来不怕你笑话，从第一次进校门，我就彻底晕头转向了。在我印象里，二中的校门是朝西的，操场在教学楼北面，而事实恰好相反。

哈，真是"颠倒众生"的岁月。

不过，这一切并不重要。在二中，你根本不需要知道方向，知道学习就可以了。

二中的食堂，是初中那场噩梦的继续。打进饭缸中的菜里，几乎永远都有苍蝇。有时不止一只，有时还是绿头的。但绝大多数同学都已适应，可以像挑花椒一样，轻巧地用勺子舀出，一抖手扔掉，谈笑风生，继续吃饭。

在这方面，我心理很脆弱。我只喜欢冬天的食堂，虽然我们总在户外的那几块水泥板上吃饭，寒风里，菜冷得快，偶尔夹着小青虫，但至少苍蝇是绝迹的。其他三个季节，我在学校都不吃蔬菜。

食堂里也有一些折叠式圆桌，只是桌面很脏，且没有凳子。想来大概是为了提高"翻台率"吧。其实完全不必如此，因为几乎每个人都狼吞虎咽，十分钟内可解决战斗。还有同学买上馒头就开始吃，边吃边往教室走，进门的时候就已经吃完，可以继续学习了。

初中时，方便面算奢侈品。假如以此为参照物的话，我在高中就已过上了奢侈生活。爷爷来学校看我时，总会扛一箱方

对于高中，我有两种矛盾的感情。学校各种条件极差，伙食差、住宿差、卫生条件差、安全差。全班住在一个大宿舍里，老鼠、蟑螂，甚至蛇横行。小偷每周都破门光顾一两次，没有任何安全可言。但又充满着快乐，可能是每天拚命就忙学习，没有任何忧虑和牵挂，最后又顺利考上大学的原因吧。好的结果往往也会把过程变美好。

——赵伟

难道没想过，这些菜都是一个大锅里炒出来的？嗯，没有凳子，是那时候高中的特色吗？还有一个把手的搪瓷饭缸，最佳搭配是勺子，因为勺子节省吃饭时间。对了，我们高中食堂最受欢迎的是2毛钱一份的辣咸菜，略带甜味，和现在辣条口味差不多。

——赵慧芳

215

便面。牌子有"华丰""汇丰"等，还有成丰桥附近一家食品厂生产的"成丰"牌方便面，我在别处从未见过。此外，我还吃过大量的原味面包和维尔康火腿肠。

我们校门口开着一家饭店，主要接待学校里的老师们，也是"探监"的家长带孩子打牙祭的地方。有了剩菜剩汤，老板也不倒掉，而是充分回收，进行"二次利用"。他把剩菜掺到一起，加些水熬成汤，再打一点蛋花，五毛钱或一块钱一碗卖给学生。我们排队去买，每次从碗里捞到一块肉、一粒海米，都像捡到宝贝一样。

当时，女生待遇稍好一些，宿舍是楼房，男生还是统一住平房。

我前后搬过两次宿舍。后来，我们三十四个男生挤在两间平房里，睡的是上下床的大通铺。冬天，脸盆里的水会结冰，用毛巾擦脸时，能感觉到上面的冰碴。夏天，蚊帐绳上密密麻麻爬满了苍蝇，明明白色的绳子看起来竟是黑色的。一年四季老鼠生龙活虎，从我们熟睡的身体上纵横驰骋，肆无忌惮。有同学曾被咬醒，而我还在宿舍里踩死过一只老鼠。

乡村冬天的冷，经历过才知道。房子密封性差，又习惯不关门，即便屋里有蜂窝炉，也只是个做饭的工具罢了。

读高中后的那个春节，爷爷奶奶都年届七旬，虽然身体还行，但已经有点受不

从对方便面态度的转变，大致也能看出时代的转变。再加上预制菜进校园引发的风波，更能看到中国人对工业化的祛魅。人们越来越明白，什么才是好的生活。
——秦铁

想起高中宿舍一进门，那扑面而来的臭袜子味儿。
——任康

216

了老家的冷，决定留在省城过年。父亲怕他们寂寞，便让我陪着。就这样，我在省城过了好多个春节。

那时我已经明白，跟爷爷奶奶在一起，和跟父母在一起是不一样的，也要扮演不同的角色。在父母面前我只是孩子，在爷爷奶奶面前我却是年轻人，要承担一些责任了。我从那时起学会了做饭，厨艺还凑合，只是因为跟老人在一起时间长了，做什么菜火候都有点过，总担心他们咬不动。这个习惯一直延续到现在。

城里的大年初一，不像农村那般热闹。在肖家村老家，我早上六点半就起床了，这时天还蒙蒙亮，饺子已经煮好。母亲在桌子前烧纸，纸灰盘旋着飞起来，难免会在饺子碗里落一点。我先去给爷爷奶奶磕头拜年，吃完饺子，再去跟东哥、庆哥等一起出门拜年。拜年时总是男女分开，年龄相仿的同辈聚在一起。我们兄弟辈十来个人，浩浩荡荡，从西头拜到东头，走遍整个村庄。村里六十岁以下的大多数人都是如此，六十岁往上的，则只给自己家族中辈分和年龄更大的人拜年，不会走得更远了。

肖家村虽小，但很多人我每年也只能见一次，就是在大年初一拜年的这天。大家都穿上廉价的新衣服，客气着，寒暄着，说些荤素混杂的笑话，看看谁家添置了什么家什，贴了什么新画。从 80 年代末开始，

城市里的新年，大概没有农村那么热闹。八九岁之前，每年腊月底，我便和姐姐开始排练家庭春晚，唱歌、跳舞、小品，应有尽有，凑起来总要有十来个节目。可是每年初一，都没机会表演，因为我爸一早就出去拜年了。从初二到初七，家里断断续续地来人，乱哄哄的，也没机会表演。算了算，前后准备了四届春晚，都成了我们姐俩的小秘密。 ——赵妮

用现在很多城里人的眼光看，农村挨家挨户拜年大概就是"陋习"了。这是"陌生人社会"对"熟人社会"的观感。但用农村人的眼光来看，城市里何尝不冷漠？只是城镇化是当下的大背景，进程也是不可逆的，农村视角正渐渐消失。 ——秦铁

很多村民都把家里的旧画换掉，贴上了新的泳装美女画，无名无姓，搔首弄姿，一派俗艳。画上的沙滩美女，与破旧矮小的土房形成鲜明对比，却也别有一种活气。拜年时，大家笑着问："你原来那画呢？"主人也咧着嘴笑："揭下来了，俺买个大闺女来贴！"

到90年代中期，很多村民都四处举债盖起了新房，屋里宽敞明亮，却也空旷寒冷。墙上的画则换成了港台明星，门后贴着财神。茶杯里的水冒着白气，拜年的人还没走，水就已经凉了，在屋里稍坐一会儿，就得站起来跺跺脚。主人热心挽留："再坐一会儿啊！"拜年的人也哈哈笑着："不着急，你这屋里有点暖和，我脚上的冻疮痒痒，站会儿就好了！"

在省城里过年要冷清多了。大年初一上午，我跟着爷爷给周围几个老邻居拜了年，然后便躲在小屋里看书。下午无事可做，我就走路去大观园的东图书店看书，最显眼的地方摆着一本书《中国可以说不》。

现在回头看看，那本由几个年轻人"鼓捣"出来的书，让无数国人热血沸腾，前后卖出了300多万本，使作者攫取了"第一桶金"。但也显示了东方大国的自信，成为当时民族主义情结升温的标志之一。此前创刊的《新周刊》，首期封面标题正是"《中国可以说不》震动西方世界"。随后，图书市场上出现了一个"说不"的

墙上年画的变化反映了一个时代的变迁，表象背后有些让人思考的东西。现在老家墙上空空荡荡，或挂一些比较鲜艳的装饰画（玻璃框），对联也都是印的，真不如以前的年画。　　——万长林

我也看过《中国可以说不》，当时真让人热血沸腾。这本书并没有消失，它变成了无数的短视频，用更套路、更剧本化的方式告诉你继续说"不"。一边吐沫横飞，一边挥舞镰刀，盆满钵满。

——秦铁

218

热潮，比如《中国还可以说不》《中国仍然可以说不》《中国为什么说不》，等等。

不过，在"说不"之声震天响的同时，另一句顺口溜也在流行："最想的是上岗，最怕的是离厂，最担心的是物价上涨。"

"下岗"已成为城里人最关注的话题，无论是从邻居拜年的闲谈中，还是走亲戚时席间的聊天，都能感觉到人们普遍的焦虑。当时，我破天荒地听到了对农民的羡慕，"不用担心下岗，至少还有二亩地，吃饭不成问题啊！"

值得羡慕吗？我不知道。

我只知道，我家盖房子欠的债一直都没还完。那时，我每年的学费只有200多元，却已经要交不起了。爷爷悄悄向一位邻家爷爷借了钱，这是我很多年后才知道的。

直到今天我爸还劝我好好上班，要不当心"下岗"，要真下了岗怎么办呢？
——应桥

当时，我对"下岗"这个词感知很少。大概在1997、1998年的时候，大街小巷都在放一首叫"从头再来"的歌，歌词慷慨励志，我一度认为这是写给高考的歌，时常以此激励自己。直到多年后看了一部电影《钢的琴》，又回头去翻阅资料和报道，才知道那场波及范围极广的国企改革，是如何深刻地改变了中国经济和无数家庭的走向。时至今日，在双雪涛、班宇等人领衔的"东北文艺复兴"中，在那些光怪陆离的故事里，下岗，仍然是无法回避的"人生母题"。
——王如林

插画 王旭

1997 年 2 月 19 日
正月十三
寒假的最后一天
因为家距离学校最远
我已习惯了早点到学校
宿舍里人少
更觉得冷

1997

喧哗与寂然

*看到这醒目的"1997"
心头一颤
这是一个重要的、充满回忆的年份
马上就想到那段歌词：
"我的1997年、1997年……"
那年、我上了高中，
那年、好像一天就长大了！*

每个中国人都应该感谢邓公！

2月19日　　邓小平逝世。

7月1日　　中国政府对香港恢复行使主权，成立香港特别行政区。

*不连起来看不知道，
原来这两件大事是隔天发生的，
那些乌人太坏了！*

7月2日　　亚洲金融风暴开始。

8月31日　　凌晨4点（法国时间），戴安娜王妃因车祸死于法国巴黎。

11月8日　　三峡大坝大江截流成功。

221

"

1997 年 7 月 1 日中午，
天刚下过雨，
小学刚毕业的我去村里的小卖部打酱油，
刚好电视里在放香港回归交接仪式。
旗升旗落，
一晃二十多年。
四分之一个世纪过去了。

——杨祥玺

1997 年香港回归，我上五年级，本来应该是六年级学生去参加镇里比赛，老师让我也去了。三天背了一本书那么厚的资料。比赛那天早上还在听广播，说到特首董建华，我爸叫我记住这个名字，可能考，果然抢答题有这个题目。我们拿了团体二等奖，奖品是日记本。　——白晶

有谁还记得"八佰伴"？那个当年占领了每个城市和小镇街头的"八佰伴"！

——一飞

1997 年，承载着亿万华人的一个梦。

早在 1990 年，老家沈阳的北漂女孩艾敬就开始录她的第一张专辑，名字叫《我的 1997》。两年后，专辑由香港"大地唱片"出品。随后，同名 MV 播出后，这首主打歌火了，火得就像一个梦。

让我去那花花世界吧，
给我盖上大红章
1997 快些到吧，
八佰伴究竟是什么样
1997 快些到吧，
我就可以去 HONG KONG
1997 快些到吧，
让我站在红磡体育馆
1997 快些到吧，
和他去看午夜场

歌词中充满了对香港的期待与好奇，更有对香港回归不可名状的渴望。它遥遥戳中了中国人心中的那个点——过去有一点痛，以后有一点甜，至于以后的以后——根本还想不了那么远。

后来，我对艾敬就没有多少印象了。一直到二十多年过去，她在一部网剧里亮相。当年神思千里的文艺女孩，变成了心中尚存文艺灰烬的中年妇女。艾敬的表演令人惊艳，电视剧的名字叫《平原上的摩西》。

1997 年春节，一首《拥抱 97　拥抱香港》在电视上反复播放：

一只红香炉啊漂到铜锣湾
变成了今日的香港
红香炉里燃燃不息的香火
温暖着母亲的胸膛
一块五彩玉啊飞落香江边
变成了美丽的香港
五彩玉上烙印的神奇花纹
闪耀着中华的光芒

类似歌曲还有不少，比如有一首《香港别来无恙》，也很好听。这些歌大多在 1996 年发行，通过广播、电视以及各种文艺晚会广为传播，此时已传唱开来。而我能被动地学会一两首，主要是因为要参加学校里的"喜迎香港回归"合唱比赛——全班同学都参加，逃不掉的。不过，唱歌时我心里真有一种激动，似乎能听到历史课本中鸦片战争的隆隆枪炮声。

那年，"香港回归"是一个绝对重要的主题，只可惜有一个人听不到了。

1997 年 2 月 19 日，正月十三，寒假的最后一天。因为家距离学校最远，我已习惯了早点到学校。宿舍里人少，更觉得冷。夜里，收音机传来了一个消息：2 月 19 日 21 点 08 分，邓小平同志患帕金森病晚期并发肺部感染，因呼吸循环功能衰竭，抢

满脑子都是铜锣湾"扛把子"！　　——赵妮

初三那年，经常凌晨四五点起来，有时候看门大爷还没开门，就在外面徘徊着等。教室灯太暗了，而且一大早没电，自己点蜡烛，我就是那时候近视的。后来，我们几个学生写联名信给校长，要求早送电，换瓦数大的灯。
　　　　　　　——白晶

224

救无效，在北京逝世，享年 93 岁……

第二天早上，消息已传遍了校园。那次的开学迥异于以往，见面时少了嬉笑打闹，人人一副心情沉重的样子。当然，一切仍在照常运转，去食堂打饭、吃饭，去教室学习、看书。

有人说，"生于五六十年代的人是毛泽东的婴儿，生于七八十年代的人则是邓小平的婴儿"。后者伴随着改革开放成长，不再受饥饿威胁，个性和内心得以舒展，也在经济发展和城市化进程中慢慢长大。这样算来，我也是"邓小平的婴儿"，只是在他去世时，我还完全意识不到这对中国意味着什么。

人总是要死的，也都有功有过，但是，有一种留存叫历史，有一种得失叫民心。也许隔的时间越久，人们越会发现那位世纪老人对于中国的深刻意义。

只是，关于改革开放和市场经济，我当时的认知几乎都来自中学政治和历史课本。它是如此浮浅，一切背诵的目的也只是为了考试。至于世界观和历史观，谈起来更是遥远而奢侈。

那年 4 月，作家王小波去世，我还没来得及读他的任何作品。5 月，汪曾祺去世，我也只在初中时读过他的短篇小说《受戒》，朦朦胧胧，半懂不懂的。在人们喜迎回归的期盼中，在时代的大合唱里，两位文坛宗师的离去寂然无声。

工作之后，才知道"92 下海一代"这个概念，时代造就的下海潮中，涌现了无数市场经济的弄潮儿。回想起来，我爷爷大概也是在那前后开始做建材买卖，没几年就成了我们那有数的"有钱人"。不过不知道一向精明能干的他，为何没顺势转向房地产行业，让我跟"富三代"擦肩而过。
　　　　　　——王如林

我们村有个小孩叫王小波，跟我年龄差不多。所以，后来看到王小波的名字时，第一感觉就是写得应该不怎样。当我看了《黄金时代》，才意识到那个时代牛人也会起普通的名字。——秦铁那年，一位女同学悄悄问我："你知道张爱玲吗？"我轻声说"知道"。她说："我觉得她的小说很有特点。"我笑笑。其实，我只在地摊上看过她的盗版书的封皮，一本都没有读过。我也是后来才知道，在 1995 年中秋前夕，张爱玲在异国他乡的出租房中辞世时，身边一个人都没有，她的遗体多日后才被发现，连死亡时间也只能靠推算。

当时，有个同学痴迷于小说，他说他的理想是成为"第二个路遥"。对于有"理想"的人，我一般都有点好奇，也是从他那里知道路遥的，并在此后陆续读了《人生》《平凡的世界》等作品。他对"高加林"这个人物特别感兴趣，曾抱着一个篮球，歪着头问我："你说高加林为什么选择黄亚萍，而不选刘巧珍？"我说："不知道，还没看呢。"他随手抿一抿头发，把篮球在地上用力拍几下，宿舍里瞬间尘土乱飞，其他舍友脸上立刻浮现厌恶之色。他却不以为然，笑着说："这不很简单吗？亚萍是城里人，代表另一种生活，而巧珍再好也是农村人，这么选是很自然的事情！换了你肯定也这样！"我"哦"了一声。

大约是经历过复读班的原因吧，平时看他们总感觉有点幼稚。但我也很清楚，不是人家有问题，而是我自己的心态不对，只是已经调整不过来了，也不觉得有调整的必要。

一个作家的书，从畅销到盗版摆满地摊，而很多学生仍然不知道她的名字。这样的一幕，在今天这个互联网时代已经很难理解。现在可以说"世界是平的"，而那时的世界真的充满了断层。——秦铁

在那个年代，谁又没读过《平凡的世界》呢？现在还有人在质疑路遥的写作技法。我感觉，对于路遥来说，技法什么的并不是最重要的，他心里有一口气、一团火，要将其释放出去，使其喷薄而出。这样的写作热情以及持之以恒写作的毅力，才真正值得敬佩。——启桥

那时，虽然还没有"厉害了"之类的文体，但全社会都涌动着一股莫名的自信，连校园内也是如此。

平日里，班里很多男生的偶像是"浩南哥""山鸡哥"。学校联欢晚会上，同学们表演了一个团体舞剑节目。穿着老人练功服，手持武术剑，经过简单排练后就上了台。在灯光之下，衣服和剑都闪闪发光，动作居然也有模有样。配乐则是那年的新歌，屠洪刚的《中国功夫》：

卧似一张弓 / 站似一棵松
不动不摇坐如钟 / 走路一阵风
南拳和北腿 / 少林武当功
太极八卦连环掌 / 中华有神功

其实，不用等到现在，那时我也不喜欢这首歌，可它就是那么直接、那么扯着嗓子喊出了一种气势。而且，那时我们真的相信中华是有"神功"的。

刘德华唱了一首《中国人》，无论词曲都中规中矩，风格也成熟很多。那时我已经知道要躲开黄台电厂，绕远路走工业南路去上学，骑自行车路过小鸭洗衣机厂，路上无聊，我常常边骑边唱：

八千里山川河岳，像是一首歌
不论你来自何方，将去向何处
一样的泪，一样的痛

曾经的苦难，我们留在心中

那时候，哪里知道"八千里山川河岳"有多远，光车轮下的这段路就已经累得够呛了。

==7月1日0时整，中国国旗和香港特别行政区区旗在香港再冉升起。== 那是中国人期盼已久的日子。那一刻，我们在简陋的平房宿舍里已经睡熟，偶尔传来磨牙的声音。那天是星期二，我们还要一早起来去跑操。

后来，我在媒体上看见金庸说："7月1日，我起床后发现香港什么变化都没有，当时很多香港人都不相信。"但第二天，亚洲金融风暴就开始了。这也成为我们那年时事政治的一道考题。

那年的时事政治还有一道题目：11月8日，三峡大坝截流成功。这寥寥几个字，消息令人振奋。那时我也完全不知道，这对于中国的未来将会意味着什么。

1997年我们家买了一台21吋大彩电！这在我们那是很牛的一件事。小伙伴们都拥到我家看香港回归的升旗仪式。
——张怀博

那真是民族自尊心和自信心爆棚的时刻，每个年轻人都不自觉地握紧拳头，举起手臂，血液在体内奔涌。
——秦铁

这一年冬天，我参军了，部队在离家千里外的一个北方省会城市。从小到大第一次坐火车，是那种没有窗户的闷罐车，坐在车里虽然看不到外面的风景，但依然很兴奋，一路上几乎没怎么睡觉。在郑州火车站换乘时，一个小朋友朝我们喊了一声"解放军叔叔好"，瞬间感觉自己长大了。
——于静

庆祝香港回归
共创美好未来

——田雨

插画 王旭

我上高中后才知道足球比赛
高一时
我上铺的同学是泰山队的球迷
那年泰山足球俱乐部刚刚与将军烟草公司签约
"泰山"加了个"将军"头衔
似乎威武了一点
．．．．．．．．．．．．

1998

鞭子底下

蒙娜丽莎她是谁？
她是否曾为爱宇流错写过？

相约一年又一年
无论咫尺天涯

8. 幸福快车
9. 日出东方
10. 雨过天晴
11. 好汉歌

12. 蒙娜丽莎的眼泪
13. 走进新时代
14. 相约一九九八

B

相约1998续集

党走咱京走听
不有我有全都前哇！

5月13日	印度尼西亚发生全国性反华暴乱，全印尼共有1200多名华人丧生。
7月-9月	长江流域和淮河流域发生特大洪水，造成4150人死亡。
8月17日	美国总统克林顿承认自己和白宫实习生莱温斯基发生过不正当关系。
11月11日	马化腾和同学张志东注册成立"深圳市腾讯计算机系统有限公司"。
11月12日	广州市中院判处号称"世纪贼王"的犯罪嫌疑人张子强死刑。

"

1998 年那场洪水，
我们在部队上严阵以待，
每天起床都打好背包，
时刻准备开赴抗洪一线。
很多人都写了请愿书，
包括我这个从小怕水的人，
那真是激情燃烧的岁月。
一天早晨，
紧急集合号忽然吹响，
操场列队，
首长动员，
亢奋写在每一个人脸上。
虽然后来知道只是一场演习，
但热血沸腾的感觉至今难忘。

——于静

==我上高中后才知道足球比赛。== 在此前的初中和小学阶段，我似乎连足球都没有见过。

入学后，上铺同学是泰山队的球迷，那年泰山足球俱乐部刚刚与将军烟草公司签约，"泰山"加了个"将军"头衔，似乎威武了一点。那时还没有中超，泰山队靠着宿茂臻、唐晓程这"一高一快"和长传冲吊的打法，在甲A联赛中一直扮演着五六七名的角色，并无多少存在感。但泰山队在足协杯中往往表现抢眼，还在1995年以2：0击败了当年联赛冠军申花队，拿到了足协杯冠军。

这些，我都是从上铺口中知道的。他说起时手舞足蹈，两只小眼睛光芒四射。他喜欢绰号"拼命三郎"的李明，性格冲动，常拿红牌，却也有情有义，眼含泪光。另外，还有绰号"金色轰炸机"的克林斯曼，因为他"太帅了"。

当然，上铺喜欢的不只是足球。当时电视剧《甘十九妹》刚播完不久，里面的女主角是一位名叫杨潞的杏眼女星，上铺就把她的泳装海报贴在我们宿舍的墙上。那部电视剧我以前也看过，片首主题曲有点儿意思，但对于女主角并没有多少印象。不过，那次我从床上抬眼去看那海报，竟有几分惊艳的感觉，果然还是衣服少了更妖娆。现在回想起来，那竟是高中三年里看到的少得可怜的一点春色了。

上铺还给我推荐了一些港片，说感兴趣的话可以拿录像带给我。我家哪有录像机呀？自然是看不成的。那些港片的名字，几乎都忘了，只记得有一部《力王》，他说很过瘾。多年后，我自己找来看，当真一愣一愣的，不知他当年是不是存心要吓我。而更没想到的是，如此暴力惊悚的片子，出品人竟是我最喜欢的美食家蔡澜。

在那个宿舍里，只有老K跟我一样，都在初三复读了一年。我们偶尔也会聊几句以前的事，但大多数时候，他都是一双冷眼看世界，偶尔才冒出一句："踢什么球，别闹了都，快学点习吧。你们怎么就不明白呢？到时候考不上大学，啥都白搭！"

分文理科时，我跟老K一同进了文科班，宿舍也随之调整，但身边一直不缺球迷。比如，睡在我左手铺上的L哥时常去踢球，以至于我只记得他踢球了——他也是高考前在我们宾馆房间里熬夜看球的学生之一。后来二十多年过去，某次喝酒时，我们聊起高中学习的苦，他点头说"对啊"。我说："对什么对？你不整天都在玩吗？"

还有W哥，当时身高不足一米六，很瘦小，但这并不妨碍他对足球和篮球的热爱，经常在宿舍里把玩一阵之后，再到门口砰砰拍几下、踢几脚，很有那么个样子。只是当时大家并不怎么当真，总觉他还没长大。当时没有人能够想象，W哥会在两三年后的大学校园中摇身一变成为一条一

小时候，我是把《力王》当恐怖片看的，自己一个人不敢看，拖着堂弟一块儿看。
——张怀博

大概是高二的一个下午，海牛晋级战如火如荼。班主任拿着一个竖着线的半导体走进教室，我们班就沸腾了。他赶紧关上门，拿手在嘴上比画了一下，于是安静了。我们的心开始跟随这个小匣子此起彼伏，那年海牛晋级甲A。后来上了省城的大学，跟着班里的男同学心系"泰山"。跟男同学去看现场，那年泰山队势头正猛，踢出了好多名将，舒畅、李霄鹏、宋黎辉、郑智……一到泰山和海牛的德比之战，他们就问我，心里是什么感受。我能有什么感受？我不过是个伪球迷，去球场是为了陪男朋友，顺便看看别的帅哥，然后听听"骂娃"。我可喜欢听足球场上的"骂娃"了。
——鹿文静

234

米八多的大汉，还能在三十米外直接起脚远射破门。

岁月就是这样，永远在我们目光不能及的地方书写它的神奇。

我开始看球时已是 1998 年。那年会考结束后，我正在宿舍门口刷鞋，刚把一坨"泉城洗衣膏"挤进双星帆布鞋里，就听到有人七嘴八舌地喝彩，说一个名叫劳尔的西班牙小将打进了一记精彩的世界波。

那年暑假的一个深夜，我从肖家村家里的蚊帐中探出头来，守着星星点点的电视屏幕，看见一个名叫迈克尔·欧文的英格兰少年。他一袭白衣一柄快剑无比轻盈地插入阿根廷的心脏。自此我喜欢上了这位追风少年，连同他背后的红军利物浦队。在那场英阿大战中，贝克汉姆因受到西蒙尼的挑衅而恶意报复吃到红牌，从此我也对西蒙尼有了成见，无论他此后取得何种成就，都喜欢不起来。

在随后的四分之一决赛，阿根廷与荷兰相遇，比赛一波三折，双方各被罚下一人，"冰人"博格坎普打入经典一球，扭转乾坤。但那场比赛，我看得昏昏欲睡。一方面，自己没什么知识积累，看不太懂；另一方面，我家电视信号太差，身着橙色球衣的荷兰队在绿茵场上奔跑时，我竟然分辨不出他们的人影来，很多时候只看见一个雪白的足球在诡异地滚动。当然，直到

235

一年后的高考体检，我才搞明白最重要的原因——原来我天生色弱。

在决赛中，"外星人"罗纳尔多无端失魂落魄，齐达内则带领高卢雄鸡一战封神……所有的一切，在此后二十多年里任人评说，真相与传说已无从分辨。

而今，随着年岁渐长，我越来越感觉足球像极了人生的悲喜。但那时我还不是球迷，只是一台学习机器。

高三终于来临。在老师们口中，高三是最黑暗的日子。但说实话，经历了初三复读之后，我始终都没觉得高三有多可怕——只是枯燥而已。在我的印象中，如果说初三的日子像一个带有江湖色彩的泥潭的话，那么高三就是一片望不到边的草地，全都是枯草，没有任何东西值得留恋，只要认准方向，死心塌地往前走就是了。

那段岁月是如此枯燥，以至于除了校服的蓝色之外，我几乎想不起任何有关高中的其他色彩。多年后，听同学说起当时班里流传着几个若有若无的爱情故事，我竟全然不知。

不知是不是常年不吃蔬菜的原因，我高中期间饱受胃病的折磨，喉咙和嘴里常常翻涌着酸水。另外，我那时右小腿处似乎就感染了丹毒病——一种链球菌引发的急性炎症性皮肤病，每年都会周期性发作，小腿红肿，伴随着高烧、乏力。但当时学

高考，一辈子走过路过一次才不遗憾，而我路过两次。
——郎丰村

高三下学期的复习生活是最自在的。老师把大家统一安排到大实验室，一个班分两个实验室，实验室的桌子超级大，桌子中间还有水池和插排，很方便。老师都在办公室，学生遇到问题可以单独去询问。这种无人监管的自习模式给高三的痛苦带来了一丝自由。学习累了，有同学去操场上发呆，有的会洗个水果补充营养，最夸张的是有人带来了电磁炉，在实验室涮火锅，简直乐不思蜀！
——赵妮

习压力巨大，根本意识不到这是病，在那个偏僻且封闭的校园中，也一直没有就医。用现在的眼光看，似乎难以理解，但当时我能想到的就是两个字——克服。

还记得高二时，我偶尔去操场放风，看见比我高一级的 Q 正代表班里参加篮球比赛，她看起来也并不会打，但是很拼，摔倒后马上爬起来，裤子膝盖处已经摔破。我们那所中学的女篮，除去体育生，会打的本就没有几个，Q 所在的队最终获胜，比分是惊人的 2∶1——这比分怎么看都应该是足球赛。

我与 Q 虽然同在二中，也同在一栋教学楼里，仅仅隔了一层楼，但平时很少碰面，两年的时间里也没讲过几句话。有次在校园里碰见，我说："看你打球了，很厉害嘛！"她笑了一笑："我哪儿会打呀，看我个子高一点儿，就被抓去了……"

每天早上，我们都要去操场上跑操，喊号子。这也是我一天当中最难受的时候，不停地打嗝、干呕，在队伍中有些跟跄。尽管如此，我也一直坚持跑操，很少逃过。有时，我会想起 Q 打篮球的样子，觉得自己也应该再拼一点儿。

一进入高三，老师就提出了一句口号——"六上七下"。每天睡觉六个小时，就有希望上本科线，而睡七个小时就没希望了。

这口号有偏执之嫌，但绝对有感召力。

在左侧空白处有手写批注：

哈哈，"Q"又出现了。
——冯晓娜

在篮球场上，感觉别人看不见我，也看不见球，大家要么就是一个大肉球，一团混战，难解难分。
——贾茜

神奇的是，在这样的环境里，同学们竟然极少生病。也许和当时跑操有关，因为操场太小，我们学校都是围着校园跑操的，排成一条长龙，站在队伍中前看不到头，后看不到尾，一边跑一边喊口号，冬天嘴里哈的气扑到眼镜上，带起一片水雾。
——赵慧芳

随着时间的推移，高考已经形成了一种巨大的威压，要把我们身体中的每一丝力气都挤干。

每天上三节晚自习，下课时已接近11点，但很多学生还是不愿离开教室。于是，统一熄灯。在那些有月亮和没有月亮的夜晚，我们悄无声息地从教学楼走向宿舍，身体僵直，目光呆滞，一路无话。回到宿舍，依旧有同学打着手电筒，躲进被窝里看书。于是，老师轮流查房，警告无效的，没收手电筒。

每天早操时间是六点多，但很多人五点钟一睁眼，就发现自己身边的床铺已经空了，其他同学都早早去了教室。教室里高高堆起的复习题和试卷，挡住了一张张苍白的脸、一双双发红的眼。

就这样，学习成为一种无所不在的氛围，一场众人皆疲惫却无人敢停留的竞赛，伴随着焦虑与恐慌，日日夜夜，周而复始。现在回头想想，如果说那段日子我们是行尸走肉，那么高考就是一条无处不在鞭子，驱赶着我们向前。

高三时的学习，进入了魔怔状态。

比如，我一直喜欢语文，但高三语文课堂上，只要不考试，我就会学数学。每次上课，我都早早举手抢答问题。因为语文老师一般不会在一节课上提问同一个学生两次。只要回答了一个问题，就不用

现在，每当孩子告诉我她喜欢哪一科、不喜欢哪一科时，我都会忍住自己说教的冲动。我知道她说的是真实感受，我当年也是这样，不能因为变老了就不认账。

——秦铁

238

1998、1999，我在很多画上写过这两个数字。备战高考，每天战战兢兢如履薄冰。以至于大一时，经常做噩梦是在高考。醒来后身在大学校园，让我这个从农村出来的穷孩子，惊喜不已。

——郎丰村

某些形容词，只在某个历史阶段有意义，事后看看尽是荒唐。一场考试而已，考完了就算了，记得太久，反而是问题。

——左桥

担心老师再提问我，也就可以放心做数学题了。

我绝非偏爱数学，高中三年，我数学及格次数寥寥无几。任凭怎样努力，总是不开窍。当然，物理、化学也是如此。高一时，因数理化三科成绩越来越差，我在班级里的排名也直线下滑：第一次考试排第 17 名，第二次第 26 名，第三次第 35 名，第四次第 43 名。从小到大，我从未如此心慌过。选文科班纯属被逼无奈。

学文科后，"死对头"只剩数学，但这一门就足够让我头疼。学校开始组织各种高三"摸底考试"，包括各科排名、总分排名等。有时数学成绩出来得晚，我其他几门功课加起来，能比同桌高十几分。但等数学成绩一出，他就立刻反超我 20 分了。也就是说，仅数学一门，我就比同桌差了 30 多分——真是令人绝望的差距。

那时，在同班同学里，我有两个"数学老师"，一个是 L 哥，一个是 J。实在有搞不明白的问题，我就去请教他们。他们的耐心超出老师十倍，常常让我既感激，又惭愧。

我也一直很喜欢历史，直至今天仍是如此。想来，可能是小时候看演义小说看的吧。高中历史课本并不难，只是提及某次历史事件时，常常在"根本原因""核心原因""重要原因"之类抠字眼的问题上纠缠。有些字眼抠得既强词夺理，又无聊之极，而那时我们却以搞懂这一切为荣。

关于高中政治不必多说什么，只是觉得有点蹊跷。政治多项选择题是一个难点，高二时我做多选题很少出错，但到了高三，考虑的事情更多、更慎重，做多选题反而屡屡出错，再也难拿高分。

对于这两门课，我投入过很大热忱。还曾专门去英雄山文化市场的旧书摊上，买来了五卷《毛泽东选集》和胡绳写的《中国共产党的七十年》，希望能看出一点课本上没有的东西来。或许，你也猜到了，我越搞越迷糊，反而拖累了考试。或许，这也是这两门课的玄机吧——少即是多，糊涂就是明白。

那一年，老师格外强调要关心时事。当然，我们都懂，他在"时事"后面省略了"政治"两个字。而让我们饭后在阅报栏前停留片刻的动力也很简单，那就是分数。

1998 年夏，长江、淮河遭遇特大洪灾，造成数千人死亡。当时，刚上任国务院总理半年的朱镕基在九江大堤上怒吼："人命关天，百年大计，千秋大业，竟然搞出这样的豆腐渣工程、王八蛋工程！腐败到这种程度，怎么得了！"

那年，一首名叫《为了谁》的歌不知唱哭了多少人，在那场洪灾中，许多年轻战士献出了宝贵生命。那一幕幕画面，时隔多年仍然经常在影视剧中重现，让人热泪盈眶……

有一段时间我也喜欢逛旧书摊，去北京的潘家园市场，每每看到一些旧书就觉得激动。后来渐渐明白，没啥好激动的。我们今天所看到的书，终究也会成为旧货。几十年后再次被人"发现"，无非是多了些陌生感。除此之外，又能改变什么呢？
——秦铁

哈哈，有时候嘴上说"心怀天下"，实际上无非是"心怀考试"而已。各种各样的考试，布满了人生的沟沟坎坎。
——左桥

我们高三学生每天照例唱一次歌，是在下午上课之前，预备铃响之后。当然，唱歌不是因为我们快乐，而是没睡醒。睡眠时间太少，中午又来不及回宿舍睡觉，教室桌子上趴倒一大片。铃声尚不足以让大家睁开惺忪的睡眼，但唱歌的效果就好多了。当时经常唱任贤齐的歌，像《心太软》《伤心太平洋》，歌曲的气质正符合还没睡醒的我们，唱什么都是一片万马齐喑的场面。有一次例外，由L哥起头唱了一首《大海》。那时我还从未见过海，只觉得歌词不错，而且他居然真有点像一年前刚刚去世的张雨生。

大概从那年冬天开始，学校对高三学生管得松了一点，允许中午出校门。我们也彻底受够了学校食堂，经常去外面小店，两个人搭伙点一盘3块钱的炒菜——自己点菜还是有点贵。出校门左转，走五六百米，有一个拉面摊，撑了个简易的棚子，一口大锅在寒风中冒着滚滚白气。拉面2块钱一碗，捞面入碗，撒点碎肉、香菜末，并不好吃，但那热腾腾的架势让人舒服。出校门右转，两三百米外，马路对面有家饭店卖炒面，里面有肉丝、鸡蛋、韭苔、木耳，美其名曰"董家炒面"，当真美味呀！可惜要4块钱一盘，不怎么舍得。

每次从外面回来，我都到传达室那里，看看有没有我的信。那时，Q已经考上了省内的一所医学院，她认定要继承家学，

时隔多年，任贤齐又开演唱会了。当年的少年歌迷，如今都成了中老年粉丝。如今还有人"心太软"吗？大概都锻炼得铁石心肠了。还有人"伤心太平洋"吗？大概都是一言不合，扭头就走了。
——秦铁

我家对面有家兰州拉面馆，最便宜的十块钱一碗，肉很少。只有实在没空做饭时，我才跟妈妈去吃。真想不到过去拉面居然也是美食。
——王小拙

那时主要联系方式是写信，最期待的就是回信。给父母写，给同学写，给初恋女友写，有时情绪来了，刚寄走一封，马上写下一封。至今家里还有个木头箱子，里面装满了信件。 ——于静

241

去做医生了——我们的友谊一向如此，在同一所学校没什么话说，不在一起却可以交流得更多，也感觉更亲近。

听她讲大学里的日子，我也开始向往大学了。

我也曾有过好多信，现在一封都没有了。那时的信里藏着很多回忆，都一封封珍藏起来，但走着走着就遗失了。现在连朋友圈都懒得发，还经常往回翻翻以前的微博、朋友圈，看看有什么不合适的，赶紧删掉。现在说"互联网是有记忆的"，可常常希望删掉这些记忆。当然，这是徒劳的。而过去那些属于个人的美好时刻，心里想保留住，却总也留不住。

——庞桥

——田雨

243

插画 王旭

210 是我们的宿舍号
在以后的岁月里
这个数字成为一个符号
至于怎样给宿舍起个威武的名号
我们也讨论过好多次
但一直没达成共识
那是个最为简单的宿舍
四张上下铺
一张旧桌子
我们的故事悄悄拉开序幕
⋯⋯⋯⋯⋯⋯

1999

纸上青春

"北院"的大门

羞答答的作者静悄悄地开！

1 月 1 日　　欧元在欧盟十一国正式启用。

1 月 9 日　　云南省高院以巨额贪污和巨额财产来源不明罪，判处褚时健无期徒刑、剥夺政治权利终身。

1　　　月　　上海《萌芽》杂志社主办首届全国"新概念作文大赛"，韩寒获一等奖。

5 月 8 日　　以美国为首的北约部队，悍然轰炸中国驻南斯拉夫联盟共和国大使馆。记者邵云环、许杏虎和朱颖当场牺牲，数十人受伤。

12月20日　　中国政府对澳门恢复行使主权，建立澳门特别行政区。

那年我高三，在省城补习美术、小锚高考。
澳门回归那天零下几度，满大街找电视看直播。
都冻成冰棍了也没看成，回想起来还是挺遗憾的。

245

"

梦见了班主任，
还是那个样子。
班主任喜欢喝酒，
有点驼背，
经常晚自习喝美了背着手溜达到教室，
坐在学生旁边一个一个聊，
聊家庭、理想。
我内心总是很期待，
很期待这种温暖和坦诚，
最后给我们一番鼓励的话，
吐着酒气搓着手走开。
这桥段会经常重复，
一个人的理想被问过很多遍，
我想，
可能是班主任喝断片儿了吧。

——纯子

1999 年春节，我继续陪爷爷奶奶过年。楼院里的很多人已经下岗，他们茫然无措，哀鸿遍野，巨大的焦虑逆流成河。现实远比政治课本中泛泛提到的"国企改革"要惊人得多。

而就在半年前，国务院发文明确提出停止住房实物分配。人们哀叹："下岗了，都快没钱吃饭了，还让买房子，谁买得起呀？"那时谁又能想到，假如当时真能借钱买房，此后的日子就将一马平川。

平时很少看电视剧的爷爷，喜欢上了《还珠格格》，他端着半杯景芝白乾，笑得眯起了眼："你看那个小燕子儿，怪有意思的！"那是我第一次知道这个女星，22 岁的她雪白粉嫩，装疯卖傻，蹿上跳下，活泼可爱，但我就是喜欢不起来。

那年春节联欢晚会上，赵本山、宋丹丹和崔永元一起表演了一个小品，名字是《昨天、今天、明天》。"白云黑土"组合让人们笑得合不拢嘴，但最终点题的是另一句台词："齐心协力跨世纪，一场大水没咋地。"不管是不是真的，但"跨世纪"确实摆在眼前了。当然，对于即将开始高考的我来说，"明天"在哪里，心里一点数都没有。

那年北京时间 5 月 8 日，中国驻南联盟大使馆遭北约 5 枚导弹袭击，三名中国记者倒在血泊中……当时群情激愤，二中还组织学生进行了游行，当然没出校门，

247

只在校园里列队走了一圈，喊了几句口号，心头稍微畅快一点。然后，又回教室复习了。

进了7月的门，学校举行了一次高考誓师大会。没有排练，甚至没有事先通知，下午上完两节课，我们便被老师带到操场集合。一队一队，窸窸窣窣，鸦雀无声。没有人解释，但都知道要做什么。

二中的跑道由砂灰铺成，操场中间的空地上，长满了野草野菜。只不过，风起时漫天飞的不是黄土，而是黑灰。

面对整个高三年级六个班的学生，教导主任李老师开始训话。说的什么我忘了，但他讲话向来有鼓动性，声音急切，近乎嘶吼。他身材瘦高，头发略长，黑框眼镜，额头上的汗水似乎常年擦不干，肥肥的裤管与头发一起，在风中飘飞。

这一幕长久地留存于我的记忆中。我想起古龙的《七种武器》，李老师的形象大约是霸王枪。

李老师教我们历史，是个好老师，有着超乎寻常的责任心，对学生严格得近乎苛刻。他如机器一般不知疲惫地运转于教室、操场、学生宿舍，目光扫过能与学习扯上关系的每一个角落。多年以来二中能持续前进，跟他超乎寻常的努力有着莫大关系。

二中有很多高度负责的老师，对他们我永远心存感激与敬意。也正是因为他们，学校才能获得越来越多家长乃至整个省城

有的好学校，灵魂就在于那么几个老师，强势、刻苦、执拗，性格鲜明。天长日久，他们的风格慢慢会变成学校的风格，身处其中时，学生常常会觉得苦，但走过之后，会对他们心怀敬意。

——秦铁

的广泛认可。

我们高考的考点设在三中，位于市里。这就意味着，我们需要进城考试。7月4日，学校租了车，当大巴车缓缓开离学校，我的心也渐渐悬空。

大巴车停在了历城宾馆门口，考试期间就住在宾馆里。那是我这辈子第一次住宾馆。宾馆里的饭不错，后来，同学J告诉我，那是她这辈子第一次吃这么好吃的饭菜，睡那么软的床，以至于她夜里都失眠了。对于马上要考试的人来说，那真是致命的失眠呀。

那天晚上，我也没睡好，倒不是因为失眠，而是因为那天夜里有一场美洲杯比赛。和我同住一个房间的两位同学都是球迷。高考就在眼前，但他俩依旧熬夜看球。那天也出现了历史性的一幕，在阿根廷与哥伦比亚的比赛中，绰号"疯子"的阿根廷球星帕勒莫，在同一场比赛中射失了3个点球。如此的运气和勇气，如此另类的"帽子戏法"，在世界大赛中再难重现。

7月7日，雨，高考开始。早上出门前，我们三个人拥抱了一下，彼此激励，祝愿考好。

<mark>考点门口，挤满了送考生的家长。</mark>那情形让我感觉新奇。那些年，我一直生活在家长视线之外。高中三年，爷爷去过学校几次，而父亲一次也没进过校门。那些年，

我在高中一直住校，同宿舍都是农村孩子，没听说家长陪着高考的。考点在县城另一所高中，我们早早在校门口约好出租车，每天接送。还在学校对面的小吃部预订好午餐，几个人统一行动，不浪费一点时间。——白晶

20多年过去了，高考校门口依然被家长包围着，水泄不通，这也是世界奇观吧！
——张亚林

249

在我们那所乡村高中,对大部分同学来说,考试都只是学生分内的事,与家长无关。

第一门考语文。我带了一本语文辅导书,一手撑伞,一手翻书,一路边走边看。进考点之前,把书扔进了垃圾箱。是的,我知道这样不好,但还是觉得万一这会儿看的东西能考着呢?那些书我也从来没想过要保存,它们已经完成了自己的历史使命。或许,我也压根儿没想留下高中的任何纪念。

1999 年高考语文山东卷的作文题目是 ==《假如记忆可以移植》==。似乎也正是从这一年开始,作文不再明确限制体裁,只是笼统要求"诗歌除外"。

至今我还清楚记得,那年交卷的铃声响起,我的作文还没写结尾。当时,两耳轰鸣,汗如雨下,手有些抖。但作文必须要有结尾的,怎么办?我心一横,就在结尾处,把作文的第一段照抄了一遍。就这样,我的作文开头和结尾一模一样,一字不差。

侥幸的是,后来查到语文成绩,分数还可以,想来作文分数应该不低。当时兵行险着,也算蒙着了。

7 月 8 日,考数学。做完选择题和填空题之后,我就有点发晕。后面六个大题,只会做一个半,别的一筹莫展。考完数学之后,我认为高考基本已经结束了。

回宾馆的路上,经过洪楼广场上的教堂,我看着那黑黢黢的哥特式建筑,感觉

这个考题俺也写过,时至今日,记忆似乎真的可以移植,甚至可以下载。——郎丰村

只记得考语文那天很热,进了考场有点紧张,头顶的电扇飞转,吹来的却是热风,坐在考场,深呼吸几次平静下来。作文按时写完,怎么写的都忘记了,只记得用了语文老师教的套路,开头就是黑格尔咋说的,就像今天网络上杜撰的各种名人名言。——王磊

写下这些文字的时候,女儿正坐在 2020 年高考的场子里,答她最不愿意答的数学题,唉!——张亚林

250

考完数学，铃声响起，老师收卷。我刚把数学试卷交上，就听到老师喊，"拦住她"。猛然抬头，看见一个同考场的女生冲向了窗户，幸亏另一个监考老师眼疾手快，一把抱住了女孩的腰，她半个身子已经在窗外，而考场在三楼。我们被要求迅速离场，后来发生什么，就不知道了。想必那个女孩对自己的数学考试极不满意，一时想不开。那一幕，考场里的所有人估计都会终生难忘。——王磊

1999 年进入考场时，我反而很平静。考场就在学校对面的小学，穿过马路即是。高考前，学校伙食异常好，且考试期间全免费。考前，学校还免费发了一条大巧克力，那是我第一次吃"金丝猴"。考试中，门口音像店一如既往反复播放流行音乐，没人觉得影响高考。在歌声的陪伴下完成考试，我竟能哼出那首曲子的旋律，尽管至今不知那首歌的名字。
　　　　　　　——刘晓华

非常魔幻。他们说，旁边就是山东大学。我笑笑：都考成这样了，那里跟我有什么关系？

　　随后考政治和历史，多少找回了一点信心。然而考英语时，信心又没了。因为试卷根本没做完，幸亏提前写好了作文。剩下一篇完形填空题和两篇阅读理解题，都没来得及做。我全选了 B。

　　总之，五门课全部考完，对于未来我已经不抱多大希望。虽然报纸上很快就登出了高考题和答案，可我连分都懒得估。

　　然后，就是漫长的等待。

　　在很多年里，我所在的省城都被称作"中国四大火炉"之一，一到夏天就热得无处躲藏。当然，热也不是一件绝对的事。比如，你刚在农田里干完农活、汗流浃背，这时只要能到地头的树荫底下坐一会儿，立马就会感觉无比凉爽。

　　通过对比，有的感受会更加清晰，有的问题也将不再是问题。在此，我不是要谈论人生哲学，而是想说一旦高考落榜，就只能回家种地了。在现实生活面前，热与不热，自此将变得不那么重要。那也是我最怕面对的命运。十年寒窗苦读，高考一锤定音，虽然我还不知道前途，但命运已经写好，也只能静待其来临了。

　　那个夏天，我在家把《平凡的世界》看完了第二遍，心里做好了落榜的准备。"大

不了就像孙少平一样，去建筑地当小工。"
这念头如同火星，在我脑子里闪了一闪，
随即堕入暗河。

　　我知道做小工有多苦——俗话说"一
工二匠"，一个小工要管两个瓦匠（大工）
的用砖和水泥，光说砖吧，平均每块红砖
重约4斤，每个瓦匠每天能砌2000块砖，
这意味着小工每天光递砖就要递16000斤。
而且，相当一部分砖是小工站在地下往上
扔，瓦匠在墙上接住再砌，这需要巨大的
劳动量。何况还要推沙子、石灰和水泥，
一天下来，人累得腰酸腿疼。父亲以前做过，
几个舅舅也都做过，我着实不想去尝试。
而当时，村里我的同龄人大都去学了木工，
我却除了读书什么也不会。

　　至于种地，我也看不到什么希望。初
三时，我曾做过一阵子种地致富的梦。当
然不是种粮食，也不是种菜，而是种中药材。
当时，我从<mark>《故事会》</mark>上看到河南省卢氏
县有种植中药致富的广告，"三个月每亩
收入7000元"，真的动了心。于是，就
把自己攒了好几年的压岁钱寄去，换来"红
花种子"和一本种植资料，好好研究了一番，
然后跟父母一起，种了三分地的"红花"。
满心希望卖掉后能补贴家用，谁知那压根
儿就是一个骗局，所有的努力打了水漂……

　　出路究竟在哪里呢？我不知道。剩下
的时间，我又重读了一遍《三国演义》，
感觉在茫茫历史当中，自己的一点儿悲喜，

我也看《故事会》，但不关
注"致富经"，而是留意页
面下方的交友信息。后来还
真有了一个联系一年多的笔
友，对方是广西柳州人士，
男的。绝对是纯友谊。
　　　　　　　——于静

压根儿算不了什么，可以理所当然地湮灭。在后来的日子里，这个习惯也一直伴随着我，每当心中焦虑，或茫然无所依时，就会把一些史书拿出来，让自己沉进去，消失掉。

终于，高考分数公布了。那时查分只能通过电话，而我们村只有一部电话，在村支书家里。一般来说，其他村民只能去接电话，不能往外打，因为打电话是要花钱的。

那年，L 哥帮我查了分数，然后拨通了我们村支书的号码。村支书在大喇叭中喊我的名字。我赶紧去接，听到分数时愣了一愣，成绩居然还可以。后来，同班的一位女同学也帮我查了分数，也打电话过来，至今我仍心存感激。

回到家，我跟父亲说了分数。父亲脸上一下子绽开了笑容，虽然他对高考一无所知，但从我的描述中也已经明白，肯定能有个大学上了。而这已经是他最大的期望。二十年过去，至今他仍然能准确说出我的高考分数。那天，母亲做了一顿茄子卤面。雪白的面条从刚压上来的井水里捞过，吃到嘴里无比清爽。我吃了满满三碗，努力把心里所有的空虚都填满。

回学校报志愿之前，我先去校门外的饭店点了一份"董家炒面"。那次终于舍得了。味道也仍然鲜美，只是最后才发现，

作者高考后的一年我高考，考完后我并不关心成绩，跟我爸要了一笔钱就奔赴了作者口中的"火炉"。几场大酒一场恋爱，惬意地度过了美好轻松的两个月。两个月后又奔赴了从来想过能考上而意外考上的大学。
——一飞

也是这年夏天，我被分配到了部队军需仓库，工作比较清闲，恰好旁边就是图书室，负责人是我一个老乡。里面有各种中外名著，以及最新的中篇小说合集，在此之前，从那以后，我再也没看过那么多书。
——于静

253

盘子里躺着一只苍蝇，尸首已然不全。

事实就是如此，谁说回忆总是美的？

那也是我最后一次见到高中老师。我们三四十来个学生挤在那间熟悉的教室里，听老师讲填报志愿要注意的种种事项。他的声音遥远、缥缈而又陌生，似乎讲的都是别人的事。那时我还不能想象，在那间小小的教室里，另一扇门已经开启，正与广袤无边的世界连通。

一切都是那样不真实，完全在我的经验之外。我还没见过外面的世界，当然也不知道一个名叫互联网的东西正在改变世界。在半年前，腾讯已经开启即时通讯服务；两个月后，一个叫马云的小个子男人和他的"十八罗汉"即将成立阿里巴巴……

那时，我知道的大学不超过十所，而任何一所都没有去过。我所知道的专业则更少，除了当老师，根本不知道自己以后还能干点什么以及想干点什么。那时，我从未听说过还有什么高考招生咨询会，我们全班总共只有两本《高考填报志愿指南》，三四十个人轮流看，停留在每个人手中的时间平均不超过 10 分钟。

是的，对于我们很多人来说，短短 10 分钟内，就草草决定了自己今后所要走的人生之路。这正是那个信息闭塞年代的独特一景，用"蒙着眼睛"来形容并不为过，甚至相当于一场"蒙眼冲刺"的游戏。

就说我吧，本来一直想报中文或历史

我们是拿到答案后先估分，再填报志愿，而这估分与实际分数之间的差距，每年都会导致不少人上不了心仪的学校，甚至以高分落榜。估分我很保守，因为不敢想象复读的压力，我放弃了心仪的大学，又急切逃离东北的寒冷，最终选择了一所省外的985。那时还不懂985和211的概念，只听亲戚说那个城市环境好，很干净，穿皮鞋走在路上一天不落灰。

——白晶

因为我是个理科很好的文科生，尤其数学好，所以报志愿时，毫不犹豫选择了"财务管理"，后面都是按顺序填的。没想到给我调剂到了广告学，然后一入传媒深似海，我从19岁开始就再没离开过媒体圈。人生的奇妙有时不是心想事成，而是阴差阳错吧！

——赵妮

谁又不是稀里糊涂报的大学和专业呢？　——冯晓娜

后来，回想起自己高考志愿的填报顺序，堪称"奇观"，那时完全没有"211""985"之类概念，志愿从一到三，竟然越往后学校越有名。

——刘晓华

我高考填报志愿时也不知道干啥，就想干脆当老师吧，觉得历史老师最好当，就填报了历史学。填好之后，有人告诉我，填了一个最冷门的专业。我当时根本不知道什么是热门，什么是冷门。

——赵伟

感谢"扩招"，让俺一个农村娃也有机会上大学，嘻嘻！

——郎丰村

专业，当个语文或历史老师——当时还不知道"汉语言文学"是什么意思。然而，就在填报志愿的一刹那，听人说起我想报的那所师范大学里有新闻专业，而且非常不错，凭我的分数可以试一下。于是，我就改报了新闻。职业道路于是彻底改写。

说起来不怕大家笑话，我是到大学开学一个月后，才知道新闻属于"非师范类专业"，毕业后不能当老师，而是要做记者的。

似乎也是到最后填报志愿时，我才知道了一个信息：高校扩招。

假如放到现在，恐怕早在政策酝酿时，高考生的家长们就已闻讯而动。等到政策出台，很多人就已经成了"行家"。而在那时，我们身处其中，却一无所知。

1999 年 1 月，国务院批准转发了教育部提出的《面向 21 世纪教育振兴行动计划》拉开了高校扩招的大幕。据统计，1999 年相比于 1998 年扩招比例达到了 47%。然而，关于什么叫"扩招"、怎样才能成为"扩招生"，作为高三学生的我全不知晓。直至走进大学校门之后，才多少了解了一些。

后来，多家媒体梳理过这一过程。经济学家汤敏被称为"扩招之父"，政策出台的背后，一直有他的身影。1998 年，他就以个人名义给中央写信，主张扩招。

1999 年 2 月，《经济学消息报》刊登了汤敏及夫人左小蕾的公开信，建议"有关领导"推动在此后三到四年中让高校学生数量翻番，新增学生自行支付每年1万元学费。他们相信这会带动240亿元学费及其他相关消费，并刺激10000亿元相关投资，使GDP增长0.5%。公开信引发社会的热烈讨论。随后，相关政策陆续推行开来。

每年1万元是什么概念呢？1999年《中国统计摘要》记载：1998年中国农村居民家庭人均全年总收入为3018元，人均全年总支出为2457元。算一算加减法就知道，剩余仅为561元，连基本的日常生活都艰于应对。"每年1万元"的巨款，让我这样的农村学生吃惊，由此所带来的高考招生中的城乡差距、贫富差距等问题，也一下子便凸显出来。当然，后来我们也自嘲，自己在高中的昼夜苦读，竟然能帮家里"节省"数万元，算起来在学校里每月的"工资"也不少呢。

当然，这项"万元扩招"政策只实行了很短时间，就"拨乱反正"了。

人生充满偶然。在那个信息闭塞的年代，偶然也就更多了一些。

那也是我最后一次回到高中教室。教室后面的黑板上写着"爱拼才会赢"，还有已经停滞在那里的高考倒计时。

我知道，那些已经褪色的粉笔字，会

被即将到来的年轻人轻巧地擦掉，不留任何痕迹。而他们也将在这里开始一段新的高考故事。年年岁岁，永不停息。

这些年，我一直不愿回忆高中，是因为它如此枯燥、如此乏味、如此机械，以至于我几乎忘记了发生在那里的一切有趣的故事。在高考的招引之下，所有人日夜兼程，根本来不及发生故事，也容不得思想旁逸斜出。或许，那三年的拼搏，与兴趣无关，与热爱无关，甚至与知识无关。那只是一个游戏，一次竞赛，一场战争，关乎前途，关乎未来，关乎对城市的向往。我们这些农村孩子，用尽所有力气，不过是想挣断与农村体力劳动之间的那根无比强韧的命运脐带。

对于这样的日子，我不愿赞美，一如我不愿赞美贫困，不愿因为回忆而粉饰太平。

对于这样的日子，我不愿重来，即便它再次发生在梦里，那也是缠绕一生的噩梦。

然而，它又是一段真真切切的青春记忆，发生于我们特定的人生阶段，写在了厚厚的习题和稿纸上。这一段拼搏经历给我们力量，让我们在日后面对生活挑战之时，敢于昂起头来。

再难，能难过高考吗？

二十多年过去，似绮年华指一弹。每当我路过黄河大桥，还会想起高一那年，

高三时，班里插进来七八名复读生，有男生有女生。他们很少和班级里的同学交往。但他们相互之间关系不错，尽管之前也不相识。有个复读的女同学长得漂亮，经常有不同的男生来看望她，每次来时，我们都齐刷刷地盯着看，好像在看之前没见过的东西。——赵伟

同样的噩梦，同样的心理，愿此生摆脱贫困！
——冯晓娜

我跟 B 哥在夕阳下骑自行车从这里爬坡的情景。长烟落日，黄河无语。

那是我们的锦瑟时光，清白之年。

事先声明，我深爱着母校，它赋予我的远比我回馈的多。但当时选择了和家在同一座城市的大学，是回首往事时略感遗憾的事情之一。不是它不好，而是如果当时能知道得更多一点，我可能会选择去不同的城市感受一段青春。
——王如林

北院故事

1999 年那个 9 月，我用自行车推着行李进了师范大学的北院。

那次爷爷陪我去报名。我们沿着小清河走了大约半小时，经过黑烟滚滚的裕兴化工厂，便看到了两个石垛子和一道铁栅栏门，上面有"师范大学"的字样。慢慢走，就看见教学楼西侧的小树林中三五成群站立的人。

至于感慨我只有一个：没想到大学会比高中离家近。

后来，谈起对北院的最初印象时，几乎所有兄弟都说"失望"——十年寒窗苦读居然进了这样一个地方：只一栋教学楼，两座宿舍楼，北接绿油油的庄稼地，南面黑水横流的小清河，东连等待开发的荒地，西临严重污染的化工厂。最荒唐的是，我们这些新闻专业的学生居然在这里连报纸都买不到。

师范大学当时有南院、北院两个校区，南院是总部，各种设施比北院要先进得多，也完善得多。然而即便如此，有一年的新闻中仍然说，某新生到南院报到，看到大门之后就果断要退学，因为"太失望"。我们谈起这件事时纷纷猜测：假如他到的是北院，恐怕就不只是"失望"的问题了。或许崩溃之余，还会深感被羞辱、被伤害，

上大学爸爸送我，也是我第一次出远门。只有绿皮车，且不直达，坐了三十多个小时。一出站，海腥味扑面而来。学校有接新生的大巴，到校已半夜，这时才知道学校没有招待所，家长要自己找地方住。有学长帮忙抬了行李进宿舍楼，爸爸说他去找旅馆。第二天，爸爸陪我办手续，想去洗手间。我们都不知道教学楼就有洗手间，我忍不住埋怨，在旅馆怎么不去呢。这时才知道爸爸根本没住旅馆，因为舍不得，他在海边坐到了天明。

——白晶

报到那一刻，回去复读的冲动远胜过"火炉"烈日的焦灼。当时的北院，像极了想象中的劳改农场。

——王玲玲

直接转身向南 50 米，投小清河去了……

210 是我们的宿舍号。在以后的岁月里，这个数字成为一个符号，至于怎样给宿舍起个威武的名号，我们也讨论过好多次，但一直没达成共识。那是个最为简单的宿舍，四张上下铺，一张旧桌子，我们的故事悄悄拉开序幕。

那天最早见到老四，瘦长条，很精神。他交给我一串宿舍门的钥匙，让我拆开，然后自己去缴学费了。可惜我的指甲向来不争气，弄了五分钟也没拆开，只好丢在桌上。后来，老二、老七、老八、老六、老五和老大陆续来到。我是老三。

许多年后，老二说那天我举止洒脱。无论他是出于恭维还是安慰，这个都让我有点得意，也成为大学的美好回忆之一。老七的父母一同来送他，听说是从博山打车来的，当时我觉得真是奢侈，我还从没自己打过车呢。老六由他二姨送来，他们的方言听着很奇妙。老八则由父母护送，那天爬到我对面的上铺收拾被褥，我们便聊起徐志摩，很容易找到了共同话题。

"我就是觉得奇怪，你们怎么一点儿都不知道谦虚？"这是老七当时没好意思说的话。

老大最后进来，他头发稀少，但大多梳到额头前面，有点"中分"的意思，似乎还抹了一点头油，身穿花格子衬衫，让人想起抗日剧中的汉奸。他放下行李后，

这让我回忆起大学宿舍兄弟们初次相遇的情景。
——任康

立刻招呼大家去搬马扎。那表情让我们相当错愕——你这才刚进门，跟我们很熟吗？

后来兄弟们交流对老大的印象，认为他太像那种进城务工的农民中的"二流子"，让人不敢招惹，谁都想不到他居然也能蜕变成为可亲可爱的大哥形象。

老五脸上总挂着笑，但笑容看起来并不友善。我对他的印象始于去南院体检回来的车上，他一直站在我旁边。我想让座给他坐一会儿，他伸出一只手按住我，我就一点也动不了了。他的力气使我震惊，后来果然得了个"猛男"的花名，这个名字一直跟了他四年。我问他老家是哪里的，他说"yi de"，我不知道是哪儿，有点窘，觉得自己连省城都没出过，孤陋寡闻，不知道太正常不过了。后来回宿舍，大家又聊起老家来，他仍说"yi de"。我于是让他写在我掌上，他写了"日照"。大家哄堂大笑，==原来他的方言最奇妙==，居然像外语。

北院荒凉，独独适合军训。

军训是大学第一课，来自全省各地、口音五花八门的学生被集中起来，剪短头发，塞进黄衣黄鞋黄帽一身黄色的训练服里，然后到操场上暴晒，没有水喝，还要唱出歌来。每年九月，这一幕都要在校园里重复上演。

初时尚觉威武，有种金戈铁马的幻想。操场上的野草以及此起彼伏的号子声，让

那时候还有摇曳多姿的方言，现在的学生早早就经历了普通话的洗礼，想听方言得等熟悉了之后才行。而像我女儿，根本就不会说方言，这也是不小的遗憾。
——秦铁

鉴于初中、高中都有过军训的经验，大学军训我做足了准备，所以晒得不算黑，教官当时还送我一个外号：小白。这个外号被老公嘲笑了很多年，因为他比我白太多了。
——赵妮

261

人想起"沙场秋点兵"。但新鲜劲儿一过，就感觉无非是些耳熟能详的动作，一遍遍重复，并且以此为荣。

同学被按照部队的番号整编，我们宿舍是二十一连一排三班，老大是班长。后来老大说，练习正步时，他每次喊口号都忍不住要笑。因为他看见我的裤子撑开了一道缝，露出部分白花花的大腿；老六的帽檐总是高高翘着；而猛男的肚子像球一样，裤子提不上去……

教官来自陆军学院，还是大三学生。记得有一次我挨批了，原因是那天老大私会女友，请了一中午假，却整整半天没参加训练，于是被勒令当着宿舍兄弟的面做自我批评。那天晚上，兄弟们围绕宿舍中间那张破桌子坐着，教官面无表情地站在旁边，老大态度严肃地自我批评。我觉得那个场面很滑稽。教官最后总结陈词："他做自我批评，也是为了帮助大家……"

我忍不住笑了，笑声让那个场面显得更荒唐。

教官相貌端正，能说会道，只是语言刻板，表情单一，感觉少了那么一点"人味儿"。当时他正和一位女辅导员聊得火热。每次我们练得累了，就盼着那位辅导员来。她一来，教官立刻贴上去，俩人到柳荫底下讨论训练事宜，我们也顺势休息一会儿。据老大说，那位辅导员长得很有味道，可惜我当时对女人还没有概念，连点印象都

大一军训，同宿舍的哥们踢正步老是"顺拐"，教官罚我们宿舍"连坐"，6个人在所有人就地休息时围着操场踢正步，所到之处充满了欢笑和口哨。虽丢人，但看在能给大家带来欢乐的份儿上，我就忍了。——一飞

我在部队时也担任过军训教官，每次都和学生打成一片，但最后汇演成绩总是垫底。就这同学们也没怨我。有一年军训回来，门岗说外面有几个孩子找我，出去一看正是我军训那个班的学生，有男有女，还是蛮感动的。
——于静

高一军训完后，我们班的几个女生也哭了。因为舍不得教官，我当时很纳闷，现在明白了：教官长得帅气！
——张怀博

没留下。

有天晚上训练完，大家围坐在一起休息。教官教我们唱了一首《军中绿花》，曲风有点伤感，懵懂少年初离家，唱哭了一大片——

妈妈你不要悲伤
孩儿我已经长大

故乡有位好姑娘
我时常想起她
…………

——飞

军训结束后不久，便是国庆假期，我们不约而同穿着军训服回家。恰逢新中国成立50周年大庆，与复读的同学一同观看了壮观的阅兵仪式，内心无比自豪。聊天过程中，同学满眼都是对大学生活的羡慕和期待，我对北院的嫌弃似乎没之前那么强烈了。你不以为然的，也许正是别人梦寐以求的。

——王玲玲

教官有时很机警。训练坐姿需要马扎，而我们班里有同学不小心丢了马扎，怎么办呢？那天晚上有文艺会演，大家围成圈子，正看得全神贯注。趁着夜色，教官悄悄召老大过来，一声令下："去，偷马扎！"老大赶紧抢了个马扎过来，扔进我们队伍里。那一夜月白风清，那一幕也成为笑话，许多年后大家还说：其实教官也还是个大孩子，你看他都能下这么可爱的命令。

当时训话是极正常的。有一次，我们隔壁班的同学表现不好，遭教官大声呵斥，正沉寂无声，一人主动出列，请缨要当班长，在队伍前慷慨陈词，被大家暗骂"脑子有问题"。当时，知道了这哥们儿叫 XZ。多年后，我们成了可共患难的兄弟，聊起那次的事，他坦言："也是为了点儿虚荣心吧！"

军训结束时，有大巴来接教官们。学生们自发去送行，夹道排了长长的两队。那天的气氛是凝重的，让我想起小学课文中曾写过的一幕。但也有真难过的学生，当车缓缓开动，XZ 尖着嗓子喊了声"连长——"，让许多人眼泪夺眶而出。

那时，我心里是高兴的，终于可以歇歇了。

那年军训结束之后，我骑自行车回了一趟肖家村。一路是南风，走得很轻快。那天正是中秋节，家里大门紧锁，邻居说我父母都去西边地里收玉米去了。我就骑车到了地头，见他们正在往机动三轮车上装玉米。看我穿了一身军训服，父亲说：“你别干了，别把衣服划烂了。”我说：“没事，这衣服以后再也穿不着了。”父亲摸了摸军训服的布料，又看了看我脚上的解放鞋，说：“还挺厚实的。”我说：“送给你了，干活穿就行。”

那天，我们干到很晚。夜风有些凉了，一轮明月挂在天上。我知道，哪有什么节不节的？在农村就要实打实地过日子，跟大学校园里不一样。

我很清楚，当时家里能为我凑够学费，已经很不容易了。从前一年开始，每年暑假，父亲都会卖掉一头小牛。小牛是家里那头耕地的黄牛生的，父亲专门留下来，小心翼翼地喂一年，养得膘肥体壮，然后在我开学前卖掉，用换来的钱交学费。

小时候有一次去放牛，在牛吃草的时候，手贱拍了一下牛屁股，结果牛一招后蹄把我踢飞了出去。——赵伟

从春到夏，母亲有空就去割草——她担心光吃干草，小牛会长得不好看。每次卖小牛，母亲都很心疼，好几顿吃不下饭，不知买去的是“杀茬”还是“喂茬”——“杀茬”是买了杀掉，卖肉；“喂茬”是买了养大，耕地。假如能选择买家，我们宁愿少卖些钱，也会卖给“喂茬”。

我小时候最多放过50只羊加3头牛，奠定了我后来当连长的战术指挥才干。——钱凯

养牛也需要成本。牛主要吃玉米秸，有时自家地里的玉米秸不够，就得买别人的。父亲清楚记得，有一年秋天，收完玉

米之后，突然下了一场大雨，玉米秸大都烂在了场院里。那年玉米秸价格大涨，每斤达到1毛2分钱。而同期芹菜的价格极低，每斤只有8分钱。

为什么玉米秸竟然比芹菜还贵呢？原因是那年乡里的干部号召村民种蔬菜大棚，又因芹菜产量高，呼吁大家都种芹菜。于是满坡满地里全是芹菜，根本就没有销路。村民纷纷吃了大亏，没处说理去，只是憋了几句顺口溜：

"要想穷，种大棚；穷得快，种芹菜。"

供需关系的逻辑很简单，用中学课本上的知识就可以分析，但对农民来说，每一滴都是实实在在的血泪。

军训后的一个晚上，有学生在校园中的空地上堆起了柴火，搞篝火晚会。

北院荒凉，也没什么怕烧着的。火光燃起时，大家纷纷去看，女生们迫不及待地换上平时的衣服，个个花枝招展。不记得当时有什么节目了，反正大家很快就一起牵手围成圈，绕着火堆转呀转。从进校门开始就憋着的学生，终于释放了一回。这一幕很多同学都印象深刻，回宿舍后聊起来，老六开玩笑说："兄弟们都没去参加吗？比如，牵牵小手儿什么的？"老四说："说什么呢，猥琐！"

那次，我在人群外面远远看着，也许是羞涩吧，也许觉得幼稚。我想起小时候

高开农村老家很多年，我依然在村庄的微信群里。现在农民卖农产品，的确简单一些了，有了电商，渠道比以往畅通，但种地依旧辛苦。当然，想不辛苦也行，那就得雇人，普通农家根本承担不起。
——秦铁

265

在野地里点火的场面，感觉自己被一种孤独包围着。心里期待：接下来，真正的大学生涯要开始了吧。

那个秋天，第一堂新闻课是常老师给我们上的。在靠近教学楼门口右手边的大教室里，黑压压坐满了两个班百余名学生。那本该是一堂新闻事业概论专业课，但常老师没有讲课本，只是告诉我们做记者必须敢于表达。所以，他让我们站起来各自随便说几句。

他说了一些鼓励的话，嗓音浑厚，面带微笑，在此后四年乃至毕业后见面，他一直用这种姿态看着我们。直到多年后，我才明白这正是老师应该采用的姿态。老师少教，多用启发；学生勤学，善于悟道。于是师不自以为是师，学生也不自以为是学生。尤其是对新闻这种实践性极强的课程，明志比一切高谈阔论都重要。

可以想象，常老师面对满堂新弟子时是何种心情，也许就像农夫清晨去菜地，发现一片绿油油的小苗已然露头，真个青天白日朗朗乾坤。至于以后几株肥硕几株夭折，那都是日后的事情。只这一刻的心境，便是好的。

"弟子"真是个让人向往的词，师父与弟子往那里一摆，就有扑面而来的江湖气。
——彭栋斌

小时候儿歌里唱："下吧，下吧，我要开花。"想想并不可笑，倒把动作神态都写出来。那时的我们也是如此。不多时，就有人站起来，说自己为什么报新闻专业，理想色彩极浓，纷纷大谈"水均益"或者

有些理想，即便说出来没人嘲笑，自己也不好意思再提了。
——龙桥

"白岩松"。有的还说自己想当战地记者，慷慨激昂，似乎教室里要炮火横飞了。那天课堂上，XZ 还怒吼："新闻是用血来写的！"

恍惚中，报错专业的貌似只有我一个人。关于主持人我倒也知道三两个，比如赵忠祥、杨澜和倪萍，那是我初中时看《正大综艺》时记住的。当然，我也不曾刻意去记住他们，看那档节目主要是为了后面的正大剧场，有段日子一直播放译制片《侠胆雄狮》，美女与野兽之恋让人大开眼界……

常老师又让大家举手，看谁有长辈从事媒体，有两三个女生举了手。这让我很震动，原来还真有"新闻世家"出身的呀。大家都懂那么多，让我自惭形秽。想想自己，连新闻是什么都不知道，一贯害羞，不善言辞且略有口吃的我，真能吃这碗饭吗？

那天我也站起来讲了，言语全已忘记，众多的人中我是极平凡的一个，只想表达一下自尊而已。

后来回想，与新闻结缘的二十多年里，似乎也只有那天课堂上见心见性，志向鲜明，若鸿蒙初启时的清洁高远。老师在台上微笑，我们大家眼中放光，风日潇洒。或许佛祖传经也不过如此，而我们每人都是迦叶。

而此后对现状了解越多，渣滓越多，感觉也在愤怒与无奈当中日趋麻木。多年

我学的是设计，那时单纯且热血，同样充满纯粹的职业理想。我记得有同学起网名叫"设计就是我生命""设计生活"……后来才明白，从事自己喜欢的专业并为之奋斗是件幸福的事，但对于大部分人而言，"专业"只是糊口的工具而已！

——一飞

那时候，谁也想不到"新闻专业能不能学"居然也能成为热门话题。一些专业的冷热，也是社会某个层面的"体温计"，症状表现出来了，怎么治是接下来的事。

——秦铁

后，好友 YJ 也和我提起那堂课，说自己当时不敢说话，却也写了张纸条递给常老师——这是我们最初的表达。

第一堂体育课，老师让我们每人都去准备一套运动服、一双球鞋，以便下周上足球课。我当时心想：以前从没正儿八经上过体育课，看来"真正的体育课"来了！心里有一点兴奋，那时还不会想到，以后体育会给我带来怎样的麻烦。下课后，我们兄弟几个商量着去哪儿买运动服。老二说，有次出去取钱时看到了一个什么服装市场。我说"洙口"。大家说："对，就去那儿吧！"

我已经很多年没去洙口服装市场了，里面变化很大，摊位更多，也更不敢买了。我知道自己既不会砍价、兜里又没钱，颇为忐忑。我们在几个卖冒牌运动服的摊位前踟蹰了许久，后来还是姑姑帮我买了一套。那次，我跟老二、老六、老七还各自挑了一个几十块钱的"随身听"，都是那种想把 LOGO 抠掉的牌子。当时，我们真以为自己会练习英语听力的。

那次，还有俩女生跟我们一起去，刚军训完，都清一色的短发，风风火火。其中一个一看就是城里长大的，高而且瘦，光彩照人，很有个性。那是第一次接触城里的女生，高中班里虽然也有城里女生来借读，但从未打过交道。那时我内心敏感，

大学之前的体育课大家都懂。上了大学以后的体育课与之前有些许不同。尤其有一门课叫"游泳课"，对于我们这群刚从土坑里刨出来的男生来说，真是大饱眼福。从这开始才觉得大学有点意思！
——秦铁

砍价这个事，也是有技巧的。比如在小店买衣服，我妈和店家砍价，别管人家要多少，从来都是对半砍，最后给人加个10块钱，让一步，就愉快地成交了！我真是活到三十也没学会其中的精髓。
——赵妮

小时候问家长要随身听，都是打着"学英语"的旗号，最后都用来听音乐了。初中因为考试第一，我妈奖励我一台 MP3，被我视如珍宝。每天听着歌上下学，走路都带风。
——赵妮

知道自己土得掉渣，却又不想太土，所以言谈举止免不了都有些走样。

上课没几天，国庆节就到了，班里一位女生要回家。她家也不远，就在邻近的小城，但忘了为什么，我们宿舍兄弟一起去火车站送她——或许也是北院太闷了吧，想出去看看。从北院到火车站，坐84路车要半个多小时，如此浩浩荡荡的送行，是大学四年唯一的一次。从那至今似乎都没再有过。那时真是精力过剩，全然不知该干点什么好。

我很小就跟奶奶一起，整日站在天桥上面看火车，也从火车站广场走过很多次。那时候，享誉亚洲的老火车站还没拆，我跟母亲去外婆家，在火车站旁边等9路公交车，看见那座日耳曼式建筑觉得很奇怪——那不是动画片里的房子吗？上五年级的时候，老火车站被拆了，也给这座城市留下了永久的伤痕。惋惜之余，人们也会想：假如历史重来，他们还会那么干吗？我想，答案极有可能是"会"。

那次，我还是第一次走进火车站候车室。兄弟们一同送那位女生检票进站。等火车开动，我们才意识到一个问题：怎么出站呢？老四说：好像需要票，但我们没有。我说没事，我知道一个地方能出去。然后，我就带他们从站台上一路往东走，很快就到了天桥桥洞下面。但那里根本就出不去，一道围墙把铁路跟外面隔开了。

我说：要不，咱们翻墙出去？

这个提议，理所当然地被否决了。好在那时大家还不太熟，要不我肯定会被臭骂一顿。我们只好原路返回。很快就被工作人员拦住，认真盘查了一番，确定我们没有炸毁铁路的企图，也不是从外地扒火车过来的，然后才让我们各自补了一张站台票，放行出站。

作者的青春是从大学开始的。一路踉踉跄跄，倔强地生长，从老大到老八，现在都干吗呢？ ——张亚林

在后来的日子里，兄弟们多次说起这件糗事："老三，你不是在这附近长大的吗？还以为你真知道呢？"我笑笑，慢慢也就不脸红了。其实那时候，除去老大坐过一次火车，其余七人都从未坐过，对铁路延伸到的未知领域茫然无解。眼前的这片开阔世界，是那样陌生而又新鲜。

很多年后，我们一起醉酒唱歌，唱到Beyond的《大地》，百感交集：

眼前不是我熟悉的双眼
陌生的感觉一点点
但是他的故事我怀念
回头有一群朴素的少年
轻轻松松地走远
不知道哪一天再相见

我也爱听Beyond，听得最多的是《海阔天空》：原谅我一生不羁放纵爱自由，也会怕有一天会跌倒…… ——一飞

当年老八曾顶着40℃的高温，骑着不知从哪借来的破自行车进城买来了Beyond的精选集，却唯独少了当时最喜欢的这首《大地》。 ——王玲玲

磁带杀手，兰二时光

二十年后，历经岁月文火煎熬日益枯萎的我们，回望之时或许应该感谢北院。恰恰因为它的偏僻与闭塞，才使那年的日子过得分外单纯。

那时候，经过北院的公交车极少，出趟校门很不容易。即便要去南院，也得先向东走一段路，经过大片尘土飞扬的荒地，然后再等好一阵子，才能坐上向南的 79 路公交车。

当时，我们眼睛里只有校园，而校园也是荒芜的。那段日子就像是高中生活的延续，但因为已经没有了学习压力，我们要做的就是要在校园范围内，自己想办法寻点乐趣。也许，那也是命运给我们的一次机会吧，把高中失去的三年青春补回来。尤其是对我这样的农村孩子来说，正好缓一缓神儿，学习一下什么才是大学。

在北院，总觉长夜漫漫，无心睡眠，不考虑学习，又精力旺盛，班里动不动就搞些各种名目的晚会。那些晚会都很简易，就是用班费买点瓜子、水果，在教室里一起唱唱歌，表演一点节目，结束之后满地瓜子皮。

记得第一次晚会，一男一女两位同学各自唱了一首《还珠格格》系列的主题曲，女生唱的是第一部的片首曲《当》，原唱

是"动力火车"。这一唱，充满了琼瑶式
的激情：

> 让我们红尘作伴
> 活得潇潇洒洒
> 策马奔腾
> 共享人世繁华
> 对酒当歌
> 唱出心中喜悦
> 轰轰烈烈
> 把握青春年华

那也是我第一次完整地听这首歌，很
奇怪"当山峰没有棱角的时候"是什么意
思，难道汉乐府中的"山无陵"变成这种
解释了？男生唱的是第二部的片尾曲《你
是风儿我是沙》，当真缠绵悱恻，寸断柔肠。
一时间教室里欢声雷动，飞沙走石。人人
均想：如果他们俩这演唱风格调换一下，
或许会更宜人一些。

当然，我五音不全，唱歌从来不在调
上，本不该笑话人家的。那时，表演节目
常常以宿舍为单位，于是我们商量着定一
首"舍歌"，以后如果有需要，八人一起
上台合唱一曲就可蒙混过关。讨论再三，
最后老大拍板定了张雨生的《还是朋友》：

> 如果爱情会老
> 会不会有爱的勇气

窗外还下着雨
滴落着对你的思绪
怕喝醉 眼前一片漆黑
怕失去 知己再也难追
世间痴情的戏
等待有心人去看清

张雨生斯人已逝，但 210 宿舍里一直回荡着他的歌，期期艾艾的。歌词里"窗外还下着雨"，让人心里仿佛也在下雨。那时还不明白，至于"爱情会老"这件事，前面本不需要加"如果"二字的。面对浩瀚的时间，假如真能"还是朋友"，恐怕已经是最好的结局了。

那时，老六总喜欢用"随身听"在宿舍里放歌。他有一种邪门的能力，无论谁的磁带让他一听，定然会被机器缠住，因此葬送了不少带子。大家戏称他为"磁带杀手"。

老六那时对张雨生几近痴迷，他独具特色的嗓音唱起歌来，显得很怪异，又加上天然害羞的气质，拿起麦克风往往发不出声，只好左手一摊，嘻嘻一笑，说声"I'm a shy boy"，摆个周星驰的POSE，就"谢谢大家"了。当然这只是最初的样子，那年元旦晚会时，老六唱了一首《大海》，颇有龙吟虎啸之音，震动全场。

老大是唱张雨生和王杰的高手，每次

在宿舍听到有人高歌，且声音越来越近，定然是老大回来了。印象中，老大最帅的样子就是一边独自拿着拖把打扫卫生，一面怡然唱歌，声音婉转柔媚。后来，老大还凭一首《一天到晚游泳的鱼》参加比赛，听者不知其名，纷纷问："那条鱼是谁？"

事实上，在那年王杰推出的《伤心1999》中，忧伤的成分已所剩无多，更多的是声嘶力竭与无能为力：

伤心 1999
算了天长地久
不过是拼命追求
喜新厌旧的年头

老二和老八都是准专业歌手。奇怪的是，我只记得老二唱《莫斯科郊外的晚上》的样子。他放歌的姿势，让人想起几十年前的柴木家具，经历了岁月的包浆，正统却不能吸引年轻人。当然，老二也唱零点乐队的《你到底爱不爱我》，声音也浑厚高昂，只是气质跟他不搭。

老八最初以熊天平的《雪候鸟》成名，这首歌也成了他最初的雅号，一位同学以此名叫了他四年，可知魅力不同凡响。

我又回头去飞
去追
任往事一幕一幕

2016 年的某个夏日，我和老公在家听歌，忽然听到"biu biu biu biu"的声音，我问哪儿漏水了？他笑抽了，说这歌是《一天到晚游泳的鱼》！
——赵妮

王杰可惜了，原本那么清亮的嗓音，如今何其沙哑！
——庞桥

《雪候鸟》也是我最拿手的歌，这是《新乱世佳人》的主题曲。 ——冯晓娜

催我落泪

我不信你忘却

我不要我单飞

没有你

逃到哪里

心都是死灰

我又回头去追

去醉

就算我追到最后

只剩冰雪

天都为我伤悲

冷的爱快枯萎

任漫天风雪

覆盖我的心碎

说到歌，印象最深的是2004年6月17日，我大学毕业，大清早7点，学校大喇叭就开始放《祝你一路顺风》，一直放到中午12点，听得我心都碎了。后来一听到这首歌，马上会想到那年那歌那人……　　——一飞

而且，老八唱歌非常投入，唱起来撕心裂肺的样子，有时听得我也要掉泪。

老七在舞台表现力方面很有天赋，但这种天赋在唱功上一直没有体现出来。有段时间，他喜欢"无印良品"那对组合，很积极地学唱歌，让人感觉诧异。只是还没等我搞清楚原因，他已经放弃了这种努力。老七在台上唱歌，动作很富逻辑性：唱不上去便低头，弯腰，姿态夸张。终于顶上去时，稍微停顿便开始拍胸脯，一脸窃喜……这套动作一丝不苟，让人想起他打篮球时上篮的样子。

老四喜欢听歌，在宿舍整日戴着耳机，听罗大佑、许茹芸、黄磊等，但极少唱。

至于老五，在大学则从未唱过歌。直到毕业多年后，我们酒后唱歌，他被半逼半诱，终于唱了半首《英雄泪》。虽断断续续，有头无尾，但肯开口已经是奇迹了。

缺月挂疏桐

漏断人初静

谁见幽人独往来

缥缈孤鸿影

惊起却回头

有恨无人省

拣尽寒枝不肯栖

寂寞沙洲冷

那年秋天，老六在我那本破烂不堪的《宋词三百首》中看到了苏东坡的这首《卜算子》，感慨人家写得好。那段日子，他发奋读诗词，后来又发奋听歌，那架势似乎真想把以前的日子补回来。

古语云："春女感阳则思，秋士见阴而悲。"那时年少，按说悲也悲不起来，但那宽松的环境却使人感到从未有过的孤独。

那时，我跟老八开始一起尝试读康德。而从康德入手，还是因为在 1993 年那次著名的 "狮城舌战" 中复旦大学女辩手姜丰给我们留下了深刻的印象，她曾在辩论赛中引用过康德的一句话："有两样东西，愈是经常和持久地思考它们，对它们日久

大一整整一年，我都没找到一丁点大学的感觉，心情一点不比高中轻松，甚至有点高中未分文理班时的焦虑。
——刘晓华

当年"狮城舌战"，几位知名辩手姜丰、蒋昌建等风靡一时。他们的出名也恰恰是借助电视业的繁荣和传播优势。凤凰卫视南一落地就着力培养当红主持人，打造个人IP。许戈辉、陈鲁豫、窦文涛等，不仅在电视上出现，书也充斥着大学书店。出于追星心态，大三决定考研时，我选择跨专业学新闻，幸运考取了北京广播学院（中国传媒大学）电视新闻专业的研究生。——李珍

弥新和不断增长之魅力以及崇敬之情，就愈加充实着心灵：头顶的星空，和我心中的道德律。"初次听到这句话的时候我还在上初中，当时刚看过电视剧《康德第一保镖传奇》，心里非常纳闷，这句话很有水平啊，跟电视剧里的那个"年号"有什么关系？

很多事情，假如穿越岁月之河来看，有的就会显得波诡云谲，有的又洒满狗血。

强迫自己看了一段时间之后，我跟老八都承认康德是看不下去了。我们转而去读叔本华和尼采，后来还试过休谟、笛卡尔、斯宾诺莎、海德格尔、维特根斯坦、萨特和波伏娃等。在北院那个破旧而贫乏的图书馆里，我们俩面对着图书管理员的冷眼，笨拙地用泛黄的卡片来找书，每找到一本都满怀喜悦——虽然大部分书都没翻两页就又送回去了。

叔本华说："人生实如钟摆，在痛苦与倦怠之间摆动。"那时我们就处于这样一种摇摆的精神状态，还非常认真地抠字眼，区分究竟何者是"痛苦"，何者是"无聊"。

尼采说："孤独是一颗值得理解的心灵寻求理解而不可得，它是悲剧性的；无聊是一颗空虚的心灵寻求消遣而不可得，它是喜剧性的；寂寞是寻求普通的人间温暖而不可得，它是中性的。"这种解释让我们开始崇拜尼采，开始尝试蔑视"无聊"，

当初我去理工大的时候，也有同感。学校三个校区，很不幸，我去的是老校区。基础设施不提了，最令我崩溃的便是几间宿舍改造的图书馆，里面除了比我还老的书，啥也没有。我幻想中坐在宽敞明亮的大学图书馆内看书、自习的梦，就这么碎了。那个图书馆，我再也没去过第二次。　　——赵妮

尊重"痛苦"，幻想自己有朝一日能成为狮子、超人、查拉图斯特拉，哪怕百分之一也行。

那段时间，我们在词语的迷宫里转悠，想要尽量搞明白人生的意义，戴着放大镜自我审视、吹毛求疵。而为什么要读哲学书呢？因为我们几乎同时信了一句话：如果你不皈依宗教，那就需要有自己的哲学，哪怕只有自己一个人相信也行。

现在想来，那段日子依旧令人神往。在有些凄冷的阶梯教室里，在从教室回宿舍的水泥路上，我们抬头就能看到苍白的月亮，手边有大把的时光，而荒凉的北院也从来都不在乎有多少人癫狂。

==在读尼采"酒神精神"的日子，我也开始学习喝酒，这是男生的必修课。==

虽然初中毕业后我也喝过几次，有次在同学家喝完半斤泰山特曲，骑车回家后还吐了，但真正喝酒还是从北院开始的。当然，这时已经喝不起泰山特曲，最经常喝的是兰陵二曲。

李太白诗曰："兰陵美酒郁金香，玉碗盛来琥珀光。但使主人能醉客，不知何处是他乡。"句子极美，但我们选它的原因却只有一个：便宜，只卖两块钱一瓶，绝对民工酒。最经常吃的酒肴，是最有民工气质的老大从莱芜老家带来的花生米，有时炒过有时是生的。晚上从教室回来，

似乎人生总得有段时间硬着头皮读书，然后谈论一些自己不懂的东西。以前叫"装"，现在叫"走出舒适区"。其实叫啥不重要，关键是能真正学到东西，跟自己叫板不容易。
——秦铁

曲阜师大的晚自习，从来都笼罩着浓浓的酒香，有人说是"孔府家"的酒糟味。四年的熏蒸，成绩没上去，酒量上去了。现在的校园，也不知还能不能闻见酒香了。
——姜文英

当年电视上天天播放广告"兰陵美酒郁金香"，我一直怀疑这是不是李白写的。李白怎么会给酒厂写广告词呢？
——庞桥

那时没见过世面也不会喝酒。宿舍哥们儿的第一次聚会，青岛的舍友直接要了一桶扎啤。可怜我连扎啤桶都没见过。结果全都喝大了，同宿舍的六个大小伙子，抱在一起满地打滚嗷嗷痛哭，一片狼藉。　　——一飞

八个人围着那张破桌子，用搪瓷缸子喝一点儿酒，便觉得幸福。

后来我的胃不舒服，就不喝白酒了，常做看客，或者喝点开水凑热闹。记得我最后一次喝的白酒是汾酒，是同学不知从哪儿搞来的小瓶，很快便被喝光。大家一边喝一边嘀咕，因为前一年刚刚发生过"山西假酒案"，27人死于毒酒。

真正去饭馆，往往只喝啤酒。那时北院饭馆极少，炒菜的只有两家。印象深刻的一次是在靠南的一家，店名已经忘了，吃饭的理由也忘了。店里的单间全被人预定了，老板便把我们安排到他自己家里。那次参加的是九个人，我们兄弟八人，还有"九妹"——一个性格像男生的女孩，那时她还没表现出日后能当教授的潜质，喜欢和我们一起玩，于是成为大家共同的妹妹。那天喝的啤酒好像是"黑豹"，不久便喝晕了。

席间，说起已经流逝的大半个学期，每个人都很感慨。我们整天玩，却也知道这么玩是不对的，自责一日比一日更深。那场酒喝得我们抱头痛哭，皆吐肺腑之言。眼泪和唾沫星子横飞，气氛热闹非凡。也正是那一次，奠定了宿舍聚会很多年的基调。每到高潮便是一场痛哭，不哭不足以大快人心，不足以振奋精神。场面热闹与否，与眼泪多少直接成正比——其实，回头想想，那时是真的年轻啊，现在怎么都喝不

痛哭的内容是什么？　　——任康

279

出眼泪来了。

　　也只有那一次，我亲眼看见老五喝醉。在以后无数次痛饮中，他都凭借酒量独善其身。当时我已经吐过了酒，还仅存一点理智，看老五不见了，就出去找他。最后发现他在厕所里，蹲着已经睡着了。那次老六吐得极猛，一瓶啤酒居然让他吐了三次，酒量之孱弱，让人怀疑这是那个看似饱经沧桑的六子吗？当然，到大学最后一年，老六的酒量已上升很多，如今更是高手了。

　　那次喝醉后，老六非要拿钥匙去教室复习古代汉语。他当然没有达到目的，因为还没来得及掏出课本，就已经睡着了。

在北院的前半年，周末基本上都是喝醉的。偶尔有一周没喝酒，保持着清醒，看到别的同学喝得醉醺醺的，感到这个周末是多么美好。

——赵伟

　　北院的故事就是多，我住进去的时候，据说是启用的第二年。校园里到处是池塘，池塘里养着鱼，有一次我还带着舍友把池塘里的鱼抓了。芦苇丛很高很密，兔子钻进去就看不到了。虽然不像大学校园，却是谈恋爱的好地方。

——赵伟

世纪末的嬉戏

如果把整个太平洋的水倒出，
也浇不熄我对你爱情的火。
整个太平洋的水全部倒得出吗？
不行。所以我并不爱你。

大学有信息技术课，都是些很基础的知识，教教word、excel之类，但我连打字都不会。那时流行五笔输入法，我看教程云里雾里，一直是笨拙的"二指禅"，靠着对键盘的熟练，打字速度也不慢。大一开始在校园论坛玩，一切都好新鲜，论坛的斑竹（版主）是很有话语权的。
　　　　　　　——白晶

当时的网络写作绝对是非主流。而现在，随着中国网民超过10亿，网络写作覆盖极广，很多农民工都有读网文的习惯。中国网文也传播到海外。相比而言，正统的文学反而变得很小众。真是"三十年河东，三十年河西"。
　　　　　　　——秦铁

　　这是痞子蔡在小说《第一次亲密接触》中的开头。1999年冬天，这本刚刚在大陆出版的书，火得一塌糊涂。这位后来坦然自认"三流作家"的文坛新人，也刷新了亿万中国人的认知。其中，就包括网络写作方式和网络社交场景。虽然此前早已有公司打过网络广告，BBS也在一些群体间使用，但对大多数人而言，那仍是一片全新的天地。

　　让我印象最深的，是那个名叫"轻舞飞扬"的女网友所患的病：红斑狼疮。我初中住院那次，同一个病房中就有患这种病的人。但我从未想过得这种病竟会死人。当然，我也知道了在台北摩托车叫"机车"，而电影《泰坦尼克号》被翻译成《铁达尼号》。至于"网恋"什么的，我也很新奇，疑惑怎么可以这样？

　　一天下午，有同学说，在北院东面新开了一家网吧，要不要去看看？"网吧"是什么，我全无概念。于是，几个人一起走进那个摆满电脑的大屋子。好几个小时，我都只拿鼠标点来点去，他们说这叫"网上冲浪"（浏览网页）。我也只会那么一点儿，还是高中上课时学的。

我看到一个名叫OICQ的小企鹅标志，很多人都在对着它打字，但我点开之后提示要"输入账号"。账号是什么呢？我哪有什么账号？网管又一副爱搭不理的样子。那个下午，我觉得上网索然无味，网上的文章还不如书里的好，一些笑话也很低级。尤其是收费太高了，一小时居然要4块钱，都快能买两瓶"兰二"了。

这就是我第一次"触网"经历，比较失败。大约几个月后，我才又一次去网吧，在同学指导下注册了一个新浪邮箱，又在网易聊天站中的"菁菁校园"聊天室和人搭讪，很少有人搭理我。我也知道问题出在了网名上。我本想改名叫"唐人"，结果用中文全拼输入法打出来的是"躺人"。这名字有点猥琐。那时，我还不会用键盘翻页换字，只能随机打出什么来就发什么。错字连篇，有时不仅"文盲"还"流氓"。过了一会儿，我便停下来看别人聊天，在不同的聊天室之间切换，"风花雪月""谈天说地""只爱陌生人"等等。满屏幕一行一行的不同颜色的字变换得飞快，每一个聊天室里都有好几个"轻舞飞扬""美眉"和"恐龙"……

关于网络，那年有一部里程碑式的电

"网上冲浪"都需要注释了，看来我们"80"一代也老了！
——一飞

我的QQ号是4开头的9位数，敢不敢说你们的？——赵妮

↑

大学2000级，QQ号是8位数，5开头
——一飞

我第一次上网是初中的时候，打的第一个游戏是CS，当时根本不懂操作。被人丢了个闪光弹后，我吓了一跳：以为是自己把电脑弄白屏了……
——张怀博

我也是经历过杀马特年代的人。那会儿的网名，新意不说，字体必须花里胡哨。我豁出去发两个我曾经的网名吧！"箂导""文则夫"。
——赵妮

影上映，它叫《黑客帝国》。那时，它的导演还是沃卓斯基兄弟。在后来的日子，不仅"黑客帝国"拍成了系列，连两位导演的性别也成了"三部曲"，他们先是变性成为沃卓斯基姐弟，后来又定格为沃卓斯基姐妹。这部电影面世之时被严重低估，但此后时间愈久，它的意义也愈加凸显。且不说"母体"中的虚拟社交了吧，电影里的一句台词就足够让人警醒："所谓选择，皆是虚幻。"想一想你今天所遭遇的"大数据杀熟"乃至手机软件监听，便会对创作者佩服得五体投地。

当然，那时我对电影所知寥寥，偶尔能看几部好片子主要得益于J老师。在所有老师里面，J老师上课独具一格。他教我们文学概论，第一堂课就高调宣称："你们现在最需要做的，就是把之前所学的一切全部忘掉。"然后，便在讲台上天马行空地讲一通，语言偶尔略嫌暧昧，比如"眼睛就是胳膊，看就是抚摸"等，让前排女生们笑得花枝乱颤。他的课的确精彩，有些话毕业之后想想，更能感觉到他的诚实——这种诚实在大学里太稀缺了。遗憾的是，前排座位总被女生们占满，而我听力又不好，在后排根本听不清，后来也就不大听了。但偶尔听一次也有收获，比如，他推荐余华写的《活着》，说里面的"福贵"如何如何。我就去图书馆里借，一读便成为余华的粉丝。他行文的冷静与舒展将我征服，我也是从那里发现了冰冷的力量。

有时 J 老师不讲课，他带来录像带，就在我们教室里放电影。他说："你们把这些年奥斯卡获奖影片都看一遍，回头考试我肯定给你及格。"那时没有大屏幕，也没有投影仪。教室房顶上悬挂着几个彩色电视机，似乎是 21 吋的，我们都仰着头看。就这样，我们仰着头看了《辛德勒名单》《沉默的羔羊》《阿甘正传》《克莱默夫妇》《毕业生》……电影演完，他就下课走人。有的电影太长，他就留下录像带让我们自己看。有时，我们还会把班里的电视机偷偷搬回宿舍，等上课之前再送回去。

那时觉得 J 老师真会偷懒，后来却真心感谢他。在我们自己都还没意识到的时候，他已经默默打开了一扇窗，让我们看到外面的风景。对于文学艺术审美，这也是一种启蒙，比起照本宣科来效果更好，也更负责任。也是在那时，我喜欢上了朱迪·福斯特，她所表现出的果敢、坚毅和神经质散发出无穷魅力，我将她视为女神。

有次文学概论考试要写一篇影评，我现学现卖，用叔本华的哲学观点来分析《阿甘正传》，写阿甘经历了一个又一个轮回。J 老师给打了高分。后来，我又很多次重看这部电影，为阿甘与珍妮之间的感情而心痛。他们的心明明紧贴在一起，却又隔着万水千山，一次次相遇又一次次分离。不知哪一次，当我再次看见珍妮怀抱吉他

天下教文学艺术审美的老师，是不是都是这个套路？
——一飞

谈恋爱时，老公经常给我看这类经典获奖电影。我几乎没有看到过结尾，看到一半就睡着了。
——赵妮

大学时才真正使用网络，没看过的电影太多。有段时间我按照豆瓣经典电影排名一部部看下来，还抱着猎奇心理去找了所谓禁片看。也刚开始了解暴力美学、cult 电影。我也不挑风格，恨不得像海绵一样快速吸收。虽然很多电影已过去了几十年，但优秀作品永远闪闪发光。
——白晶

裸身演唱那首 *Blowing in the wind*，我想我大概明白，他们终究不会走到一起，而这就是人生吧。

那年冬天，我们开始郑重思考一个问题——20 世纪的最后时刻到了，要让它平平常常地过去吗？答案当然是"不"。可怎样才能不平常呢？我们完全不知道。

那时总有事情要庆祝。比如，1999 年的 11 月 15 日，中美两国终于就中国加入 WTO 签署双边协议，入世取得决定性进展。朱镕基一声长叹："谈了 13 年，黑头发都谈成了白头发。"这句话也在日后被广泛引用。至于入世意味着什么，我们这些新闻系学生并不太了解，甚至也缺乏足够的兴趣。但这并不妨碍我们莫名兴奋，一有消息传来就兴高采烈，跟自己捡了钱似的。

那时已是鲁能冠名泰山队的第二年，这支"充电"后的球队表现令人吃惊。在主教练桑特拉奇的带领下，鲁能泰山在 12 月 5 日拿到了在甲 A 联赛的第一个冠军。同为"伪球迷"的我跟老大喜形于色，真球迷老六倒是呵呵一笑，只说了一句："没任何悬念！"老八躺在床上冷眼打量我们，一脸忧郁，沉默不语。对于这些，他向来全无兴趣。七天后，鲁能泰山又在主场凭借乌拉圭外援罗麦多的"帽子戏法"力斩大连实德，摘得足协杯冠军。而之前很长一段时间，罗麦多都被视为"水货"而饱受诟病。多年来一直在甲A缺乏存在感的泰山队，居然一举成为"双冠王"，登顶国内联赛之巅，这让球迷开始了盛大的狂欢。那种惊喜之情直到多年之后谈起，我们仍然愿意为之再干一杯。

　　1999年12月20日，澳门回归。那是举国欢庆的日子，但因为两年前已经历了香港回归，同学们普遍淡定很多。而我只记住了那个9岁女孩所唱的那首《七子之歌》。二十年后，在我送女儿去幼儿园的路上，听她唱起这首歌，瞬间感觉被时光冲了一个趔趄。

　　这条岁月之河，注定会淘洗掉绝大部分宏大叙事，只留下贴近灵魂的那么一丝半缕，却也已经够了。

　　那年为了庆祝跨世纪，班里决定组织一场大活动：集体包饺子。地点就在学校食堂里，四五十个同学一起，包得热火朝天。干活之余，还把面粉撒在头上、抹在脸上，倒也真有了几分过节的气氛。作为班长，老大担心食堂的师傅生气，一次又一次相劝："大家别闹了，这又不是打雪仗……"没人理他。

　　奇妙的是，很快就真下了一场大雪。
　　雪是夜间降临的，醒后但见白雪皑皑。210宿舍里暖气很热，一层玻璃隔开了冷暖两个世界。

記得那天我在济南大观园的过街天桥上走，突然桥下锣鼓喧天，我还以为有人结婚，如此大阵仗，一打听才知道，鲁能泰山成"双冠王"了。
　　　　——一飞

澳门回归那天，我还在济南高考考前班学美术，实在是想见证回归的盛况，但是身边没有电视，就想泉城广场的大屏幕应该会放，就从作者母校徒步近一个小时走到了泉城广场，结果泉城广场的屏幕都没接电，记得那天太冷了！　　　　——一飞到城市生活之后，对于雪的记忆越来越少。可能是下雪的次数少了，也可能是雪停留的时间短了，总是天明就被打扫干净。童年时对雪地的印象，几乎没有重现过。

——左桥

那次，很多同学世纪末的记忆留在了北院操场的雪地里。老六说他在雪里踢球，脚法华丽如水银泻地。老七说他本是去散步的，却莫名其妙被人把雪灌进了脖颈，于是就加入了浩浩荡荡打雪仗的队伍。

我只在旁边看。那天的雪特别刺眼，让我想起《红楼梦》结尾处宝玉唱的歌来：

吾所居兮，青埂之峰；
吾所游兮，鸿蒙太空。
谁与吾游兮，吾谁与从；
渺渺茫茫兮，归彼大荒。

果然，白茫茫一片大地，真干净。可惜那时心里总不宁静。兄弟们从食堂吃完饭往回走，我看见一个女孩和她宿舍的室友走过来，衣服上缀满细碎的小白花，只觉得好看。后来我才明白，雪里的女孩本是一大景致。又想起薛宝琴雪地上的大红斗篷，还有顾城的诗句，"一个鲜红，一个淡绿"。

好像就是在那天，老六听到了让他毕生难忘的一句话。那话看似平常，但事后经过兄弟们无数次的反复渲染，散发出一种香艳味道。

那天，我们兄弟几个去打水，水房便在校园北面的餐厅旁。路上的雪已被行人踩实，有一点滑，旁边的冬青挂着雪，隐隐可见墨绿的叶子。我们已经习惯了唱着歌走路，几个人一起唱，还可以看女生。水房门口，两个女同学正好出来，冲我们打招呼："打水去啊！"

轻轻一声问候，就像张爱玲在《爱》里写的，"你也在这里啊。"没太多话，雪便化了。老六脸红了。写《老残游记》的刘鹗用过"新莺出谷"的比喻，不知当时用在这里是否恰当。

那年，北院的校园广播站经常放王菲的《红豆》，这首歌获得了香港电台十大中文金曲奖以及香港无线电视台十大劲歌金曲奖。王菲空灵而缠绵的声音在校园上空飘荡，抚慰着每一道甜丝丝的伤口：

> 还没好好地感受
> 雪花绽放的气候
> 我们一起颤抖
> 会更明白什么是温柔
> 还没跟你牵着手
> 走过荒芜的沙丘
> 可能从此以后
> 学会珍惜天长和地久

那年寒假之前，我们又喝了一场酒，一起哭得一塌糊涂。那年大家都流了太多糊涂的眼泪，说了太多糊涂的话。当时觉得毕生难忘，后来慢慢也都忘了。

1999 年 12 月 31 日，20 世纪的最后

好多人担忧 1999 到 2000 年时，电子时钟是否能顺利跳转，甚至有媒体公开发文。现在想来，都是为了博取流量罢了。
——郎丰村

288

一天。我和老二、老五、老六、老八等几个人坐 79 路公交车，去爬千佛山。干什么呢？大约都想许个愿吧。多年后回想起来，在世纪之光流逝之前，那次登临竟有了一点朝圣般的仪式感。

我们看到夹道的诸佛，面目模糊。又见弥勒卧佛一尊，前面案上香烟缭绕。那是我第一次登千佛山，也是唯一买票的一次。记得小时候，我们肖家村里一个邻居的媳妇曾来过千佛山，据说看到石像狰狞之态，回家之后就精神失常了。邻居说她被"吓傻了"。所以在我心中，对千佛山一直都存着一点忌惮。

那天山上人不多，我们爬得很快，只觉得人在石头上走，全然感受不到山的妙处。加之脚下雪未化净，免不了提心吊胆。有人在寒风中叫卖一些红色带子，称为"平安带"。价格不贵，我们随手买了几根，像红领巾一样系在脖子上。很奇怪，这种小东西居然能让人心里宁静。山顶处的树枝上系满了这种带子，据说情人如此一系，便可喜结连理。倘若真能灵验，成本真是太低廉了。

山腰处有兴国禅寺，始建于隋开皇年间，门票 5 元，香火也算旺盛。寺门处有一副对联："暮鼓晨钟惊醒世间名利客，经声佛号唤回苦海梦迷人。"这对联当时很惊艳。那次回校之后，老六还常常提起这对联，他还自己改了几个字，用龙飞凤舞的字体写在座位旁边的墙上："暮鼓晨钟惊醒世间情痴客，经声佛号唤回恋海梦迷人。"

那天，我们从山顶往下看，城市无声运转。寒风在耳边呼啸而过，不远处有人呼号不已。在这世纪末的一天，我们心潮翻涌两眼茫茫。不知这山又是如何看我们？它经历过多少个世纪，看见过多少个行人？这天地寥廓，又有谁曾经留下过影子？

那天夜里，北京西长安街延长线上，刚刚完工十天的中华世纪坛里，敲响了重达 50 吨的中华世纪钟，在 2000 年第一秒点燃了"中华圣火"。据说这一投入巨资的工程，以及迎接新千年的仪式，引来了全球华人瞩目。

当然，我们没有"瞩目"。那一刻，宿舍楼门已上锁，校园里黑且空洞。我们只把一个脸盆和暖瓶从二楼扔了下去，闷响之后又大喊几声，然后就睡着了。

世纪之交留给我的印象是喜事连连：加入 WTO、男足冲出亚洲。
——任康

为啥子扔暖瓶呢？我不理解，这一点都不节约啊。
——吴梁墨

20 世纪最后一夜，学校举行了盛大的欢庆，还请来了一位韩国当红女星。深夜的校园里，大家绕着熊熊燃烧的篝火又唱又跳，温暖而明亮的火光照耀着每张年轻的脸。所有人都像期待新生一样期待着新世纪的到来，想象着"我们的未来该有多酷"，虽然后来什么都没有改变。唯一遗憾的是，就在那个晚上，意外得知，我喜欢的一个姑娘竟然不喜欢我！新世纪的月光下，我应该是有些伤心的。
——王如林

——田雨

插画 王旭

- - - - - - - - - - - -
次日一早分两批向泰山后山进发
记得我与老五、九妹和大嫂一起乘车到半山
其余人步行上山
据说他们走了二三十里路
沿途有桃花流水和金黄的迎春花
景色极美
- - - - - - - - - - - -

2000

新世纪是碗什么汤

3月11日　江西萍乡发生烟花爆竹爆炸事件，造成33人死亡。

5月7日　普京就任俄罗斯总统。

8月12日　俄罗斯核潜艇"库尔斯克号"沉没北冰洋，118人遇难。

11月7日　歌手周杰伦发行第一张原创专辑《Jay》，正式出道。

12月30日　国家统计局宣布，2000年国内生产总值首次突破1万亿美元，
　　　　　国有大中型企业改革和三年脱困目标基本实现。

"

2000年暑假我第一次来青岛，
投奔在青打工的父亲。
父亲当时跟着工程队挖沟。
工程队大本营驻扎在山东头，
那时是一片荒山，
工程队的活动板房就建在坟场旁边。
平常父亲出工，
我就自己在山上转悠。
去海边很远，
而且要过一条很宽的马路。
我恐惧过马路，
因为从没见过车那么多的马路。
每次总要等很长时间，
视线之内没有车时才会冲刺过去。

——无非老四

294

2000 年第一天是新的，在我睁开眼睛的那一刻，立刻想向新世纪问好。自从能够记事以来，就一直被教育着要期盼21 世纪。在课本里，在歌曲里，在每一部动画片里，在所有与未来有关的文字里，都写满了对于 21 世纪的憧憬。现在它终于来了。

2000 年第一天又是旧的，跟前一天相比，没有任何肉眼可见的变化。如果非要说有的话，那就是宿舍里少了一只暖瓶，它殒身于楼下，而脸盆还可以捡回来继续用。就像 12 年后的 2012 年，先知们所预言的世界末日并未如期到来一样，一切都照常运转。

这不能不令人遗憾。而遗憾正是生活的底色，新生活注定要从遗憾起头，并以遗憾收尾。人生如是。想明白这些，接下来大约就会有惊喜了。

老八的第一个惊喜来自一部电视剧。名叫《人间四月天》，讲的是徐志摩与林徽因、陆小曼、张幼仪三人感情纠葛的故事。老八说，这剧名来自林徽因写于 1934 年的一首诗《你是人间的四月天》。又说金岳霖后来还给林徽因写了挽联："一身诗意千寻瀑，万古人间四月天。"他问："三哥，你说这挽联怎么样？"我说："太美了，真爱呀！"

那时，老八对民国文人八卦颇感兴趣。比如，瞿秋白与杨之华、郁达夫与王映霞、鲁迅与许广平、胡适与江东秀等人的故事，他讲我听，都很开心。每每讲到最后，常说起瞿秋白就义之际那句"此地甚好"。彼时，秋白年仅36岁。老八还在笔记本上录下了秋白最后时刻集句而成的那首诗：

夕阳明灭乱山中，落叶寒泉听不穷。
已忍伶俜十年事，心持半偈万缘空。

我有时会想，"伶俜十年"有多少事？究竟持哪"半偈"可以"万缘空"？如今二十多年过去，我还想起这首诗，耳边回荡着老八当年的笑声。他说："三哥，你的字太烂了，可惜呀。"我说："我练字吧？"他说："别，你没戏了。"接着又笑。老八有一种忧郁的气质，衬着他的轻度少白头更显忧郁，而他笑起来也最单纯。

其实，很多人从那部剧中发现了另一个惊喜。那是扮演林徽因的女演员，她叫周迅。那年周迅走红的速度，甚至不能用"再再上升"来形容。她像突然绽放的玉兰花，一下子点亮了春天。而且，不是一朵，而是一树。2000年3月，古装剧《大明宫词》开播，周迅饰演少年时期的太平公主。虽然剧中的话剧腔让很多人感觉不适，但我仍然认为它是中国最好的两部大唐剧之一。它所呈现出的大唐气象和人性之美，是后来者花多少钱、露多少胸，都望尘莫及的。26岁的周迅在其中饰演少年时期的太平公

第一次对周迅有印象是在电影《那时花开》里，觉得这姑娘真是太惊艳了！还有电影里的"意识流"表现，太不成熟了。　　——一飞

主，演出了十五六岁少女的神韵，一举将我圈粉。而另一部大唐剧是十九年之后的《长安十二时辰》，作为主演之一的易烊千玺也正是在这一年的初冬时分出生。

那年，26 岁的周迅搭档 31 岁的贾宏声主演了电影《苏州河》，导演是 35 岁的娄烨。周迅凭借在这部片子中的表演，摘得巴黎国际电影节最佳女主角奖。

《苏州河》也是老八推荐我去看的。那是后来的事了，我们俩一起去网吧上通宵，当时已经知道是禁片，是奔着看裸露镜头去的，结果电影里"牡丹"的那番提问，让我心头猛地一震，像喝了一碗迷魂汤：

——如果有一天我走了，
　你会像马达一样找我吗？
——会啊。
——会一直找吗？
——会啊。
——会一直找到死吗？
——会。
——你撒谎……

那时候我还不懂爱情为何物，但这样的表达如同鱼刺，猝不及防地刺入了我的神经。

当时"第六代"导演已开始受人关注，"我的摄影机不撒谎"也成为一句宣言。我去图书馆专门借了一些电影方面的书来

周迅美得像只小鹿。
——白露

《苏州河》我是没看懂。
——冯晓娜

看《苏州河》的感觉，是一种淡淡的伤感。 ——白露

基耶洛夫斯基指导过一部作品《两生花》，讲了两个长相完全一样的女孩子的不同生活。看完之后我就想到《苏州河》，娄烨显然更用力一些。 ——启桥

这一年还有个演员刚刚冒头，他叫黄渤，在老乡兼大哥高虎的提携下，演了一部电影《上车走吧》。我是很多年后才看到这部片子的，相信每个北漂都会被它戳中泪点，那些在三环和城中村漂泊的日子。 ——秦铁

297

看，却并未留下多少印象。只记得插图里面朱迪·福斯特皮肤真好。

北院的我们像一张白纸，也许没有那么白，却也是等待写字的样子。

那年春暖花开时，我跟老八开始考虑给报纸投稿的事。为什么要投稿呢？不是因为我们有什么作家梦，而是教写作课的老师提出了硬性要求。他说，期末考试的分数要与发表文章的数量挂钩。被逼无奈，同学们纷纷给师大校报副刊、晚报副刊，还有广播电视报等投稿。

宿舍里，老七首先发表文章，而且势头很猛，一连几篇，才子之名很快流传出去。那时，他的文章类似"读者风格"，结尾处讲点感悟，很对编辑胃口。比如，他写读书之乐，最喜雪天赖床，躲在被窝里读书，结尾处是"感受生命之重，感受生命之轻"。老七天资聪颖，总能将"小宇宙"聚集，散发出最大威力。毕业后他还写了一部长篇小说，笔力非同凡响。紧接着发文章的是老五，在校报副刊上发了一篇散文诗。那时才知道，原来平时几乎不说话，只会友善地微笑以及用拳头暴打床板的猛男，居然是文字高手。他古文功底好，行文波澜壮阔，别有一番气势。

我和老八都有一点着急，于是找了一天，跟两位女同学 XL 和 YZ，一起去南院的校报编辑部投稿。我模仿张爱玲的《爱》

高中时我特别爱写东西，不过我的字也是"龙飞凤舞"。我找了班里写字最好的一个哥们儿帮忙，把我写的一篇作文寄给了"新概念"，还是石沉大海了。——张怀博

不得不说，在并不遥远的过去，报纸在传播界是神一样的存在，时过境迁，几年的时间，报纸就走下神坛，走向垃圾桶……　——一飞

写了一篇小文章，是一个女孩和桂花的故事。后来我们还去了经十路上报业大厦里的晚报副刊部。当时紧张万分，感觉双手都没地方放。《人间》副刊的女编辑读了我的文章后轻声说：你的文字还行，但没有烟火气，太不"人间"，所以没法发。

那次，我们的稿子全都被毙掉，虽然也得到了一点鼓励，但打击还是挺大的。那时对文字真的有热情，由衷地盼望自己的文章能变成铅字。当然，这跟那个时代发表渠道单一密切相关，没有微博、公众号、QQ空间，连博客也要等几年后才出现，人们对报刊有强烈的"朝圣心理"。直到多年后我也做了副刊编辑，易地而处，才明白应该感谢那位女编辑，在那么忙的时候她还愿意接待一帮学生，认真看我们幼稚的稿子，真的已经很难得了。

很快，YZ就在同一期广播电视报上，发表了两篇风格不同的文章。我着实被她震惊了一回。她拿了那期报纸给我看："老三你快说，开不开心呀？"我说："当然开心，都有点嫉妒了。"她就笑。我真有点煞风景，但那时正笃信萨特那句"坚持自己的秉性并对自己忠实"，不愿说一句假话。YZ跟老七一样，都是我朋友里最有天赋、努努力就能见成效的人。

我发表文章要到那年暑假，是一篇以《老钟》为题的散文，发在了广播电视报副刊上。那个版面的复印件我一直留着，

上学时，我觉得副刊编辑是另一种存在，对文学有绝对的话语权，也有超高的鉴赏力。但等我对媒体了解渐深，发现也不尽然。也许是媒体变了，也许是我们对文学的态度都变了。　　——尧桥

当时虽然文字稚嫩，却也真花了一些心思。不怕你笑话，像我这种字写得烂的人，在方格稿纸上写文章，信心先短了一截，每次向外投稿都硬着头皮。

北院校园里有一片池塘，我们戏称为"小明湖"，被人承包了养鱼，湖边几株柳树，连同不远处的庄稼，给校园平添了几分野趣。

黄昏时，常有男生女生在湖边散步。那正是感情泛滥的年纪，徐志摩那句"河畔的金柳是夕阳中的新娘，波光里的艳影在我心头荡漾"，也尽人皆知。也许仅仅这里的谈论，就要让九泉之下的徐志摩打喷嚏了。

这样的大学校园环境，让我想起钱钟书《围城》里的大学生活，十分田园。在如此美的田园间不发生点什么，都对不起这么美的荷塘。
——一飞

"小明湖"景色虽好，到底只是个鱼塘，对我们几个没有女友的兄弟来说，并没有多少浪漫可言。我们沿湖散步，往往望着浮在水面上的鱼群流口水。我说起小时候钓鱼吃的经历：甩下钩，悄无声息地将鱼钓上来，然后用荷叶包住，外面糊上一层泥巴，就可以烧着吃了。大家深以为然。只可惜，我们已不是小孩子，早就丧失了那么干的勇气。那时想到更多的是师大严苛的校规，一旦被抓住，大约要被开除吧。

跟上初中时一样，北院操场一角也有一片小树林，也是情侣经常出没的地方。只不过，时移世易，调子也变了，如果说初中时小树林里唱的是《新鸳鸯蝴蝶梦》，

北院的偏远及保守，与喧嚣社会风气格格不入的理想化色彩，对于当时那些懵懂又渴望证明自己的半大姑娘和小子，未尝不是一种保护。这些单纯以及带着几分幼稚的坚持，也许是另一种宝贵财富。
——赵慧芳

300

此时大概要唱《野合万事兴》了。

树林边有个水泥做的矮台子，运动会时作为主席台，平时就那么空着，烈日暴晒，风吹雨打。那情形让我想起小时候肖家村西头那堆氨水池的残骸，我曾在那里捉蛐蛐。有时我也到台子上站一会儿，眼前树木萧疏，居然也能想到陈子昂登幽州台。

对于北院的操场，我记忆尤为深刻。跟中学时一样，这里也有裸露的黄土，当初军训时我们就被命令来拔了一下午的草。大一时体育测试，我第一次测没及格，第二次测试，宿舍的兄弟们担心我再次不及格，就陪我一起从头跑到尾。最后，体育老师高抬贵手，给了我一个及格。这大概是我从小到大，印象最深的一次测试了，兄弟们的情义永远记得，而这只是一个开始。

——二十二岁，我爬出青春的沼泽，像一把伤痕累累的六弦琴，黯哑在流浪的主题里

——你来了

——我走向你

——用风铃草一样亮晶晶的眼神

——你说你喜欢我的眼睛

——擦拭着我裸露的孤独

——孤独？你为什么总是孤独？

我现在也搞不懂《四月的纪念》为什么能流行，好像从校园中到电视里都能看到它的影子。一个时代的审美就是这样，经不住岁月的打量。
——秦铁

不知还有多少人记得这首《四月的纪念》。

301

这是我们当时最熟悉的爱情诗。几乎每次诗歌朗诵会，都有一对男女认真地模仿播音腔，高声朗诵这首诗，还试图表现得声情并茂。

这首写于 1986 年的诗，能在师大流行到 2000 年，也算是奇迹了。因为它着实称不上优秀，甚至很有点平庸和矫情。然而，它正好契合了那个时代我们校园里无处不在的平庸，以及那个年龄特有的矫情。

师大校园有一个鲜明的特点，就是充斥着保守的流行，代代相承、谱系分明。老师传给学生，师兄师姐传给师弟师妹，永远落后于时代十来步。明知追不上，也更懒得追。这保守蔚然成风，甚至在某种程度上被当成了"坚守"，抵挡了消费主义的侵袭。

还有另外三首诗，当时朗诵的频率也很高。第一首是《一棵开花的树》，作者席慕蓉。我中学时很喜欢她的诗，后来还专门从东图书店买了她的一本诗集《河流之歌》。大学时，她的很多诗已经让我感觉腻味，而最腻味的正是这首《一棵开花的树》。不过女生们似乎很喜欢，大约她们以为那正是自己"最美丽的时刻"，也对"前世的盼望"充满了期待吧。

第二首是曾卓的《有赠》。老二曾经朗诵过，还自己排练了一番。当时已经在学校广播站播音的他，颇有一点专业范儿。

大学时诗朗诵很流行，当时挺喜欢的。可能因为听得太多，现在一听就觉得腻味。更无法容忍的是，有人用播音腔朗诵某些人写的烂诗，还一脸谄媚，满面红光，洋洋自得——而这似乎成了某个群体的标配，标榜自己很"热爱文学"。　——启桥

302

逢着过一个丁香一样的姑娘……可惜一别两宽，总也不能如愿。　　——彭栋斌

现在我能见到的诗朗诵，大概都是在酒桌上。有人喝醉了，一时兴起说："我最近写了首小诗。"然后就自己朗诵。如果写得不好，大家就沉默，或者说"喝一杯"，避免冷场。如果写得好，就喝一声彩，同样是"喝一杯"。　　——秦铁

诗里的句子也真好，以后写文章时我曾引用过多次。只是那时我还不知道曾卓是谁，更不用说"七月派"了。

第三首是戴望舒的《雨巷》。这首诗曾让我一度把网名改成了"老伞"。我也希望"逢着一个丁香一样的姑娘""哀怨，哀怨，又彷徨……"

那时的诗朗诵带着无病呻吟的浓郁味道，却又那样令人怀念。在灯光下的音乐中，我极少看到同学们都那样有诗人气质。而那时，"诗人"二字还是褒义的，日后到了喧嚣的南院，一切都开始变了。

在我童年的记忆里，是没有"旅行"二字的。

现在的孩子们，幼儿园还没结束就已去过很多地方，飞机火车都已不再新鲜。但在我们那时候，上了大学才开始第一次旅行。去的还是不远的泰安，火车票只要11元。

那次出游是老大组织的。老大是我们宿舍的"开心果"，当然这个角色源自他"大哥"身份的自我定位，以及由此衍生出的宽容、大度等优秀品质。老大老家在莱芜农村，上高中时，他跟刚转学来的一位美丽女孩谈起了恋爱。高三时女孩转学走了，但两人恋爱关系仍在继续。他们相约报考同一所大学，谁知高考双双失利，女友考上了一所专科学校，而老大只考上了中专。

老大入学后倍感失落，觉得自己更加配不上女友，于是自己办了退学手续。为把浪费的中专学费赚回来，他跑去建筑工地干小工，但干了不到一个月就撑不下去了。他明白还是上学最轻松，又回学校复读，半年后再次高考，考入师大，成为我们宿舍的老大。

那时，辅导员老师管得严，学生事事都要请假。老大是我们班的班长，每逢周末都要去泰安看女友，风雨无阻，极少请假，有时还不能按时返校。作为班长，他是班级纪律的执掌者，也是最经常的违反者——这简直就是一种反讽。但同学们喜欢他那副嘻嘻哈哈、无所事事并且一往情深的样子。毕竟，都上大学了，还管那么多干吗呢？

某个周五，我们悄悄收拾好行李，跟同系两位女生一起赶往火车站，那也是我这辈子第一次坐火车。老大的女友，我们叫大嫂。当晚就在大嫂家住下，次日一早分两批向泰山后山进发。我与老五、九妹和大嫂一起乘车到半山，其余人步行上山。我们四人先到，等得无聊，便乘缆车上山看了几眼，然后又下来。大约两三小时后，老大一行才歪歪扭扭地上来。据说他们走了二三十里路，沿途有桃花流水和金黄的迎春花，景色极美。但老大脸色阴沉，怪大嫂不提前说清楚山路这么远，害得弟兄们白走了一上午。二人争吵，大嫂流泪。整个登山过程中，老大脸色都没变过来。

兄弟们连劝带骂，一点都不起作用，也就懒得管了。

夜晚时已到山顶。我与老二在天街漫步。天阴无星，云在头顶翻涌，还有电光滑过，蔚为壮观。山风极大，让我想起儿时动画片中的黑风老妖。天街上人虽然多，灯却早早灭了，众皆小心，往来无声。也很少有人说话，一行人如同走在梦里。

那时，我心中依旧迷茫，脱不了幽幽的恨意。忽然想起《红楼梦》里的对联："厚天高地，堪叹古今情不尽；痴男怨女，可怜风月债难酬。"老八也喜欢这一联，写在了笔记本上。

当晚，我们十一人挤在山顶房间里的大通铺上睡下，当夜无梦。次日清晨，方知没有日出可看，唯见云海茫茫。当然也匆匆赶去，莽莽撞撞地奔走，坐在石头上留影。多年后再看那时的照片，有点像落魄的乞丐，也像流落天地间的荡子，眼睛里带着深深倦意，也别有一种无知的喜悦。

下山极匆忙，到十八盘时腿都快直了。至于三清观等庙宇和经石峪的石刻，都无心去看。当时的年龄，即使迂腐如我者，也对考据毫无兴趣，因为学识不够，也是见识太浅，最重要的是不懂机会难得。

当时大家都没有钱，怕山上东西贵，就各自背了一堆矿泉水和面包，一直吃到下山都没吃完。那次我也彻底吃够了面包，今后几年都没再吃过。

登泰山是不是必修课呀？为了看泰山日出，夜爬、挨冻、摸黑找路，寻日观峰，探摸北石，终究如愿，得以泰山观日出。　　——郎丰村

第一次与朋友相约旅行也是爬泰山。后来谈了女朋友，女友念叨过很多次同游泰山，却始终未能如愿，直至分手。　　——彭栋斌

对于假期爬山这种花钱遭罪的事，我是坚决拒绝的。尤其是爬过黄山后的第二天早晨，四肢全废，上不去也下不来，我恨不得跳下来算了。　　——赵妮

305

北院的日子快结束了，老二想暑假留在省城打工，需要租个小房间住下。我跟他一起去了附近一个城中村。我姑姑家拆迁之前就在那个村里。我们转了几处，好像房租都要二三百元。老二哪有钱呀？两个人就踱回来，沿着小清河走，河边有几株白杨树，在太阳下闪着光。

那天晚上，我们俩在宿舍里喝了很多酒。老二本是陪我喝的，结果俩人都喝醉了。那时，宿舍里总是在放张信哲的情歌，《别怕我伤心》《过火》《爱如潮水》……那富于感染力的嗓音，惨兮兮的歌词，有时听着听着，人也会醉了。

很快就要考试了。我们还在宿舍里熬夜看欧洲杯，用的是从教室搬回来的电视。那年"黄金一代"的菲戈、鲁伊·科斯塔都28岁，正值当打之年，在他们的带领下葡萄牙队令人惊艳。不过，最终夺冠的仍是法国队，凭借特雷泽盖的一粒金球，法国队成为历史上首支在最近一届世界杯上捧杯又在随后的欧锦赛上捧杯的球队。齐达内也正式封神，他的那颗光头在灯光之下璀璨无比。

大学里的第二次考试，我们多少都有了些经验，已经明白文科生考试就是那么回事。一个学期的成绩如何，主要看最后两周乃至一周突击复习的情况。还记得冬天那次考试时，我们紧张得要死。YZ给我们宿舍打电话，哭着说她根本没复习，不知道该怎么办。我们好好安慰了她一番，结果成绩出来，她竟考了全班第一名。那次，九妹也哭得稀里哗啦，但她至少考得比我好。

当然，那次也有同学没考过。有位同学七门考试挂了六门，只有体育通过了，根据校规不得不留级。当时真让人遗憾，但其实也什么可遗憾的。毕业之后，他从事房地产，拿的薪水比我们90%以上的同学都要高。

2000年下半年，我去听了人生第一场演唱会，济南省体的"摇滚之夜"，崔健、黑豹、唐朝悉数到场。事实上，我并不喜欢摇滚，之所以去完全是别有目的。那是中国摇滚黄金时代的尾巴，在用最后的呐喊告别上世纪90年代的喧嚣，不久后周杰伦就要横空出世。那晚，我被那些粗粝嘶哑的声音彻底感染了，跟着喊了一整场。2022年4月，崔健举办了线上演唱会，据说有4000多万人观看。或许，人类都有呐喊的本能和欲望。
　　　　　　　　　　　　——王如林

五四三二，花样年华

2000 年暑假，是大学的第一个暑假，我也开始打第一份工——做家庭教师。

那是师大学生最经常做，也认为最没有技术含量的兼职。而如今，等我们自己的孩子上学之后再回头看，当年是多大的误解呀！

那份兼职是父亲帮我找的。他用自行车驮了自家地里种的甜瓜，去省城北坦路边摆摊。当时，旁边是一位卖馒头的大姐，他们聊起孩子来。父亲说我在师大上学，大姐说她女儿马上读初二，正想请个家教给补补课。于是一拍即合，说好让我去试试。那天晚上回家，父亲在饭桌上问："你能教得了吗？"我说："试试吧。"第二天就骑车到了爷爷那里。再一天就开始教了。

那位大姐日子并不宽裕。她在国棉厂下了岗，平时就靠卖馒头、打零工度日，家里住的是两间平房。但她对女儿学习非常关心，女儿也很懂事、读书刻苦，后来如愿考上了重点高中。当时我完全不知道该怎样讲课，就按自己设想的程序来。每天两个小时，一对一授课，==每小时 10 块钱==。大学四年下来，我陆续教过十多个孩子，从小学到初三，各门科目都讲过。孩子的父母有工人、小商贩、建筑公司老板和报社编辑等，但收费基本都是每小时 10 块钱。

小时候妈妈工作的袜子厂发不下工资，抵了几箱袜子，我妈就到集市上卖。当时就觉得很丢人。长大了才知道，父母不容易，赚钱养家，永远都不丢人！——一飞

幸运的是我们所在城市的家教，价格翻了 4 倍。——冯晓娜

多少年过去，我眼前还经常浮现那些孩子们的脸，带着一点点抗拒和无奈，但大多都是乖巧的。而家长则是清一色的诚恳与殷切，那眼神每每让我觉得心虚和愧疚。

现在看，那时的价格低得超乎想象。只不过，我自己心里清楚，比起父母在家种地来，这样赚钱已经容易多了。

当时，在公粮和提留的压力下，农民生活依旧艰难。据报道，2000 年春节，湖北省监利县棋盘乡角湖村农民李开明满怀心酸地写了一副对联："辛辛苦苦三百天，洒尽汗水责任田；亩产千斤收成好，年终结算亏本钱。"这副对联被棋盘乡党委书记李昌平看到了。于是，27 岁的李昌平大胆上书朱镕基，反映"三农"问题的严重性。他在信中说："农民真苦，农村真穷，农业真危险！"这句话后来引起了媒体的广泛关注，也是当时农民生存状态的真实写照。

那个暑假，大姐看我讲课还算尽心尽力，就介绍了另一位邻居给我。我自己又去英雄山附近的家教市场找了一份工作。当然，"家教市场"其实是不存在的，只不过是在路边摆摊而已。我拿了一块废纸壳，上写"师大家教"几个字，插在自行车把上，然后认真搜寻每一个行人的表情。身边也有其他找家教的学生，但更多的人在找"刷墙""瓦工""木工"之类的零工。

师大的家教，价格低、品质高、靠得住、口碑好，是当时市场上的硬通货。

——赵慧芳

我一个大学的表哥，办了村里第一个辅导班。当时我高二，被哥喊去，辅导一帮小学生的作文，我哥负责数学还有英语，现在回想起来，我哥的意识还是挺超前的。

——张怀博

我想，如果此前考不上大学，我的纸壳上写的肯定就是另外几个字吧。

三份家教连同路上的奔波时间，让我的暑假过得满满当当。省城的夏天热得透不过气来，烈日穿过法桐叶子依旧灼人，自行车座几乎要晒化。天桥东街两旁的烤肉炉子烟熏火燎，阵阵肉香袭人，几辆三轮车旁竖着的招牌上有手写的大字："大米干饭把子肉"……

我的衬衫紧紧贴在后背，一身汗臭味儿，脑袋总有点昏沉，但心里是高兴的。那个假期我赚了 1000 多块钱，加上父亲卖掉的一头小牛，凑够学费之后，还余几百元。我给爷爷买了一箱趵突泉啤酒，给奶奶买了两斤糖渍姜片，心想剩下的钱开学后可以抵挡一阵子了。事实上，从那以后，我几乎每周末都去做家教，也极少再向家里要生活费了。

那年的九月是另一个九月。我们宿舍兄弟八人离开了荒凉的北院，也告别了隔绝而单纯的岁月。书上说"孔雀东南飞"，我们的迁移也是向东南走的。

南院居于闹市，甚至可说是省城最热闹的地方。东有山师东路，西有大润发超市，北有师大北街，南有千佛山，可逛、可吃、可买、可看、可游……似乎要什么有什么。

刚住进南院的那天晚上，老大号召我们一起去师大北街上的南院餐厅吃饭。老

我父亲所在的工程队里，有一个工友，不到四十，得了癌症，长期蜡黄的脸，终日不上工，靠队里的大锅菜生活。有时我们俩会上山捡矿泉水瓶子，一天捡一大袋，卖三四块钱。那里靠近坟场，经常有人祭奠，我们会捡些遗弃的白酒，有的就剩个瓶底，有的大半瓶。工友并不忌讳这是上坟剩下的，一圈人围着喝酒。——无非老四

大说："这有象征意义——"我们立马打断他："你还懂象征意义呀？"

不过，那回也第一次感觉老大有了几分老大的意思。他说了很多弟兄们要相互帮助之类的话，还主动买了单。有些话，我当时觉得他是当惯了班长打"官腔"，后来才渐渐明白都是大实话。那天夜里走在东方红广场上，高大的主席像投下深深的影子。有女生的裙裾从旁边路上飘过，笑语相闻。我看到汩汩泻地的月光，忍不住悲从中来。

白日里看，南院其实颇有几分大学的样子。校园树木葱茏，有很多高大的法桐，叶子飘落时让人神思渺然，也有松树亭亭如盖，翠绿如一代代学子的青春。1 号和 2 号教学楼虽然老旧了些，但大学没几座老楼，还好意思叫大学吗？校园依山势而建，多石阶，从北到南需登高三次，行走时自然而然心生仪式感。路边多植花木，春天时看得到金黄的迎春花，稍后便有樱花满眼。办公楼设计得也很有风格，顶带飞檐，古色古香，据说是梁思成的手笔。毕业后故地重游，越看越觉得美。只是当年读书时，心里总不以为然，觉得那太像一座庙了。

但除了办公楼，其余建筑皆平淡无奇。校园平铺直叙，没有曲径通幽，更乏神来之笔。这似乎也暗合了我们入学后的感受，一路拾级而上，似在攀登书山追寻真理，可倘若真想寻点什么东西，却会发现深处

其实有的人未必是"打官腔"，只是不太会正常说话而已。在他们看来，正常说话可能代表没有水平，只有说官话才能产生自信心和安全感。所以，原谅他们吧。
——秦铁

现在的师大老校园，3 号楼旁的"樱花大道"已成为每年春天的打卡胜地。只不过前来拍照的人很少知道，那些开花的树并不是樱花，而是紫叶李。　　——赵慧芳

311

一无所有，==最后路过的是女生宿舍楼，忍不住回头看两眼，==然后就只能出南面小门到大街上去了。外面则是车流汹涌的经十路，百分百的现实社会。

是吧，这是不是每个男生的爱好？虽然啥也看不到，但挡不住遐想翩翩。——一飞

我们住的是男生宿舍 5 号楼，宿舍号432。合起来读：5432。非常容易记。这个数字也成为大学倒计时的隐喻，让后来的日子平添了几分焦虑。

当然，焦虑是后来的事了。

开学没几天，班里男生被一件事震惊了。那就是平时极少说话的老五，竟然悄无声息地追到了我们班最美的女生。

人狠话不多！　　——于娟

我们很好奇，甚至有些气愤，"猛男，你这样瞒着我们，还算什么兄弟？"老五呵呵一笑，用他的日照腔普通话说："各位哥哥，忘了跟你们汇报。我请你们吃面……"

老五去买了一口电热锅，还有几包华龙牌红烧牛肉面，当晚就在宿舍里咕嘟咕嘟煮起来。晚上十点，晚自习后，那种煮方便面的气息，似乎是人生最难拒绝的味道之一。我们每人分一口兰陵二曲，夹几筷子面条，觉得世间最美的享受不过如此。只是，该由谁刷锅向来是个问题。那隔夜的锅常年摆在桌子上，用异味控诉着一屋子人的懒惰。

在南院，教室离我们宿舍太远，且电视机是拆不下来的。这真令人遗憾。不知什么时候，老五买来了一台 6 吋的小电视

机，摆在桌子上。不过，他没看多久，就被老二抢走了。

那时候，老二还没显露出日后能拿中国新闻奖的禀赋来，但他对电视的热爱却是有目共睹的。班里有一台⬭DVD，只要上课不用，就长期放在我们宿舍。看腻了电视节目后，我们开始四处寻碟，偶尔也去外面的影像店里租。但这样的次数极少，毕竟我们太穷了。

就这样，在那个 6 吋的屏幕上，我们重看了达斯汀·霍夫曼的《毕业生》等老电影。老二特别迷恋《毕业生》里的音乐，说："老三你听听，等老了的时候再回忆青春，是不是就是这段音乐中的感觉？"我随口应付他一句，那时还没想过自己也会老。

我们还一遍遍重看莎朗·斯通主演的《本能》，还有根据杜拉斯小说改编、由珍·玛奇和梁家辉主演的《情人》等一众有情色噱头的片子。也许是我那时太不成熟，也许是电视屏幕太小、画质太差，那些电影都未给我留下太深刻的印象。除了莎朗·斯通那个魅惑的坐姿，就记住了梁家辉的屁股，直白得滑稽。

直到很多年以后，我重看那些电影，才发现原来尺度如此之大。34 岁的莎朗·斯通和 19 岁的珍·玛奇，真是各有各的美。两种截然不同的艳光四射，在那个年代不知搅动了多少年轻人的荷尔蒙。而最惊心动魄的要数当时的新片《大开眼戒》，由

313

库布里克导演，汤姆·克鲁斯和妮可·基德曼主演。里面充斥着大量的暴露镜头，包括妮可·基德曼本人，但那时我对那种灵魂深处的迷失与战栗，完全无从体会。

老片重看能有新的体验，大概也是岁月的馈赠。但岁月无情，别的不说，你看《本能》里的男主角迈克尔·道格拉斯，当年是怎样的威猛，但到了《蚁人2》里也只能扮演一把白胡子的汉克博士了。

我们看片时，老大往往坐在电视机后面，一言不发。他当然没有在思考，只是拿了隔壁宿舍的一只仿军用望远镜，一动不动地盯着对面女生宿舍楼的窗户。他又能看到什么呢？几乎每一扇窗都层层遮挡，严密得如同那个年龄的心事。

当然，老大也在听。当开始播放黛米·摩尔主演的《脱衣舞娘》时，他就跑来了。

2000年还有两部电影引人注目。一部是李安执导的《卧虎藏龙》。当年7月这部电影在大陆院线上映，评价两极分化。但无论如何都极少有人能想到，这部片子竟会在次年的奥斯卡电影节上光芒万丈，一举斩获包括最佳外语片在内的4项大奖，也填补了华语电影史这一奖项的空白。

那时，在大陆很多人眼中，李安俨然还是一个"新人"，尽管他五年前就拿过一座金熊奖。但没有人怀疑，21岁的章子怡已经红了。如果说之前的《我的父亲母亲》

主要靠张艺谋光环加持的话，在《卧虎藏龙》中，她已经能凭粗粝的青春与桀骜之气与"侠之大者"发哥对峙，丝毫不落下风。这样的表现令人激赏，"国际章"的星途徐徐展开。

另一部电影是王家卫的《花样年华》。凭借这部片子，王家卫提名戛纳电影节最佳导演，梁朝伟更是拿到了最佳男主角奖。可惜的是，有着惊艳表演的张曼玉空手而归，以至于过了很多年，人们说起这部电影时语气依然充满惋惜："如果连这样的张曼玉都……"

"花样年华"这四个字，经常出现在学校水房前面的宣传栏上，配着点稚嫩的简笔画，都是关于学生活动的。那时，我们肤浅而又理所当然地认为，这四个字只应属于学生时代。电影里的两个主人公，如此怯懦、如此暧昧、如此絮絮叨叨、如此有头无尾，那样的年华又有何"花样"可言？那时，我们还不明白光影的魔术和时间的把戏。随着岁月流逝，当我们渐渐开始意识到自己也需要一个"树洞"时，再想起上海旗袍里那款摆的腰身，立马就会丧失最后一丝抵抗力。

而这时候，我已经习惯听一听周璇唱的那首更老的歌《花样的年华》：

花样的年华
月样的精神

冰雪样的聪明

美丽的生活

多情的眷属

　　据说，在为梁朝伟举办的庆功会上，女主人刘嘉玲没有请女主角张曼玉。但这并未成为小报八卦的焦点，只因狗仔队们盯上了更大的爆点：20岁的谢霆锋和31岁的王菲，在晚宴之后同时离场。后来恋情公开，一段牵涉甚广、圆环套圆环的世纪八卦拉开帷幕。

　　那时我们精力充沛，晚上很晚都睡不着。于是兄弟们一起聊天，天南海北想起什么聊什么。但那时我们都还没去过天南海北，所以翻来覆去只有那么几个话题，比如，班里的女生、给我们上课的老师、流行歌曲，以及今后想去哪里实习，等等。早在大一时，班里已经有同学去报社实习，发表了不少新闻稿。到大二，我们已经不得不思考这个问题。偶尔，我们也会聊聊社会热点。那时我们已经开始反思一个问题：我们是不是整个师大最不学无术的一帮学生？

　　老大常常沉默。老六悄悄走过去，发现他戴了耳机。他是在听英语吗？老六一把抢过收音机，把耳机抽出，声音立刻传了出来。兄弟们立马都笑了。

　　那是一档名叫《YS伊甸园》的节目，

童年时对谢霆锋最深的记忆就是他在演唱会上怒摔吉他。后来，我经常拿扫帚模仿他。
　　　　　　——赵妮

有听过《金山夜话》的吗？我们宿舍每晚熄灯后的必修课。
　　　　　　——郎丰村

唉，不多说了，金山老师也已经走了……　——秦铁

316

原来大家的大学生活都差不多呀。夜生活就是听收音机，因为到点儿断电，也没有手机和电脑，只能躺床上听收音机瞎扯淡了！后来就把宿舍桌子搬到楼道里一起打够级，因为楼道有灯。

——一飞

大学时总觉得没劲，工作二十年后还是觉得没劲。只不过两个"没劲"意思完全不一样，前面是感觉无聊，后面则是身心俱疲，真的没有力气了。 ——左桥

说是午夜情感交流，其实都是"下三路"的倾诉，女主播开导得越耐心，越让人想入非非。节目中插播的广告，也总是男科或妇科医院之类。老七说："老大你天天听这种节目，对得起大嫂吗？"老大说："这是知识讲座，你们懂不懂？"我们也没继续笑他，而是认真地听起来。很快也就睡着了。

那段日子过得飞快，几乎还没缓过神来，冬天就已经来临。我跟老八一起收拾好课本，从文史楼的大教室出来，外面下起了零星的雨夹雪，路上沾了几片黄叶。

我说："一会儿吃什么呀？"

"吃食堂吧。"老八说，又叹一口气，"唉，没劲！"

我们就往食堂走。路上，老八唱起了歌，那是一首《冬季校园》：

我亲爱的兄弟
陪我逛逛冬季的校园
给我讲讲
那漂亮的女生
白发的先生
趁现在没有人
也没有风

我离开的时候
也像现在一般
落叶萧瑟
也像现在

有漂亮的女生
白发的先生

老八的歌，唱得深情。在校园里走，
也是在他的歌声里走。

那一刻，我觉得这校园确乎是属于我
们的，而我们也终将离开，带不走一片叶子，
留不下一丝痕迹。

校园里，一对情侣起了争执，男生辩解道歉，女生佯装生气走人，却
忍不住放慢了脚步扬起了嘴角，被赶上的男生拉住手，俩人对视一眼，都
笑起来。阳光透过法桐叶洒在他们身上，配上广播里舒缓的八六拍旋律，
校园民谣。

——赵慧芳

老八一家的合影

插画 王旭

有天晚上
我跟老六在北街路边的小摊喝酒
只有一碟花生米和两杯扎啤
口袋里也没有几文钱
若说"上无片瓦，心忧天下"
大约正是那时的写照
二十年过去
当年谈起的很多问题仍然没有解决
而我们的新闻理想已经先被解决掉了

2001

理想、肚子、爱情、月亮

山师东路走九遍
脚底下踏着诉我的终点

看了文章后，我觉得叫《那年的山师东路》
更亲切！也许就是往者红色的师大乐路！

4 月 1 日	一架美国侦察机侵犯中国南海领空，飞行员王伟奉命驾驶战机拦截，两机相撞，王伟跳伞，不幸壮烈牺牲。
7 月 13 日	北京赢得2008年奥运会的主办权。
9 月 11 日	恐怖分子劫持客机撞入美国世界贸易中心及五角大楼，致近3000人死亡。
10 月 7 日	美国与英国派兵攻打阿富汗，阿富汗战争爆发。
11 月 10 日	世界贸易组织（WTO）第四次部长级会议作出决定，接纳中国加入WTO。

"

从小县城到省城，

给我最初的震撼就来自山师东路！

这是我为了艺考到省城后的第一站。

从近乎军事化管理、一切为了高考的县城高中，

突然来到新世界，

发现4月姑娘们竟然都穿上了裙子，

露出雪白的腿，

你知道内心有多躁动吗？

这条路陪伴了我最好的青春岁月！

第一次见到蛤蜊；

第一次知道干炸里脊和糖醋里脊可以做成一道菜"两吃里脊"；

第一次见到破洞牛仔裤，

那可是2000年呀！

第一次吃兰州拉面，

第一次吃韩料……

这里是我见识世界的第一个窗口。

从这里我看到世界原来这么精彩！

一个个熟悉的名词，

每当我想起它们便同时想起了我的青春：

柏仙多格、米香居、水云间、天音无限、

大自然、好特、乐美溪、金艺……

——飞

虽然仅仅过了一年，但我们已全然忘了新世纪是怎么回事。

眼前的一切都波澜不惊，似乎也注定会一直波澜不惊下去。大学校园纵然是最容易逃避的地方，但很多问题还是会冒出来，就像小草早晚要发芽，就像人心里注定要长草。

什么是新闻？对于我们新闻系的学生来说，这是学业上"天字第一号"的问题。教我们新闻事业概论的常老师讲了很多，但我记得最清楚的还是那句话："狗咬人不是新闻，人咬狗才是新闻。"有点庸俗，是吧？说这句话的人是19世纪70年代《纽约太阳报》的编辑部主任约翰·博加特。这看似冷笑话，但部分是真理，至少我没资格嘲笑他。

什么是记者？这个问题的答案有些扎心，尤其是从业越久，越难以启齿。教我们新闻史的陈老师讲过很多关于记者的故事，比如黄远生、邵飘萍、张季鸾、范长江等，当真各有各的非凡，我辈只有景仰的份儿。可光景仰别人不行，因为上学时就已明白，以后大概率要靠这一行吃饭的，假如自己什么都不会，又怎么吃这碗饭？

新闻是门实践性很强的学科，在课堂和书本上只能初步建立价值观，具体操作还是要靠实践和体验，没有捷径可走。

2001年，大二寒假，我开始自己试着联系报社实习。先去了八一立交桥附近的

在短视频时代，关于新闻的伦理大多都已讲不通了。"黄色新闻"、虚假新闻随处可见，谣言总是比真相跑得更快、传得更广。再加上平台助推的"信息茧房"，理性的呼声往往微弱。这时候想想邵飘萍、范长江等前辈，一时真不知从何说起。

——秦铁

青年报社，那是一家机关报。那位新闻部主任很热情，给我开了一封采访介绍信，说不用天天来报社，写完稿子交回来就行。别的什么也没说。可去哪里找新闻呢？我隔壁宿舍的一位同学也在那儿实习，我们两个人就整天出去逛荡。当时省城东面的窑头还是一片城中村，无数艺考生租住在那里。我们敲开了十来家的门，去看他们在房顶上加盖的铁皮小屋，了解艺考生的生活状态。但最后发出来的稿子毫无新意可言。

那时我开始意识到，要想进步必须要跟成熟记者学习。可我一个记者都不认识，怎么办？我就去报摊买了一份发行量比较大的报纸，从版面报眉位置找编辑电话号码，再去公用电话用 201 电话卡拨过去。我先打的是一位女编辑的电话，一下就打通了。听说我想去实习，女编辑说："需要找我们领导才行。"我说："可我不认识你们领导啊。"女编辑又说："那去找你们师大的陈老师吧，陈老师应该认识。"

后来我才知道，那次真的很幸运，那位女编辑恰巧是我一位师姐。也真的感谢陈老师，我只给他打了一次电话，他就帮我联系好，很快就可以去实习了。

带我的记者也是一位师兄，擅长做暗访类新闻。他的新闻敏感性至今都让我佩服。寒假很快就过去，那次虽未实习多长时间，却为暑假实习打下了基础。那年夏

窑头，的确是济南艺考生聚集的最大据点。遥想当年，我也是其中一员。那是梦想开始的原点，是为美好未来奋斗的沃土。窑头，此生永不忘。
——郎丰村

这里也有我！ ——一飞

那是都市报野蛮生长的时代，坚信驱动发展的是热血和勇气，而对技术全无认知。都以为自己不会活到某些理论变为现实的那天。然而二十年过去，随着大数据算法演进，自媒体短视频兴起，报纸已经被扼住了咽喉。
——赵慧芳

天我每天一早去报社接热线电话，顶着大太阳跑各种现场，在一位女记者的指导下写了不少稿子，也建立起最初的一点自信来。

　　记得有个农村女孩打热线来，说她"想跳桥""生活没希望了"。我跟两个女实习生一起赶去，听这位同龄人讲述自己的遭遇。稿子发出来后，有家民办学校录取了她，还免去了学费。当时有人说："别相信她，这摆明了要利用你们报社！"说实话，就算到今天，我仍然不知道自己是否被"利用"了，但我仍然认为：万一她说的是真的呢？茫茫人生路，谁又知道哪里是最后一步？谁又能对一个生命负得起责任？

　　那时候，报社已经使用电脑办公，但我还是习惯在纸上先写好稿子，再比着敲到电脑上去。那时记者极少有数码相机，绝大多数都是用胶片机。我出去采访时，拿的是女记者的柯达一次性相机，拍回照片来先送去影印店冲洗，再回报社写稿子，几个小时后去取照片，最后交稿。那时候觉得一切已经足够先进，可谁能想到转眼间柯达已破产7年，而报纸也面临生死转型。

　　师大北街是一条小路，正对着师大校门。每到中午或晚上，各种小吃摊便会占满半条街道。过桥米线、蛋炒饭、鸡蛋灌饼、白吉馍……应有尽有，几乎每个摊子前都围满了学生。

当时，有一家砂锅米线很好吃，3块钱一份，加了鸡肉、青菜，并率先放了两个鹌鹑蛋。女生宿舍往往派两个人去，买8份回来一起吃。男生耐心有限，一般不会排队等米线，好在有5毛钱一个的肉火烧可以买了就走。有段时间，我们宿舍天天吃肉火烧，我一顿吃3个，老二和老五每人都吃6个，不够还要找方便面吃。

那年春天，我和老二、老六、老八在做一个关于马路市场的调查。那时才意识到，原来平日里最常去的师大北街，就是省城马路市场的一大堵点。按照相关规定，马路市场是应该清理的，但清理真的对吗？有时，我们也看到身穿制服的城管，抬了小摊贩的三轮车和煤气罐，扔到卡车上拉走。那些摊贩一个个可怜巴巴，有的恳求城管饶自己一次，有的蹲在地上不知如何是好。那时，我想起父亲以前来城里卖水果，在市场里面有人欺行霸市，在市场外面又被城管没收三轮车，当真叫天天不应叫地地不灵。那时，我也开始对新闻报道的倾向性产生怀疑：照章办事就是正义吗？谁又来关心老百姓的生存问题？

那年夏天，我、老六和老八都没回家，我们三人分别在三家不同的报社实习，开始品尝这个职业最浅层的甘苦。那个假期老八过得有些郁闷。因为我们宿舍楼封楼，

当时听说，有个毕业后回老家工作的师姐怀孕了，想吃师大门口的米线想得半夜直哭，第二天她丈夫驱车百公里，专程带师姐回来吃了一碗。这故事虽然极有可能是杜撰的，但我们深信不疑，赶紧多喝一口米线汤。

——赵慧芳

那时醋溜土豆丝3块钱，木须肉6块钱，辣子鸡10块钱。

——一飞

城管与摊贩之间的冲突、对抗，乃至生死相向，是那些年最受关注的社会话题之一。
——王如林

可能是因为智能手机崛起，城管们现在执法态度好多了：先劝离，不听的再警告，很少看到有动手的了。

——张怀博

他暂时住在教育学院的宿舍里，晚上热得睡不着觉，在报社实习也不顺心。偶尔碰面时，总少不了抱怨几句。

7月1日，教育部明确表态，彻查山东曹县发生的高考替考事件，"发现一起，查处一起，绝不姑息迁就"。听说是《中国青年报》的一篇报道将这场"舞弊案"曝光，引起高层震怒。

7月13日莫斯科时间下午6点，国际奥委会主席萨马兰奇宣布，将2008年奥运会主办权授予北京。"北京申奥成功"的欢呼声响彻了大街小巷。人们从心底里盼望大国崛起。报社也专门进行了策划，我满以为自己能做点什么，但在这种关键时刻实习生是帮不上忙的。那时我也不会想到，十九年后竟然还能看到奥运会因一场疫情而延期举行。

有天晚上，我跟老六在北街路边的小摊喝酒，只有一碟花生米和两杯扎啤，口袋里也没有几文钱。若说"上无片瓦，心忧天下"，大约正是那时的写照。二十年过去，当年谈起的很多问题仍然没有解决。

当然，很多事情也已经发生变化。比如，那年4月1日，美国一架侦察机侵犯中国南海领空，中国空军派出两架飞机跟踪拦截。美机突然撞向中方一架歼-8 Ⅱ战机，编号81192的飞行员王伟被迫跳伞坠海，壮烈牺牲。消息传来，同学们义愤填膺。而今，国产航母已游弋大洋，舰载

以后每年的4月1日，大家的"朋友圈"只有两件事，一件是纪念"哥哥"，另一件是纪念王伟。 ——一飞

327

机腾空而起，那种夹杂着深深无奈的悲哀，也许再也不会压迫国人心头了。

那时，我们都有强烈的民族主义情结。某次有个日本人在校园里向老二问路，老二先带他去东方红广场上看了海军航模展，然后才指路给他。老二说："我给他看了我们的核潜艇，意思是，日本休想再侵略中国。"现在想起来会觉得可笑，但那时真是这样想的。

老二好可爱！ ——冯晓娜

也是那一年，"9·11"事件发生。虽然在看电视之前已经知道了事件的经过，但当我们看到飞机撞向世贸大厦，双子塔相继倒塌的一幕，还是被深深震撼了。接下来，我们又从《南方周末》等报纸上看到对于"9·11"事件的各种深度分析，越发感觉恐怖主义的威胁巨大。在新世纪，我们第一次看到了这个未知世界张开血盆大口。

在此之前，老八就迷上了弹吉他。有人说：宿舍天天有人弹琴唱歌，那该多幸福、多浪漫啊！这看似有理，但并不准确。因为，只有熟练的吉他手才会带来音乐，而新手带来的只能是另一种东西。

大学有个好友也在宿舍练吉他，还总是拉我去听。听完后只感叹，他们舍友真是群随和的人。 ——任康

于是，432 宿舍里开始回荡各种吉他练习曲。从《两只老虎》到《送别》再到《青春》，从早上响到晚上。连最沉默的老五也受不了，捧起水杯满脸堆笑地对着上铺说："八哥，你弹累了，快喝口水吧——

我跟你商量一件事，你杀了我好不好？"

青春的花开花谢让我疲惫却不后悔
四季的雨飞雪飞让我心醉却不堪憔悴
轻轻的风轻轻的梦轻轻的晨晨昏昏
淡淡的云淡淡的泪淡淡的年年岁岁

沈庆的这首《青春》有时会响在我的梦里，但我似乎从未完整地听过一遍。那时，老八总是边弹边唱，中间穿插着各种各样的卡壳。有时，老八还会在宿舍楼中间的阳台上弹一会儿。我们从宿舍听到声音，探头看他，夕阳给他的眼镜和琴弦镀上了一层金色的光，倒有几分诗意。

那年中秋节，老大组织班里同学晚上一起去爬千佛山，二三十人同往。那夜真是好月光。一行人从山间的松树里穿行，拜观音园，走唐槐亭，过"齐烟九点"牌坊，到得山顶空旷处坐下，看南面幽幽暗暗的山景。夜风呼啸。那次老八把吉他扛到了山顶，月光下弹琴，居然是从未有过的流畅。

当时，隔壁宿舍还有两位同学也在练吉他，其中一个就是 XZ。因为室友强烈反对，他们就到厕所里对着小便池，一边抽烟，一边断断续续地弹。这情形让我想起温庭筠那首《更漏子》："梧桐树，三更雨，不道离情正苦。一叶叶，一声声，空阶滴到明。"但也有人夜里看到这种场面，疑心他们精神出了状况，免不了要多问几句。

小外甥学吉他两年多。有一次拿着谱子非要给我弹上一曲，音乐刚起没一会儿，就停下了。他盯着琴谱满脸愁容地和我说："第四行太难弄，我从第五行开始吧！"给我笑翻了。　——赵妮

329

那时候，我也买了一管箫，老七买了一支笛子。我们信誓旦旦要勤加练习，然后组织一支乐队，中西合璧。但最后，仅仅是刚能吹响而已。

那年，老八把一张海报贴在了柜子上。海报上是件红色套头衫，中间一张古铜色的脸。我问："这是谁？"老八说："Jay。"我说："谁？"老八几下爬上他的床，说："你自己看，上面写着呢！"我走近看了看，上面有一行汉字：==周杰伦 范特西==。

不弹吉他的时候，老八就唱周杰伦的歌：

古巴比伦王颁布了汉谟拉比法典

刻在黑色的玄武岩

距今已经三千七百多年

你在橱窗前

凝视碑文的字眼

我却在旁静静欣赏你那张我深爱的脸

老七说："你都唱了些啥？能不能咬字清楚一点儿？"老八笑："清楚点儿就不像了。"

老八给我科普了很久，我才明白，原来周杰伦真的很有才华。这张《范特西》是他第二张专辑，他也正是凭借这张专辑开启了自己的天王之路，日后将雄踞乐坛霸主之位很多年。

2019 年，一个网友质疑周杰伦微博数据差，超话排不上，是不是真有那么多粉丝。没想到一石激起千层浪，30+ 的粉丝们短短几天把周杰伦送上了超话榜首，成为史上首个影响力破亿的明星。也许很多年轻人不明白，周杰伦这些年半隐退，为什么还有如此大的号召力？其实很好解释，我们的偶像和我们一样老了，但是我们的情怀永远年轻。不服来战啊！

——赵慧芳

我工作的第一年，单位组办演唱会，主角就是周杰伦，在国信体育场。我有幸成为一名工作人员，用工作证混到了最前排，近距离体验了一把。 ——张怀博

老八是我爸。
当时，我爸：快听，太好听了！！！我妈：你有病啊？！听了之后，我妈：什么鸟语啊？

——吴梁墨

330

出师大北门右转 100 米，有家音像店名叫乐美溪，墙上有句话我至今记得："不要试图去填满生命的空白，因为音乐就来自那空白深处。"出处是泰戈尔的诗集。

我和老八每次路过都会看几眼门口的海报。我们很少进去，因为里面的磁带都是正版的，比较贵，一推开门就能听到歌声："情深深 雨濛濛／天也无尽地无穷……"不忍心再听下去。

再往前走是几家专卖店，最头上一家名叫"柏仙多格"，这是我最早知道的服装专卖店。老八在这里买了一件 T 恤衫，一年后他把这件衣服给了我，我又穿了几年。后来听到这个品牌破产的消息，还稍稍感喟了一下。

走过转角，就到了山师东路。这条路在省城大名鼎鼎，因为它的热闹、时尚、拥堵以及拆不掉的违章建筑。那也是我们最熟悉的一条路。如今说起购物，人们想到的大都是各种各样的购物中心，但当年我们的第一选择就是去山师东路。那是一条充满诱惑的路，小店鳞次栉比，一年四季都飘着糖炒栗子的味道。有各种市井小吃，还有成群结队的漂亮女孩。附近汇集了众多高校，一些元素也被编成了段子："艺院的妞，体院的汉，经院的流氓满街窜……"而师大的一切都带着土味儿，是排不上号的。

对于肚子里缺油水的我们来说，东路

最大的好处是勉强还能吃得起。路口有一家拉面馆，拉面细如发丝，里面有清汤牛肉，每碗虽比别处贵一块钱，味道却要好一大截。打牙祭的时候，我和老八会去吃一次。还有卖炒凉皮的，炒好后拌一层辣子，就着火烧在寒风里吃，也能吃得汗津津。话说，我去南院之前是不吃辣椒的，后来觉得聚餐时别人还要顾忌我不吃辣，有些煞风景，于是就强迫自己适应，每次去食堂都要强吃一勺辣椒，坚持了一星期之后，就再也不怕辣了。

山师东路，羊汤3元一碗，泰山油酥火烧一块钱三个，多美好。　　——一飞

出来聚餐，我们大多会选东路上的米香居。那里最初只是一个水饺摊子，后来变成了水饺店，再后来又在对面开了一家快餐店，等到我们毕业时，那里已经是米香居大酒店了。当时，我们吃饭总去快餐店二楼的小包间，每次点菜都挑最便宜的，比如酸辣土豆丝、大葱炒鸡蛋、蒜泥黄瓜……每种点两盘，一盘上来之后立刻被几筷子吃光，另外一盘再慢慢吃。那时大家都取笑老大喝酒少。某次，我说："老大你这么喝真是太不实在了！"老大竟然很恼火，他把扎啤杯子往桌子上猛地一顿，一杯酒溅出来三分之一；然后端起杯子一仰头，洒在衣服上三分之一；最后三分之一下肚，还是去卫生间吐了……

东路有一些小情调，且价格不足以让学生看了扭头就走，这大约也是吸引女生的地方。有的店卖咖啡奶茶，有的卖衣服

饰品、琳琅满目的小玩意，还有连成片的美发店，乃至卖各色蔬菜、鸡鸭鱼肉、五谷杂粮等的小市场，散发着浓浓的烟火气。

有事的时候，我们到山师东路逛，几乎没有不如意的。没事的时候，我们也到那里逛，看头发染成各种颜色的女孩，吸几口浓浓的生活气息，就觉得未来还是有希望的。

那年刚开始播《流星花园》，男生喜欢"杉菜"，女生狂迷"F4"。山师东路的小店里十家倒有八家在放《流星雨》：

陪你去看流星雨落在这地球上
让你的泪落在我肩膀
要你相信我的爱只肯为你勇敢
你会看见幸福的所在

我们在路上能看到各种各样的杉菜，有的美、有的颓、有的清纯、有的奔放。我们也看到各种各样的F4，发廊范、杀马特、露文身、骑摩托，腰里别着砖头一样的黑皮套，里面装着诺基亚或摩托罗拉。

那年冬天，《康熙王朝》首播，老二指着陈道明对我说："老三你看，这才叫演员！"我看了一会儿，只对里面的苏麻喇姑有点兴趣，还记住了一句歌词："我真的还想再活五百年！"看来，当皇帝真是有瘾呀！假如当个一辈子吃苦的老百姓，

初中时，F4 的火热可以说是现象级的，女生们都在讨论着什么道明寺、杉菜，而我总是对此嗤之以鼻——我觉得武侠才是上得了台面的作品。
——张怀博

333

他还会这么说吗？

山师东路上有家音像店名叫"天音无限"，经常有明星到场签售。有次老狼来开演唱会，其中部分门票就夹在店里的磁带中。数不尽的歌迷在"天音无限"门前排起了长队，老八也是其中之一。那次，他很幸运，居然得到了一张门票。但他需要两张。

当时，老八喜欢上了班里的一位女孩。女孩想看老狼，老八自然会竭尽全力。忘了他是怎样得到另一张门票的了，但终于一起去看演出了。晚上回宿舍，老八很兴奋，向我们绘声绘色地描述演唱会上的一切。我们知道那是他至高无上的成就。

那些日子里，老八对爱情的狂热让我心生敬意。他心思越来越细，脾气也越来越好，而且练成了轻身功夫，有次居然从二楼飘然而下，毫发未伤，让我相信星矢为了雅典娜，绝对可以把小宇宙提升到第七感的。后来，他们也如愿走到了一起。大学里向来盛产爱情，但这样的佳话并不多，我们宿舍有两个与爱人修成正果，也算老天眷顾了。

那时，我最喜欢的盒带是高晓松音乐作品集《青春无悔》。我在"天音无限"买过这盒专辑，送给了一位女生，后来，好友 Q 居然也买了这盒专辑寄给我，那种惊喜无以复加。直到现在，每当夜阑人静，自己走在回家的路上，我还忍不住吼

那时候迷老狼迷得不行，多年之后，曾有机会跟老狼同桌饮酒，但有事错过了。有点遗憾，但假如以从前的痴迷劲儿，就是排除万难也要前往的。青春走了，心也老了。
——应桥

那就是我妈、我妈。她说："我当时拿英语磁带去录了音。"就说谁听了不给我妈竖大拇指？
——吴梁墨

Q是医学院的那位女生吧？
——冯晓娜

两嗓子：

有一天孩子们问我
那本书写的是什么
我说什么我说什么
我为什么我为什么唱起了歌
我唱起了歌

那一天落山风吹过海洋
那呜咽声仿佛少年泪光
有多少人会打开窗
有多少人痴痴地望
那么蓝的月亮
那遥远的月亮

当年读大学时，我也经常去学校附近的那条商业街上闲逛。那条街上有各种各样的F4，三个一帮，四个一伙，勾肩搭背，个个留着长发，穿着厚底皮鞋，满脸都是不读书的神气。那时不会想到，多年后我也会跟朋友喝醉了酒谈论："我们也是F4。只不过不是Fantasy，而是Fat。"

——左桥

插画 王旭

当时

我们都没有电脑

经常要去网吧写稿子

在乐美溪音像店的二楼有一家利盟网吧

我总拿着一个 3.5 英寸软盘

写完一部分就保存在里面

而软盘容易损坏

每次都提心吊胆

当时白天上网大约 3 块钱一小时

一个通宵却只要 8 块钱

所以我时常去上通宵写稿子

···········

2002

翻云覆雨手

虽然你知道《翻云覆雨手》说的是谁，
但是忍不住还是剧透一下，
在这一篇章里，大家最感兴趣的话题是，
1、2002年世界杯，韩国队有多恶心，
2、你第一次吃肯德基是什么时候

1月26日　　奇幻电影《哈利·波特与魔法石》在中国上映。

4月12日　　博鳌亚洲论坛首届年会在海南省举行。

5月31日　　2002年韩日世界杯在韩国和日本举行。

10月3日　　长篇电视动画《火影忍者》在日本东京电视台首播。

看起来银近 其实银远
都二十多年了！！

337

"

看世界杯，
山师东路的小馆里，
青干院的电影院里，
到处都留下了我们吆三喝四、骂骂咧咧看球的身影。
那年中国足球让人看到了一点希望，
但是，
这仅仅局限于 2002 年。
20 年后，
也就是 2022 年正月初一，
我突然看到朋友圈里又全民开骂了。
我甚至觉得，
我们的男足是不是被我们骂坏的。

——鹿文静

进入 2002 年，我还没踏入社会，却对社会先起了几分倦意。无病呻吟也罢，强说愁也罢，就是提不起精神来。

那年寒假我没有去实习，只是一边做家教，一边照顾爷爷奶奶。那时，奶奶一只眼睛已完全失明，另一只也仅能看到几丝光亮。奶奶经常问我："今天阴天吗？"我说："对啊。"外面是明晃晃的太阳。

我刚高考那年，奶奶在老家帮着收麦子，突然间眼前一黑。奶奶说，那是她低头捡东西时，磕到了桌子角，一只眼睛"磕瞎了"。后来去医院，医生说是"白内障＋青光眼"，手术不好做，要花不少钱，也不保证能成功。那时家里正拮据，爷爷、姑姑跟父亲商量了一下，就没有做手术。这样一拖就是两三年，奶奶再也看不见东西了。

那些年，爷爷奶奶总在省城过年，不愿回老家。最初的原因是怕冬天老家冷，后来是怕老家房子大。奶奶已经习惯了在省城那座小房子里摸索，再回老家担心房间不熟，什么都摸不到。别的不说，省城屋里有卫生间，她可以自己摸索着上厕所，在老家怎么办？她没法一个人出房门，再穿过宽阔的院子，去角落里的茅厕。

奶奶没上过学，从小吃了太多苦，但她一直很要强，不想麻烦别人。即便在眼睛完全失明之后，她还摸索着，独自去刷锅洗碗。我在家里时，会赶紧把这些活儿抢过来。奶奶总说："没事没事，你奶奶干得了。"有时她也叹气："俺孙子长大了，帮奶奶干活了。你说我什么都看不见，这一天天的，真是闷死了。"

奶奶还患有三叉神经痛，有时会莫名其妙地疼起来。她后悔不迭，自言自语："你说吃这馓子干吗？这不又扎着嘴了，又惹祸了。"为了给奶奶治病，我跟爷爷、姑姑跑了很多家医院，终于在省城最好的口腔医院，遇到了一位头发花白的医生。那位老先生给奶奶打了一针，解了她的痛楚。老先生还说："你们知道三叉神经痛有多疼吗？那是根本忍不了的。以后再疼就来找我。"我们连连道谢，后来去找过那位老先生三次，第四次去时，得知老先生已经病逝了。奶奶的三叉神经痛也到了"高位"，医生已经束手无策。有时，听到奶奶捂着嘴念叨，"又跳了，又跳了"，我就感到心惊肉跳。她独自在黑暗里忍受这种无望之痛，该如何是好，又何时才是个头？

爷爷比奶奶小一岁，身体虽还硬朗，精神却已大不如前。有一次，他跟奶奶忽然双双上吐下泻，我赶紧打车把他们送去医院，开始输液后又骑自行车去找姑姑。姑姑一到，爷爷就掉泪了。好在那次，他们只是吃了没炒熟的香菇，没什么大问题。我愈发觉得，他们已经成了"老小孩"，万事都离不开我了。

老人变成"老小孩"，不是因为他们突然学会了撒娇，而是逐渐苍老衰败的身体让他们对世界越来越无能为力。愿他们少些苦痛，多点安慰。

——赵慧芳

过年，饺子端上来。奶奶先烧纸，磕头，供养一番，企盼老天爷让她的眼睛"看见一丝丝儿"。我陪爷爷喝一两瓶啤酒。他们很快就上床休息了。然后，我自己到街上走，穿过昏黄的马路，黑洞洞的小巷，绕很大的圈子再回来。我心里空空的，希望变成一只鸟，在城市上空飞，又想坐上随便哪一班火车，去看看外面的世界。

即便我回来再晚，奶奶也总是醒着。我回到自己房间，看见桌上那盆玻璃海棠。那是朋友 ZH 托我寒假期间帮她照看的，在冷飕飕的屋子里，墨绿的叶子掉了几片，全无半点生气。

春天来临，学校着手组织我们实习。然而那时，我心里已对实习失去了兴趣，乃至对新闻也没了热情。

我重新问自己：真的喜欢新闻吗？发出来的那些稿子能改变多少现实？在文学上又有什么价值？其实不止那时，在以后漫长的从业生涯中，这些问题都一直困扰着我。

我在洪楼广场熟人那里，花 150 元买了一台中铁寻呼机。那时班里已人手一台寻呼机，而有手机的仍是少数，宿舍里仅老四有。选实习单位时，我挑了一家相对冷门的机关报。目的是希望实习不占用自己太多精力，能有空多看点书。没想到，那家冷门的单位居然成了热门，很多同学选那里。于是，要想完成实习发稿任务，反倒成了问题。

我们挤在报社狭小的办公室里，报社新闻部主任说："你们不用每天都来，有稿子的时候来就可以了。"我说："您给安排点活儿吧，要不我们写什么呀？"主任说："我现在也没什么线索，其实新闻遍地都是。比如，你看大街上那么多环卫工，你可以去了解他们的生活，我们也打算开个栏目叫《百姓故事》。"

于是，我跟朋友 ZH 和 YJ 一起，决定从采访环卫工开始。我们去了大观园附近一个环卫工聚居点，那个平房小院里住了很多环卫工。我们从中选了一家人，他们老家是临沂的，一家五口人在省城扫街，还有个小孙子在附近学校读书。他们不愿意表达，对记者更有防备心，生怕哪句话说不好砸了饭碗。我们就一直跟着，多观察，少说话，在他们工作甚至吃饭的时候。从凌晨 4 点跟到晚上 11 点多，慢慢建立起了信任。后来我们写了一个整版的稿子，写他们的工作状态和生存困境，他们辛勤扫街，成果却被人随意破坏，遭受辱骂甚至殴打，收入微薄，但对城市充满向往，希望长久地留下来。那篇稿子基本用白描写成，写得很认真，主任也比较认可。《百姓故事》在那段时间倒成了我们几个人的一个专栏。我们还采访了其他一些人，都是平民百姓，但各有各的故事，也算是人

实习时，师大新闻系的学生很受欢迎，因为踏实勤快，不惹事儿，不谈条件。这也许是日复一日的严苛校规锻炼出来的：每早跑操，上课点名，旷课记过，作弊开除。对了，每学期还有一周劳动课，以班级为单位，推着三轮车扛着扫把打扫校园。

——赵慧芳

真正的新闻就是这样做出来的，平实却动人。

——冯晓娜

物写作最初的历练。

当时，我们都没有电脑，经常要去网吧写稿子。在乐美溪音像店的二楼有一家利盟网吧，我总拿着一个 3.5 英寸软盘，写完一部分就保存在里面。而软盘容易损坏，每次都提心吊胆。当时白天上网大约一小时 3 块钱，一个通宵却只要 8 块钱，所以我时常去上通宵写稿子。那年 6 月 16 日凌晨，北京发生"蓝极速网吧纵火案"，4 个少年为报复网吧服务员，恶意纵火，致使 25 人死亡、12 人受伤。这一惨案过后，我每次到网吧上通宵都会先看看安全通道在哪儿。那段日子过得很辛苦，也没能抽出时间来看几本书，但跟朋友一起努力还是很快乐。有时骑车从泉城路经历山路往回走，我想假如能一直在一起，不分开，不毕业，该多好。

那个春天，张纪中在忙着拍《射雕英雄传》，尽管那个版本乏善可陈，但两位主角周迅跟李亚鹏在拍片时相恋，引来了集中曝光。那年，"玉女掌门人"张柏芝介入"锋菲恋"。这两件事并列成为当年"娱乐圈十大事件"。而谁能想到，当年的"两件大事"，只是日后这几个人错综复杂关系的小序曲。冥冥之中，有着怎样一双"翻云覆雨手"呀。

初夏时光，我白天到报社实习，晚上则穿着拖鞋短裤，去教室看韩日世界杯。

当年的网吧绝对是"新经济"，现在所剩无几，变成了单纯打游戏的场所，名字也改了，叫"网咖"。真是越没落越要玩花样、整新词。
——秦铁

343

那年，即便是最保守的老师，也认为看世界杯是一件正事。因为那是国足唯一一次入围世界杯，也是世界杯首次在亚洲举行。那届比赛，国足定下的目标是"进一球，积一分，胜一场"。也就是说，最低限度是要进个球，然而那支"三十年来最强的国足"三战皆负，一球未进，输了九球。时人叹曰："三战三声长叹，九球九曲悲歌。"我们乐观地以为，虽不尽如人意，却也算一个开始。而谁又能想到，那不是开始，而是历史。

那年，桑巴军团由"3R"组成的攻击线所向披靡，小罗面对希曼打入惊天任意球，让英格兰门神跌入地狱。决赛中，留了"福娃头"的罗纳尔多终于走出4年前的阴霾，梅开二度挑落德国，成就"五星巴西"。

然而，这一切都不是重点。重点是那年韩国队以突破底线的方式"崛起"。从小组赛第三场对战葡萄牙开始，"黑哨"便显山露水，65分钟前葡萄牙就被罚下两人。韩国队淘汰了菲戈、鲁伊·科斯塔率领的"黄金一代"。十六强赛韩国对阵意大利，无数次拉人、飞铲、踢人、肘击都被裁判无视。那位来自厄瓜多尔的裁判莫雷诺还判给韩国一粒莫名其妙的点球，被布冯扑出。而意大利两次反越位都被吹掉，特别是托马西的单刀进球，从电视转播看显然并未越位。托蒂的红牌也有很大争议。韩国队凭借安贞焕的绝杀进球淘汰意大利。

2002年世界杯，中国男足第一次出线，我和老爸天天在家抱着电视看球赛。虽然已经过了这么久，我仍能记得那年输得有多惨，国足排名倒数第二，倒数第一是沙特。还有那场和巴西的比赛，对手的轻蔑和无视让我难过。从此改看篮球。那时候是真的认真了。
——赵妮

当时好多男同学踢进球后，就学罗纳尔多的经典庆祝方式，竖起食指，绕场奔跑半圈。
——赵妮

当年时常带我去看现场的那个男朋友，发了一张国足无药可救的图片。我在评论区调侃他，"这么多年了，还看男足，无药可救，浪费生命。"
——鹿文静

八强赛韩国踢西班牙，球迷对韩国队的反感已达到极点，但埃及裁判贾马勒·甘杜尔依然力挺，吹掉了西班牙两粒进球，韩国点球淘汰西班牙……我们在教室中看到这一幕幕，气愤地直拍桌子，整个校园骂声一片，连带韩语系的同学都抬不起头来。好在半决赛前，德国"足球皇帝"贝肯鲍尔担心球队被黑，向国际足联施压，在比赛开始前一小时临时更换了裁判团队，韩国随即倒在德意志战车的车轮之下。最终，韩国队排名第四，这是亚洲史无前例的好成绩。与此同时，在==世界杯历史十大黑哨==中，那届也有两场入选，正是韩国对阵意大利和西班牙的两场。

那段时间，我喜欢晚上去爬千佛山，大约每周一次。师大在千佛山脚下，在校园内就能看见山，葱葱茏茏，也是风景。晚上六点，山门大开，免收门票。这也正是香火已熄而气息未散之时，满山皆是香火气。李易安说"风住尘香花已尽"，我想大约花香是上浮的，而这香火气息才下沉，直至归于尘土。

因为少了人声，这正是礼佛的好时候。我和老七曾各拜过一尊石佛，他拜的那尊表情夸张，我拜的那尊低眉垂目，身边有一只小鹿。在渐深的暮色里，我低头去看佛像下面的刻字，总也不清晰。此后很多年，我每次去爬千佛山，都要去看看这两尊石佛，把手放在石佛的掌心，踮起脚摸摸他的鼻子，再摸一下鹿头，便觉得亲切。佛教自印度来，也许印度人从不如此，他们只匍匐于佛的脚下，虔诚地承受苦难，而中国人的禅宗里"见性成佛"，与佛也要平等相待。

写到这里忽又想起那年春天，我想着朋友 HF 生日到了，就买了些食物和饮料用包背子，约她一起出去野餐。那次我计划去爬千佛山旁边的小山"大佛头"，却自始至终未向她提起。这一自作聪明的昏着儿，使得她到了山脚下才意识到自己穿了高跟鞋。但 HF 很豪气，表示"没事"，山路不好走时，把高跟鞋一脱，赤脚走得飞快。那天正值农历四月初八，释迦牟尼诞辰，一路进香者无数。HF 神色自若，我一边自责一边佩服，说："你这生日真是'天上地下，唯我独尊'。"她笑笑："佛祖保佑我就好。"

有次爬千佛山时，老七一直郁郁寡欢，快到山顶，他下决心说出来："老三，我不想在学生会干了，钩心斗角的，没什么意思。"我有点惊讶，老七能写善画，文笔又好，那时在学生会宣传部任职，这是很多人想干也干不了的。不过我还是说："不想干就别干了，自己想明白就好。"老七说："想明白了，我要考研。"然后，他轻松了许多，回去就辞了职，也如愿考上了研究生。上学时，总有些事情当时觉

本人阳历生日十月一日，每年都享有7天的专属生日假期。 ——赵妮

年轻时爬山看庙无所顾忌，现在走到哪里都小心翼翼。真是男人一到中年就变成"泛神论者"，因为碰壁碰得多了，对什么都小心翼翼，什么都信，就是不太相信自己了。 ——右桥

346

得很重要，事后想想也不过是芝麻绿豆。但老七终于没有逃脱命运的安排，后来的工作也与宣传部有关。

有一次我和老二一起在山顶吹风，正惬意着，突然狂风乍起，吹来一片乌云，瞬间大雨如注。我俩避无可避，身上瞬间湿透，也就不再着急，一步一步往山下走。雨水从山头流下，冲着我们的脚后跟，走在路上如同走在河里，真是独特的感受。等我们到得山下，那雨也正好停了。望着身边高楼里的万家灯火，我们二人都有些茫然。这城市如同蚁穴，每一个格子里都有不同的故事。而像我们这样的农村孩子，上无片瓦，两手空空，如何才能将自己的人生塞进那些格子里？

那个夏天，我跟老七、老八一起准备考研的事。学校为了便于管理，将我们这些暑假不回家的学生统一安置进 10 号宿舍楼。那个夏天如此闷热，我们又如此焦躁，常常过了半夜还睡不着。大家成群结队去卫生间，接一盆凉水从头到脚浇落，然后湿漉漉地去凉席上躺下。而每天早上五点钟，就有人等不及宿舍楼开门，从二楼跳下去，到图书馆门口排队占座位。当然，如此疯狂，断然不是新闻系学生所为，新闻系也考不上那么多人。

那段日子，我埋头读文学方面的书，把诸多现当代文学名著细细看了一遍，到头来的结论却是其中大多不值得看。老八

在山上淋雨，感觉很危险，不怕雷击吗？　——白露

过去，在烂书上浪费时间，是因为没有书单。信息闭塞的少年只好自己摸索，不断试错。现在，在烂书上浪费时间，是因为书单太多。假装文化人的营销号，不断收割，只为了卖书拿佣金。
　　　　　　——秦铁

347

则在看新闻专业方面的书，他喜欢南京大学的杜骏飞教授，读了他不少著作。老八还推荐了杜骏飞的一篇小说《马兰花开二十一》，我看了也很喜欢，感觉有几分废名小说的神韵。

暑假过后，我跟好友去吃了一次肯德基。虽然那家店距离师大只有二三百米，但我还是第一次去吃。一直觉得贵，舍不得花钱。那次是我、Q和B哥。Q回省城一家医院实习，B哥也在S大医学院读书。三个初中时的好友终于可以坐在一起，隔着岁月往回看，感慨终于上大学了。那是我平生最快乐的饭局之一，虽然前路茫茫，关于未来全不知晓，但我相信无论今后走多远，我们的心都会一直很近。

那时，部分时代记忆也开始凋零，以意想不到的速度。比如，那个给黄格选写了《春水流》、给刘德华写了《笨小孩》、自己又唱红了一首《大中国》的高枫，因PCP病毒性肺炎去世，只活了34岁。那个唱了《射雕英雄传》以及我最喜欢的《八月桂花香》主题曲的罗文，也因肝癌驾鹤西行。那个小学时就听他唱《只要你过得比我好》的钟镇涛则破了产，童年时关于爱情的幻想碎了一地。

当然，那年还有一个人的跳楼自杀引发了媒体极大关注，她的名字叫陈宝莲，是位三级片艳星。那时我还没看过她的片子，看了之后却也只记住了她演的《国产凌凌漆》。

那年，刘嘉玲被《东周刊》公布裸照，让舆论愤慨，涉事杂志总编因此入狱。好在刘嘉玲并未倒下，她此后还成为徐克镜头下的天后武则天。那年，早已演过武则天、堪称内地影视女皇的那位女星却因偷税漏税而被罚款下狱，人生跌入谷底。而她也不会想到，那时刚刚涉足影坛、毫不起眼的小花，会在日后投资出演武则天并重复她当年的遭遇。

冬天的时候，张艺谋执导的《英雄》上映，汇集了李连杰、梁朝伟、张曼玉、陈道明、章子怡及甄子丹等一干红星，也被提名为奥斯卡金像奖最佳外语片。人们期盼它能复制《卧虎藏龙》的辉煌，但终于还是空手而归。也许老谋子的电影终究不是那个味道，却开启了巨烧钱的中国大片时代。

那年冬天，老八去了一趟南京，回来后说起夫子庙、秦淮河，让我甚为神往。而我去了一趟上海，那是我第二次坐火车，硬座普快，一个一个数着京沪线上的站名。夜深到宿州，想起大泽乡起义；过滁州又想起欧阳修"环滁皆山也"……真是课本上的中国。

那次我沉浸在张爱玲、王安忆、孙甘露、陈丹燕乃至卫慧所营造的文学意象里，用幻想对那座大都市进行着一厢情愿的美化。我还去外滩拍了张照片，背后是东方

虽然也喜欢明星，但演艺圈里的绯闻或是事件，从来影响我的内心。进进出出，该来的来，该走的就走了。
——一飞

2002 年，我读高二，有一次参加了一个征文比赛。老师并没着重要求，不过我那时写作文比较有热情，后来说得了二等奖，要去省城领奖。领奖的时候看到了很多省城中学生，打打闹闹的，看起来特别自信。那次发了奖品奖状，还有一本作品集，上面印了某科技公司的名字，不明白为什么一个普通竞赛阵势那么大。　——白晶

明珠广播电视塔以及铺天盖地的广告牌。
心想：这辈子从没见过这么多的广告牌。

晚上独自去淮海路上走，想起若干年前霞飞路上的游龙戏凤，以及只知其名不知其形的狐步舞……那是我对一个城市最大的想象了。

2002 年，在网上购书盛行之际，我又开了第二家书店。从此实体书店一路下滑，互联网改变了一切。
——张亚林

2002 年大二下学期，我跟同班的郎师兄一拍即合，决定要在窑头这个艺考生纵横的地方干点事。我们用半个学期的生活费租了房子，买了 10 张高低床。我还记得搬床那天，郎师兄和董师弟，只有他们两个人，把 10 张床连同 20 张床板，一张张扛上了五楼。之后我们开张了。我写教材教学，郎师兄负责招生。只要郎师兄回家，总能带回几个学生。慢慢地，十张床不够用了，我也教不过来了。于是就请来老师，再租房，再买床。

那一年窑头刚刚开始改造，大兴土木，再加上济南干燥的气候，马路上总是没天没地的黄土飞扬。下课了，我们就在马路边吃烧饼喝馄饨。看着对面一天比一天高的小高层。我对着灰头土脸啃烧饼的郎师兄说："如果我在 40 岁以前能住上这样有落地窗的房子，这辈子也就知足了。"

今年我 41 岁。一切都超出了我的预判。当年那个听我发大愿的郎师兄，居然一直陪我走到了今天。后来我们用在窑头挖到的"第一桶金"添补付了婚房的首付。2006 年，我们有了一套"有落地窗的房子"，那年我 25 岁。
——鹿文静

350

——田雨

插画 王旭

出不去校门的日子
我们只能自娱自乐
兴趣只在打扑克上
玩法叫"够级"
一般是六个人参加
三个人一伙
四副扑克牌
交叉落座
捉对厮杀
…………

2003

"非典"岁月

那个时候并不知道疫情意味着什么。SARS来了，学校封了，太憋屈了。于是我把墙凿出去玩。然后，所有的人都不爬回来了，只有我被门卫抓了。

我宿舍在2楼，所有到过平台的自由媒体，我都听得清清楚楚，看得明明白白。有暖瓶，茶缸，脸盆，台灯，凳子椅子，当然嘴里叫嚣着的喊话也真是如雷，我现在只能想起来两句："放我们出去。""我要出去谈恋爱。"没别的，就是憋屈！

2022年，那拍轻狂的少年已至中年，新冠也跟我们博弈了2年。2020年刚刚爆发时，我依然保持极度乐观的状态，憋屈了，也会去跟朋友们喝酒。其实，我并不是人到中年不听话了，而原本就是个不听话的孩子，长大了而已。

　　　　　　　　　　　　—— 楚文静

1月10日　　京九铁路复线全线贯通。

3月5日　　十届全国人大一次会议举行。
　　　　　　会议选举胡锦涛为国家主席，江泽民为国家中央军委主席。

5月10日　　淘宝网上线。

8月1日　　收容遣送制度正式废除，收容遣送站更名为救助管理站。

12月31日　《中共中央 国务院关于促进农民增加收入若干政策的意见》发布，决定2004年农业税税率总体上降低1个百分点。

"

2003 年 3 月底 4 月初，
我正在北京参加研究生面试，
张国荣逝世的消息传来，
我难过了好几天。
从北京回来几天后，
关于 SARS 的报道和警示，
已经铺天盖地，
很多地方实行了封控。
但这个病毒就像一场春夏的骤雨，
来得暴烈，
去得突兀，
连毕业典礼都没影响。
不会有人想到，
17 年后，
一种名叫新冠的病毒，
将会改变整个世界。

——王如林

也许没有哪一年会像 2020 年一样，人们如此频繁地提起 17 年前的事。将两个年份紧密连接在一起的是"病毒"。虽然一种是新冠，另一种是 SARS，但再次处于疫情下的人们，很容易穿过时光看见自己，那个 17 年前惊慌失措的春天，那个懵懂而焦躁的无知少年。

那年查完考研成绩，我知道自己英语没过线，读研无望，有一些沮丧，但心里是冷静的。我报考的导师发来邮件，希望明年继续考。我回答：谢谢老师，不考了，我得去谋生了。

至于去哪儿谋生，我完全不知道，但相信总会有碗饭吃。那次老八也没过线，我们偶尔会一起迷茫。但这样的时间不多，他一直在谈恋爱。

我们四处参加招聘会，发简历发到心疼。那可是去复印店花钱印出来的，一份简历几乎够吃一顿饭了。老八显然很受招聘单位欢迎，有一次烟台市公路局看中了他，愿意同时录取他和女友两个人，事业编。那单位很不错，条件也比较诱人，但老八还是拒绝了。他说他想做新闻——那时我们都想做新闻，觉得电视台也好，报社杂志社也好，从没想过自己以后可能会成为"末代报人"。

有空时，我们会去系里的新闻资料室坐一下。我在一份《南风窗》上看到了关于 SARS 的报道。那是 2003 年 3 月，疫情已爆发几个月了，世界卫生组织发出了全球警告。香港、广州病毒横行，北京也开始防控。然而，我们在校园里一无所知。我甚至以为是杂志印错了，去看了看《南方周末》，发现同样如此。怎么外面都风云变色了，我们周围却一点反应都没有？那感觉真是魔幻。

那段时间，我心里憋闷，经常一个人去外面走夜路。我几乎走遍了千佛山上的每一条路，有时远远听见樱花林中的葫芦丝，有时走到一半无路可走再折回来。有一次我还走到了后山一大片坟堆里，月亮照着树上的塑料布，明晃晃的。恍惚中，想起小时候夜里去灵棚的一幕。

那年 4 月 1 日 18 点 41 分，张国荣从香港东方文华酒店 24 楼坠落，享年 46 岁。次日看报纸，我们都认为香港小报又不靠谱了。然而又不像假的。直到多年后，我们还唏嘘，他何以选择在愚人节那天痛别人世？

> 我听说这世界上有一种鸟是没有脚的，它只能一直飞呀飞呀，飞累了就在风里睡觉，这种鸟一辈子只能下地一次，那一次就是它死的时候。

他在《阿飞正传》中的台词，我们烂熟于心，却不知道当 24 楼的风呼啸着吹过他的脸庞，他的双眸怎样一寸一寸剪开黑色

我喜欢张国荣的两部片子，其一是《霸王别姬》，其二就是《枪王》。关于前者已无需赘言，我还喜欢后者的黑色基调，那是一种"逢佛杀佛，逢祖灭祖"的霸气，以及嗜血成性、邪魔入骨的癫狂。连演过《野兽刑警》的黄秋生都说："简直把我吓到了，他怎么可以演得这么好！"　　——龙桥

徐小凤、夏文汐、梅艳芳、张国荣……我觉得那个时代的香港明星有一种绝代的芳华。他们是草根，是从烂泥潭里生长起来的，他们经历了最残酷的竞争，也见到了繁华，万千宠爱在一身。他们就像烟花一样，轰然一声响，绽放就绽放，冷了就冷了，人生不过如此。他们每个人都有眉眼、有个性，一颦一笑皆不相同。这比后来流水线造出来的小鲜肉、小鲜花，以及"养成系"的网红们，强了何止百倍！

——陆峰

的沧溟？那时我对抑郁症一无所知，根本不能想象它会怎样一口一口蚕食人的灵魂。

张国荣的葬礼上，梅艳芳带病出席。八个月后，阿梅也因宫颈癌离世。我喜欢张国荣的那一首《取暖》，曾循环播放着一个人喝醉。天堂之上，这对知心好友，不知是否能够相依取暖。

你不要隐藏孤单的心
尽管世界比我们想象中残忍
我不会遮盖寂寞的眼
只因为想看看你的天真
我们拥抱着就能取暖
我们依偎着就能生存

关于 SARS 的各种说法先是在网上风传，接着我们被告知要严格执行请假制度。4 月 18 日，教育部决定将全国硕士研究生复试时间暂推迟到 5 月底进行，具体时间另行通知。一天后，教育部又动员外地学生"五一"期间不离校回家，要求北京等地高校学生就地学习和生活，发病人数较多地区的高等学校调整教学和学习方式，避免疫情扩散。

按照惯例，师大在管理学生方面历来是按上限走的。印象中，师大也是省城第一所封校的大学。当其他大学的学生还满街逛的时候，我们已被严令只有在市内面试或签就业协议时才能出校门，其他一概不准，在报社实习的同学也被统一召回。

　　学校还专门组织了巡逻队，每天晚上打着手电筒沿校园围墙转悠，乃至在黑乎乎的墙根蹲点，只为抓那些爬墙出入的学生。有同学想爬墙出去，被巡逻队喊住，便慌不择路，手被墙上的玻璃割破，瞬间鲜血横流——那一幕至今仍觉残忍与荒谬。

　　出不去校门的日子，我们只能自娱自乐。那段时间，加缪的《鼠疫》重新畅销，但我们显然对读书失去了兴趣。兴趣只在打扑克上，玩法叫<mark>"够级"</mark>，一般是六个人参加，三个人一伙，四副扑克牌，交叉落座，捉对厮杀。我们宿舍八人，七人会打。只有老八不会，也拒绝学。七人里，老五是高手，能把其他人的牌都推算个八九不离十，很具威慑力。但每次提议打牌时，老五总推脱不打，非让我们软磨硬泡才行。有时磨着磨着，忽然人手够了，就哈哈一笑，不再理他。

　　老五在旁边观战，坐久了觉得无聊，便开始各种指点，对我们的水平不屑一顾。我们看他技痒难耐，更加幸灾乐祸，纷纷表示很享受低水平竞争。打牌时，老大每次都絮絮叨叨，对每个人进行挑衅，然后找机会钻空子。老六常与他针锋相对，但总被他溜走。我的毛病是过于冲动，加上算术太差，基本靠情绪打牌，常导致灾难性后果……我们经常一打就到凌晨四点。老八在上铺无奈地睥睨着我们，怀中彻夜

无比羡慕体育系的学生，不仅翻墙无声无息，还特别仗义，同班同学组团互助。男生先翻上墙头，站稳之后把女同学轻巧一拉，女同学翩然一跃，也登上墙头，不到一分钟，一群人已悄然消失。围观的我如同看了一场现场版武侠大片。　——赵慧芳

青岛的够级参与人数众多，甚至电视台在今天还有够级比赛。但我觉得济南的够级，是最难打、最有意思的。

　　——一飞

工艺美院男生宿舍楼，宿舍熄灯后，走廊里的灯光下，总会有6个参与者和一群围观者，不到12点绝不散场，甚至到凌晨三四点，这真是所谓"挑灯夜战"吧！

　　——一飞

358

抱着吉他，渐渐唱不动也弹不动了，旁边那台 6 吋电视机嗤啦嗤啦闪着雪花——电视台也已经没了节目。

大好春光里，我们就这样度过了一个又一个夜晚。倒头就能睡着，睡前还约好次日打篮球。八点多就冲向操场，打完球像散了架。但那时年轻，睡一觉就又精力充沛了。

其实，我们八人里只有五个会打篮球，也组成了班篮球队的主力阵容。老大的球技是他复读时练出来的，他说那时一边想念女友一边投篮，熬过了艰难的日子。老大也是我们宿舍唯一去现场看过 CBA（中国职业篮球联赛）比赛的，很迷巩晓彬、纪敏尚。但因为对 NBA（美国职业篮球联赛）不感冒，备受鄙视。老四是科比的球迷，在床边墙上贴了一张科比的海报，认定他就是乔丹之后最伟大的球员。老五讷于言而敏于行，我们班女生体育课考篮球，他是女生宿舍的特约陪练。老七最高，中锋却由老八来打。老八初时很壮，可惜恋爱后体重一度锐减，冲击力小了很多。

大二时文学院举行过一次篮球赛，由我们班对阵隔壁班。比赛中，老七罚球七发七中，为胜利奠定基础。但最抢眼的还是老大，他在篮下强行起跳时，不料对方一名球员先跳了，而且张着大嘴。老大的脑袋直直地撞到了对方门牙上，血溅当场。那次老大的脑袋缠了两周绷带，对方的门牙则晃动了更长时间。

长时间的封校，让学生的精力无处发泄。尤其是我们这些大四学生，临近毕业，早已没有任何课程，而受困于"非典"，工作仍没有眉目，当真闷得要死，又闲得发慌。

那时，5号楼前的邮局里开了一家"电话超市"，市话每分钟才1角钱，经常有人排队打电话。情侣们被封校铁门隔开，好在一小时电话费才六块钱，伙食节约一点还能省出来。

那时师大操场上，密密麻麻坐满了打扑克的学生，有男生也有女生，四个或六个一组，足有百十组。噼里啪啦的甩牌声如同下雨。那是我所有关于"非典"的记忆中，最鲜活、最壮阔的一幕。之前和之后都闻所未闻。那时候，即便墨守成规如师大，也没有哪个老师出来制止，恐怕也制止不了。能让学生老老实实待在学校又不惹是生非，就已经知足了。

宿舍里不知谁拿来一个广告，写着某电器卖场次日举行手机促销，折扣很大。我跟老七、老八都想买一部便宜手机，找工作时用得着。于是，我们晚上偷偷溜出校门，带着之前军训时用的马扎，去卖场那里排队。那时才晚上11点多，前面却已排了八九个人。我们就一边聊一边熬，有时回头看看，百米之外就是五龙潭，据说是秦琼秦二哥的故居所在。

那天熬到 4 点来钟，我们正恹恹欲睡，忽然有人走近，说想找我们聊聊。我们说：排队呢，没空。那人说：跟我来，不排队也给你们买手机的名额。我们看了他的证件，发现是卖场工作人员，就跟他进了楼里面。原来，他把我们仨当成是竞争对手雇来排队的人了，得知我们真是学生要买了自己用时，他表示很吃惊。最后，他说：你们回去吧，隔天来找我，直接用优惠价买就行。我们仨将信将疑，一路走回学校。其时天已蒙蒙亮，师大北街上卖早餐的已经出摊了。

隔天，我们去卖场市场部找到那人，老七和老八花 699 元买了一部诺基亚 3610，我花 399 元买了一部摩托罗拉 T190。都比市场价便宜了几百块钱，感觉捡到了天大的便宜。话说那部 T190 我用了好几年，设的彩铃是《致爱丽丝》，现在想来仍有一种同甘共苦的味道。

不久之后，我们就各自确定了去向。我们八人，老七调剂成功去北京读了研究生，老大为了大嫂去了泰安某高校工作，其余六人都留在省城从事媒体工作。我签的协议就是去当初实习过的那家机关报。

毕业真的就在眼前了。我跟老二、老六和老八一起，合租了套一室一厅的房子，在我们四人单位的中间位置。我们还去买了涂料和刷子，自己把墙刷了一遍。刷墙

我人生第一部手机，诺基亚 3310，购机时间 2002 年，购机地点济南舜井街，相当于深圳华强北。哈哈，黑白屏，曾经的诺基亚铁粉。在 2011 年还买了一部全键盘的 E71，类似于黑莓系列，至今还放在抽屉里没舍得扔。

——一飞

那时，体制内的工作并不像现在这样受热捧。作为扩招的首届毕业生，就业压力还远未显现。隔壁宿舍同学报考广电总局的职位，全国只有 6 个人竞争。我记得这么清楚，是因为她给我们描述的工作内容太诱人，她报考的岗位是电影审查岗，上班就是看电影，多美！

——赵慧芳

361

的那天，朋友来看我。他们都回宿舍了，只有我跟朋友边走路边聊天，沿着泉城路、历山路、经十路、青年东路……走到两腿发直，几乎站不住。朋友也考上了研究生，我既高兴又怅然。聊的什么全忘了，却记住了那天的日子：2003 年 6 月 17 日。还有两首歌，一首是梁静茹的《勇气》，另一首是阿杜的《离别》：

> 突然恨透这个世界
> 因为要离别
> 就走破这双鞋
> 我陪你走一夜
> 直到心不再滴血
> 而你流尽泪水

离校前几天，老大作为班长组织了一场散伙饭。那次是在食堂二楼大厅吃的，我们几个男生去搬来整桶的扎啤，喝完不够又去搬。那次我迅速喝醉了，两位女同学把我送回宿舍，说我一路哭得稀里哗啦。多年之后聊起那场酒来，很多人都喝醉了。HF 说她那天也喝了好多，是飘着回去的。

最后的几天，有种强烈的悬浮感。离校无可避免，也有点迫不及待，同时又是那样恋恋不舍。那些感觉彼此交织，相互矛盾，像疯长的藤蔓。在师大校园中，我们八人只在大一时拍过一张合影，再就是

大学毕业，从没想过考研这事，直接找工作谋生，因为年龄大了，家庭条件也不允许，况且还谈了女朋友。毕业后，确切地说是散伙饭之后，直接打包东西托运，去了青岛。　　——郎丰村

那年毕业季，并没像曾经设想的那样情感大爆发，仿佛始终有一种急于逃离的情绪。后来，我找到了一个词：慌不择路。　　——刘晓华

大学毕业之后，再也不敢吃散伙饭。　　——一飞

毕业前拍了几张。除了这些，我们在这里没有留下任何痕迹。搬离宿舍时，我以前收藏的一些照片也没拿走。心里想着：从明天起，不再是学生，过去的就让它过去吧。

我们住的地方叫正觉寺小区，听着有点文化味儿，其实什么也没有。老二和老六睡外屋，我跟老八睡里屋。

每天，我都要骑20分钟自行车，去那家门户森严的省直机关的后院那不起眼的小楼上班。那个环境我早已熟悉，实习期间对绝大多数稿件类型都已掌握，只是还缺一点底气和自信。见习期三个月，每月700元。除去房租，仅能勉强糊口。

报社工作不忙，没什么挑战性，也并无兴奋感。有时我会去不远处的珍珠泉公园站一会儿，那里少有人至，泉池里锦鲤肥如猪群。好在鱼群不会出声，否则恐怕也会发出猪一样的声音。我看见细如珍珠的气泡从水底汩汩浮现，心里稍稍有了一丝活气。夜里，有时会去附近的城市广场上走一会儿，那里有处音乐喷泉，整点时泉水起舞，南风一吹就落到身上。我也喜欢被水打湿的感觉，能想起以前的日子。

2003年7月，我向报社领导报了题目，要去做一个关于户口制度改革的新闻。在2002年7月，省城曾出台政策，称将逐步取消城市建成区内的农业和非农业户口之分，全部称为"居民户口"。一年过去了，进展到底如何呢？两天时间，我一个人骑着自行车，走了 100 多里路，采访了城市东郊和北郊的许多个村子。

7 月的太阳正毒，我从黄河大坝下的一个村子出来，土路上扬起的灰尘沾在流满汗水的脸上，倒也不觉得苦，心想总比待在办公室胡编乱抄要好。渴了就在路边买个小西瓜，边吃边和瓜农聊起村里征地的问题，听那人一顿诉苦。从东折向北，渡过黄河浮桥，再走十几里路，就看到了代乔镇政府。此前，因为行政区划调整，我老家所在的金家乡已合并入代乔镇。

再骑十几里路，就看见与肖家村相邻的许家村了。几年前村外已修了柏油路，但很快路面就被大车轧坏，变得坑洼不平。那时天已昏黑，我忽然想起初中下晚自习回家的情景，也正是这段路最难走。特别是在雨后没有月亮，我谨记着父亲所说的"明水暗路黑泥巴"，骑车只从暗处走，看到似乎有水的地方，就赶紧用力蹬几步，到水中就把两条腿抬起来，放到横梁上。多数时候都能冲过去，有时难免会摔倒，满身满脸都是泥水。

"Q" 真人来了

那年，父亲已经身患腰椎间盘突出，走不了多远就要坐下来歇歇，而地里的农活又不能不干。那段日子，家里很艰难。

2002 年 11 月时父亲腰疼得受不了。他忍痛收完玉米，种上麦子，打算到省城医院去看看。好友 Q 那时正在一家三甲医

Q 真好，这么善良的姑娘，当了医生，会造福患者的。

——冯晓娜

大二那年，应该是2007年6月份，我妈心脏突然疼得厉害。给我打电话时，已经在医院住3天了。当时，我眼泪就下来了，连夜赶回了家。得知我妈是心脏周围血管先天分布不均，加上干活时不爱喝水，堵了。那年夏天，我的记忆里除了害怕，就是在近40℃的大棚里从早到晚地干活。提起这段，我妈现在眼睛还泛红。——张怀博

院实习，她一听症状就知道我父亲得的是腰椎间盘突出。她帮我详细咨询了专家，问了保守治疗与手术治疗各自的注意事项等。我陪父亲挂了一个专家号，做了CT，医生说需要手术，让回家准备手术费。父亲很沉默。我安慰他说："没事，这又不是什么大病，很快就好了。"

出医院门不远，是另一家三甲医院，我初三时曾在那里住过院。我说："要不，我们再去那家看看吧，反正挂号费又不贵。"父亲说："行。"

当时，农民对于医院那种骨子里的怕，是城里人所难以想象的。因为光靠种地着实赚不了几个钱，甚至交提留款都不够，进了医院就像掉入无底洞。本身就没文化，两眼一抹黑，又担心碰到大处方等各种潜规则。所以，小病不去看，大病看不起。虽然我大学还没毕业，父亲却已经开始依赖我。好在，我此前带奶奶看病跑了省城好多家医院，在报社实习时也去多家医院跑过突发新闻，相对熟悉一点。加之有疑问可随时咨询Q，她都知无不言言无不尽。这样，心里就稍稍有了一点儿底。

在这家医院，一位年轻的医生端详了一下CT片，平静地对父亲说："你这个先不用动手术，回去做一下牵引吧。"我忙问："什么是牵引？"他详细讲了，还说医院里的牵引带卖得贵，最好去外面药房买。他甚至说，如果想更节省的话，自

365

已用几块砖头加松紧带就可以做……从这家医院出来，父亲有了笑容。我当然明白他的心情，因为家里根本没钱做手术。

回家后，父亲每天都忍痛做牵引。他还坚持出去放羊，随手带着马扎，有时走五十米就要停下来休息一下。就这样，腰虽未完全康复，却也明显见好了。2003年秋天，父亲像往年一样，用铁锨把当年收获的玉米一锨一锨扔到我家房顶上。那是五六千斤玉米呀，父亲忍痛干着，忽听一声脆响，腰间一麻，腰椎间盘竟然复位了。

在肖家村，超过三分之一的中老年人患有不同程度的腰腿疼痛。长年累月的高强度劳动，摧残了他们的身体，但大家也只在爬不起床时才休息几天。彼此见面也会聊两句：

——你腰好了吗？怎么不多歇两天呀？

——咱又不是那大工人，歇着也有人发工资。不上坡，那草还等着你吗？

——听说工人也不行了，下岗了！

——再不济也比咱种地的强，人家可不用交公粮和提留啊！

那年，公粮和提留也有了松动的迹象。2003年，全国所有省区市全面推开农村税费改革试点工作。统计数字显示，从1949年至2000年，农民给国家缴纳了7000多

好真实啊！像重新过了一遍农村生活，一样的场景，一样的年代，一样的背景，愿我们农家子弟永远保持初心，永远努力，奋斗不止！

——冯晓娜

2003年，我高三。四年后网上有篇文章引发网友热议——《我奋斗了18年才和你坐在一起喝咖啡》。而高三的我和我的同学们，大部分人只有一个最基本的愿望，那就是离开农村。

——白晶

亿公斤粮食。从1949年到2003年，全国累计征收农业税达3945.66亿元。正是依靠农业"乳汁"的哺育，新中国从"一穷二白"的起点上，建立起比较完整的工业体系。2005年12月29日，中央宣布取消农业税，农民缴纳"皇粮国税"的历史就此终结。

2003年7月，我把户口迁离了肖家村，离开了那片生我养我的土地，正式成为一个城里人。转眼17年过去，我从一个城市漂泊到另一个城市，从在土里刨食改为在纸上写字，但在我的骨髓深处、我的潜意识中，永远刻着四个字——农家子弟。

2005年，听说国家将取消农业税，高兴之余，心里难免有点似信非信。当年冬天，我在粮库卸完玉米，来到结算窗口，算完账后，出纳员递出厚厚的一叠钞票，细看票据，确无其他项目扣除，这才相信是真的。心里油然升起一股暖流。看看室内每个卖粮农民的脸上，都露出了笑容。再听那赞不绝口的话语，都是发自内心深处的表达。竟有人高兴地喊起了"共产党万岁"，压倒了室内嘈杂的说话声。这是发自肺腑的呐喊！我也深受感染，泪水不由自主地淌了下来。

——白胜伟

从"读书改变命运"，到"进城走了18年"，再到"回不去的故乡"，农家子弟对城市的向往，对身份的奋争，对命运的叩问，汇聚成中国城市化的浩荡浪潮。1978年中国城镇化率仅为17.9%，到2022年末中国城镇化率超过65.22%，这背后，或许是人类历史上最为浩大的人口迁徙，也是中国改革开放伟大成就的生动注脚。历史，总是由普通人书写。

——王如林

彩蛋

十个故事

Q

时间真不禁过，一晃就到不惑之年。很久没像现在这样，静坐下来，回想少年时代的那些人、那些事了。博士毕业已多年，而今我既是一名医生，也是一名科研工作者，每天在患者、课题、论文、会议之间不断变换角色。最近总希望节奏慢一些，哪怕是街角的风景、片刻的感动，也努力记一记，希望多些回忆留在生命里。幸亏薛昂喜欢写字，记录下过往点滴，也庆幸我的身影在这一段回忆里是温暖的存在。睡前，给7岁的儿子读了一段，他竟对那个年代充满好奇，告诉他"Q"是妈妈，他终于确认了妈妈当年是"学霸"的事实，哈哈。

——贾茜

姥姥

记得有一次，姥姥带我坐扶梯。当时我还挺小，她抓着我的手。可能她太集中精力照看我，自己没踩稳，在移动的扶梯上摔倒了，翻了几个跟斗，滚下好几级台阶。当时她也有六十多岁了，旁边的人惊到了，忙过来问她。当时我也摔倒了，但没姥姥滚得那么远。我也很害怕。姥姥忙站起来，晃晃荡荡向我走来，看我有没有事，安慰我不要怕。从那以后，每次她说要坚强，我都会想到那一幕。

——薛泓

368

上学

我1988年上小学。三年级时，换了一位新班主任，姓郑，刚从师范学校毕业，高高的个子，麻花辫，齐刘海，戴一副方框眼镜。她在很短的时间内发现了我对语文有所偏好，让我当上了学习委员和语文课代表。一次上语文课，郑老师发现我一直咳嗽，一摸头很烫，她二话没说就背着我送回家。我后来听说，那天郑老师和我父亲的一番对话，改变了我的一生。她说，孩子成绩不错，要好好培养，虽是女孩，不要读中专，要让她考高中上大学。

——李珍

打工

辍学后跟着周围的姐姐们去日资工厂打工。进门前换上一套白色工作服，水靴、口罩，过一遍消毒间，开始一天。后来我装箱入库工资要高一些，和一帮男生，穿着棉服套着军大衣，第一次进冰库时一直跺脚搓手，有个人过来把我双手捂住。他个子很高，一头卷发，只能看见躲避的眼神和通红的脸颊，每天他总走在最左边，薄冰裂纹的前方。后来离开这里打算去上海，搭上回程大巴，车窗外送别的人有他，卷发上挂着一层白霜，脸颊还是通红，塞给我一封再也没有回复的信，也让我看清了这张俊俏的面孔。

——纯子

当兵

1997年底，刚踏入军营，印象最深刻的就是吃得可真好啊。每顿饭都有好几个菜，包子米饭管够，每周还有一次改善伙食的机会，有鱼有肉有啤酒。刚入伍的时候还闹出一个笑话，吃完饭看到桌子上有剩菜剩饭，以为也和在家里一样，要留着下顿再吃，于是很勤快地端了两个有剩菜的盆子送到打饭窗口。炊事班班长起初还以为我是懒得刷盆子的"孬兵"，后来搞明白了是怎么回事，每次打饭都特别照顾我。

——于静

开店

为了养家糊口，也为了供两个女儿上学，我开了一个小食杂店。每星期去县城进一次货。那是初冬的下午，我将六包货绑在自行车上。驮货架两面各一包，上面还再放两包。重的放下面，轻的放上面。前面车把两侧各挂一包。当我骑自行车到西道口时，正赶上火车进货场甩车皮，不断鸣笛缓行。道口安全员手持黄、绿双色旗指挥行人快速通过。恰在此时，自行车前轱辘轧到石块，猛然倒下，我试图扶起，怎奈自行车加货物有近三百斤重，扶了几次也没有扶起来。这时，安全员跑过来帮我一起扶，也没有成功。只好又喊来一个行人，在三个人的共同努力下，终于将自行车扶了起来。急忙推出道口，火车才轰隆驶过。

——白胜伟

千禧年

2000 年是千禧年，但我的记忆里没有任何关于宏大历史的记忆，留下来的似乎都与味道有关：海星的腥味、海水的咸涩、工友喝的白酒的辛辣、泡面和奶粉混合的味道、烤肉的香味、地下通道的霉味，还有那夏日海边潮湿的气息。这一切味道，都与父亲有关。

——无非老四

大高楼

小时候，爷爷把家旁边的房子租给一大家南方人。侯晓林是个和我一样大的男孩。一天我们在他家炕上玩闹，他爸爸提议说："走，我带你们去看大高楼！"便蹬着三轮车带着我们出了门。没多久便看到了成片的灰色水泥建筑，我们在阴影里拼命仰头感叹："哇，好高啊！"后来水泥森林变成了青岛东部商业新区，侯晓林继承了家里卖菜的摊位。再后来，我去了美国上学，每次回国时都被快速发展的中国吓到，既熟悉又陌生。记得有一次去北京 SOHO，还是会感叹，"哇，好高啊。"但憋在了心里，表面上是一副见过大场面的样子。几年前，我结束拖沓的学业来到纽约，我还牵着女朋友的手，指着曼哈顿说："看，大高楼！"乐此不疲。

——袁振

效果器

薛易的追忆有玛德琳蛋糕的开启效果。只是那些年华对我来说，更像乌云般密密麻麻压过来，透不过气，动弹不得。过去从来没有离去，它是我血管里的沉积，不时就要制造一下不稳的血压，酸胀的双腿，厉害了要捂着心口坐下，深呼吸，站起来，继续走。对我们这代人，文学可能没什么用处，只有产生的效果。就像那篇写奶奶的文章，文章效果器可能不仅仅是冰棱子、糖窝窝，也是背你狂奔医院的爸妈，不知会遇到刻薄凶险的查票员，还是载你一程的卡车——不确定性。

——李航

时光机

这份书稿让"80后"的我爱不释手，与其说是一个人的回忆，不如说是一代人的经历。像乘坐了一台时光机，一边读，一边将许多记忆碎片连接起来，时而痴痴笑笑，时而一本正经。慢慢将整个儿时回忆捋过一遍，阳光恰好照进来，忽然觉得整个人生明媚起来。

——鲍征

371